죄와 벌

저승 공화국 신들의 재판

죄와 벌

저승 공화국 신들의 재판

강평원 지음

2

ⓑ 인터북스

강평원麥醉 1948

현재 : 소설가협회 중앙위원　　　　　　장편소설 · 16편 ↔ 22권
사단법인 : 한국문인협회 회원　　　　　인문 교양집 · 1권
사단법인 : 한국가요작가협회 회원　　　소설집 · 2권
재야사학자 · 上古史학자　　　　　　　시집 · 3권
공상 군경 : 국가유공자　　　　　　　　시 선집 · 1권
　　　　　　　　　　　　　　　　　　수필집 · 1권

장편소설 : 『애기하사. 꼬마하사. 병영일기-전 2권』 1999년 · 선경
　　　　　　신문학 10년 대표소설
　　　　　　『저승공화국TV특파원-전2권』 2000년 · 민미디어
　　　　　　신문학 100년 대표소설
　　　　　　『쌍어속의 가야사』 2000년 · 생각하는 백성→베스트셀러
　　　　　　『짬밥별곡-전3권』 2001년 · 생각하는 백성
　　　　　　『늙어가는 고향』 2001년 · 생각하는 백성
　　　　　　『북파공작원-전2권』 2002년 · 선영사→베스트셀러
　　　　　　『지리산 킬링필드』 2003년 · 선영사→베스트셀러
　　　　　　『아리랑 시원지를 찾아서』 2004년 · 청어
　　　　　　『아리랑 시원지를 찾아서』 2005년 · 한국문학: 전자책→베스트셀러
　　　　　　『임나가야』 2005년 · 뿌리→베스트셀러
　　　　　　『만가輓歌』 2007년 · 뿌리
　　　　　　『눈물보다 서럽게 젖은 그리운 얼굴하나』 2009년 · 청어
　　　　　　『아리랑』 2013년 · 학고방→베스트셀러
　　　　　　『살인 이유』 2015년 · 학고방→베스트
　　　　　　『콜라텍』 2020년 · 인터북스
　　　　　　『중국』 2021년 · 인터북스
　　　　　　『죄와 벌 ❶,❷』 2021년 · 인터북스

소설집 : 『신들의 재판』 2005년 · 뿌리
　　　　　『묻지마 관광』 2012년 · 선영사→특급셀러
　　　　　중 단편소설 : 19편

인문 교양집 : 『매력적이다』 2017년 · 학고방→베스트셀러

수필집 : 『길』 2015년 · 학고방→베스트셀러

시집 : 『잃어버린 첫사랑』 2006년 · 선영사

　　　『지독한 그리움이다』 2011 · 선영사→베스트셀러

　　　『보고픈 얼굴하나』 2014년 · 학고방→베스트

시선집 : 『슬픔을 눈 밑에 그릴뿐』 2018년 · 학고방

출간된 책 중

베스트셀러 ↔ Best seller : 9권　　스테디셀러 ↔ Steady seller : 11권

비기닝셀러 ↔ Beginning : 5권　　그로잉셀러 ↔ Growing : 3권

특급샐러 ↔ 8권　　　　　　　　신문학 100년 대표소설 : 4권

대중가요 : 87곡 작사 발표→CD제작

　　　　　여자가수 7명 남자가수 3명

한국 교육 학술정보원에 저장된 책

『눈물보다 서럽게 젖은 그리운 얼굴 하나』

『늙어가는 고향』　　　　　　『임나가야』

『병영일기 전 2권』　　　　　『살이 이유』

『북파 공작원 전 2권』　　　　『만가』

『아리랑』　　　　　　　　　『지리산 킬링필드』

『아리랑 시원지를 찾아서』　　『짬밥 별곡 전 3권』

소설집 『신들의 재판』　　　　소설집 『묻지 마 관광』

시집 『잃어버린 첫사랑』　　　시집 『지독한 그리움이다』

시집 『보고픈 얼굴하나』

국가지식포털에 저장된 책

역사소설

『아리랑 시원지를 찾아서』

『쌍어속의 가야사』

국사편찬위원에서 자료로 사용

한국과학 기술원에 저장된 책

신문학 100년 대표소설인

『애기하사 꼬마하사 병영일기 전 2권』

『저승공화국 TV특파원 전 2권』

시집 : 『지독한 그리움이다』

문화체육관광부에서 엄선하여 선정된 책
우수전자 책 우량전자책 특수기획 책으로 만들어둠
출간 된 책 26권 중 19권이 데이터베이스 되었음

책 관련 방송 출연과 언론 특종보도와 특집목록

『KBS 아침마당 30분 출연』
『서울 MBC초대석 30분 출연』
『국군의 방송 문화가 산책 1시간출연』
『교통방송 30분 출연』
『기독방송 30분 출연』
『마산 MBC 사람과 사람 3일간출연』
『2002년 2월 13일 KBS 이주향 책 마을산책 30분 설날특집 방송출연』
『KBS 1TV 정전 60주년 특집 다큐멘터리 4부작 DMZ 2013년 7월 27일
1부 휴전선 고엽제 살포사건 증언자로 출연 저녁 9시 40분 1시간
7월 28일 2부 북파공작원 팀장 증언자로 출연 저녁 9시 40분 1시간』
『마산 MBC행운의 금요일 출연』
『SBS TV 병영일기 소개』
『현대인물 수록』
『2000년 1월호 월간중앙 8페이지 분량 특집』
『주간뉴스매거진 6페이지 분량 특집』
『경남 도민일보특종보도』
『1999년 9월 19일 중앙일보특종보도』
『국방부홍보영화 3부작 휴전선을 말한다. 박정희대통령을 죽이려 왔던 남파
공작테러부대 김신조와 같이 1부에 출연』
국방부 홍보원 3부작 휴전선은 말한다. 이 다큐멘터리는 sbs 3일간 방영을 했
고 일본 DVD로 만들어 2003년 7월에 일본 야마타에서 열린 국제 다큐멘터리
영화에 출품 되었다.
『연합뉴스 인물정보란에 사진과 이력등재』

저자는 법인체 대표이사와 중소기업 등 2개의 기업체를 운영 중이었으나 승용차
급발진 큰 사고로 인하여 병원에 입원 중에 책을 집필하여 언론에 특종과 특집을
비롯하여 방송출연 등으로 전망 있는 기업을 정리하고 51세 늦은 나이에 문단에
나와 21년이란 기간에 대한민국에 현존하는 소설가 중 베스트셀러를 가장 많이
집필한 작가임

2021년 6월 현재

■목차

"이제 우리 어디로 갈까?"

"이때 깜시롱 출장 맛사지 하는데 가보자 해놓고는 뜬금없이 무슨 소리요?"

"그렇구나! 우리가 지금 종마호텔로 가는 중에 너무 지체했구나. 오늘 이곳에서 막갈 때까지 간 인간 군상을 보자 이 말이 지? 우리도 한 번 참여해 볼까?"

"마음대로 하소. 나는 구경만 헐랑께."

"정말이냐? 그럼 내 맘대로 출장 올 여자를 골라볼까. 몸매는 날씬하고 얼굴도 예쁘고 손도 보드랍고 싹싹한 마음씨를 가진 여자라면 더욱 더 좋을 것인데"

"대삼이랑 함께 다니더니 너도 완전히 타락 했구먼!"

여태껏 입 꼭 다물고 없는 척하고 있던 신세대삼신할미가 참다못해 한마디 내뱉고 만다.

"할매는 조물주가 있는 지리산 천왕봉에 있는 중계소로 후딱 가뿌시요."

"안 돼! 나가 지켜봐야 할 꺼여."

"보나마나 음란한 곳인디 뭘 지켜 볼라고 허요"

"내사 늙었승께! 뭘 봐도 상관없으니 내 걱정은 허덜 말그라."

"참으로 보기 숭헐낑께! 참말로 할매는 가뿔면 쓰겄그만."

"몸이 피곤하여 맛사지 한 번 받아볼라 하였는데 삼신 누님 때문에 안 되겠다. 난 도저히 못하겠으니 네가 한번 해볼래?"

"나도 안 됩니다."

"이쩌구리! 고추를 달고 있는 놈이 싫다고? 안마 시술소나 출장 맛사지나 비슷한 업종이어서 몸 사릴 이유가 없을 텐데?"

"그래도 안 허것으라?"

"아이구! 열부 났네."

"열녀가 아니고 열부라고라?"

"남자이니까? 열부지 평양 감사도 저 싫으면 그만이라더라. 너도 싫으면 말더라고."

우리가 종마호텔로 들어간 시각은 정오가 갓 지난 시간이였다. 우리는 마땅한 인물이 나타날 때까지 호텔 로비에서 기다리기로 했다.

잠시 후 발라당 까진 여자 하나가 작은 여행가방 하나와 핸드백을 가로지기로 어깨에 메고 콜택시에서 내리더니 쥐새끼가 구멍에서 나올 때처럼 사방을 두리번거리며 들어온다.

"저 여자 틀림없이 출장 맛사지걸인 것 같은데요! 우리도 따라 들어 갑시다."

여인의 뒤를 따라 간 곳은 "기분 좋은 모텔"이라는 간판이 붙은 3층 303호로 들어갔다.

"띵~동! 띵~동! 띵~동!"

차임벨이 연속해서 울리자 안에서 문 열렸으니 들어오라는 남자의 말소리가 들려온다. 문을 잠그지 않고 기다린 모양이다. 여자가 문을 열고 들어서니 안이 컴컴하다.

"아자씨! 불을 끄고 있었어요?"

들어온 여자가 이렇게 물으며 전등의 스위치를 찾으려 하자 복도의 조명으로 얼핏 여자의 얼굴을 본 침대 위에 누워 있던 사내는 불 켤 필요 없다면서 황급히 이불을 뒤집어쓴다.

"아자씨! 뭘 그리 부끄러워하세요? 어두워서 코를 베어 먹어도 모르겠네! 부끄러움을 많이 타나보네요!"

여자는 남자의 긴장을 풀어주느라 그렇게 말하지만 실내는 비록 어둡기는 하나 얼굴은 알아볼 수 있을 정도이다. 여자가 침대 곁으로 가니 침대 위의 남자의 몸은 거북이처럼 바짝 오그라든다.

침대 위의 남자는 변 종말 씨다. 회사에서 야근을 마치고 집에 가보았자 아이들은 학교가고 마누라는 식당에 서빙하러 가고 없다. 그런 텅 빈 집에 가서 별 볼일 없이 드러누워 TV나 보는 무료한 시간을 보내기 싫어 피곤한 몸이나 풀어볼까 하여 사우나가 있어 들어가면 "기분 좋은 모텔"에 들렀던 것이다. 그런데 때밀이가 맛사지 걸 얘기를 하자 귀가 솔깃해졌다.

모텔 사우나에서 땀을 흘리고 나른한 몸으로 객실로 들어온 후 때밀이가 말하던 아가씨나 불러 심심풀이 낯 거리나

한 번 하려고 마음먹은 것이다. 오랫동안 같이 살던 마누라살
도 지겨워진 판에 남의 살 맛도 좀 보자며 객실로 올라와서
침대 위에 벌거벗고 드러누워 언제 쯤 아가씨가 오길 눈이
빠지게 기다렸는데 문을 열고 들어오는 여자는 하필이면 제
수(남동생의 부인) 씨가 아닌가.

　제수씨는 밝은 데서 어두운 객실로 들어오는 바람에 시숙
을 못 보았고 시숙은 제수씨의 얼굴을 보자 이불 속으로 자라
목이 오그라들듯 팔다리를 감추고 숨은 것이다. 일이 이렇게
된 것은 우연일까? 아니다. 이건 저승사자의 농간인가! 저승
사자의 그런 행위에 기가 막혀 말이 안 나올 지경이다.

　"이걸 워째, 워쩌야 쓰까이!"

　이불 속 종말씨도 어쩌까이 하고 구경하는 나도 속으로
어쩔까 이를 연발하고 있다. 침대 위에서 벌어질 육체의 향연
을 생각하면 황당하고 거북해서 속이 뒤집힐 노릇이다. 너무
한 것 아니냐?는 눈치를 보내자 저승사자는 이빨을 다물고서
윗입술 아랫입술을 뒤집는다. 입도 뻥긋하지 말라는 뜻이다.
어쩔 수 없다는 메시지가 전달된다. 여자는 자진하여 옷을
벗어 한쪽으로 모아 놓는다. 제법 세련된 몸매다. 하는 행동으
로 보아 이 분야에 상당히 숙련된 모양이다.

　"아자씨! 너무 부끄러워 마씨시요이? 나가 이 직업으로 일
한 지 벌써 2년이 넘었지만 아저씨처럼 부끄럼 타는 사람은
처음 보요. 나는 훤하게 밝은 데서 하는 것이 훨씬 좋은데."

　여자의 말이 끝나자마자 이불 속의 남자는 비명에 가까운
말로 불 켜지 말라고 소리친다. 불을 켜려던 여자는 부끄럼을

참 많이 타는 남자구나 생각하며 이불 속으로 기어든다. 이제 제수씨와 시아주버니가 한 판 레슬링을 벌릴 모양이다. 여자 야 시숙의 얼굴을 못 봐서 아무 일도 아니라 할 수 있지만 ……. 시숙의 입장으로선 난처하기 그지 없다. 옷을 훌러덩 벗어재껴 알몸이라 침대에서 벌떡 일어나 자신의 신분을 밝힐 수도 없고 그렇다고 동생 마누라와 거시기를 하자니 그런 짓을 할 수도 없고 여인의 말에 의하면 2년 동안 이 직업으로 일을 해 와서 나름대로 경력이 붙어서인지 아니면 윤락녀나 다른 서비스업에 종사하는 직업여성들이 하는 짓을 남편 모르게 하고 있는 까닭에 스릴을 느껴서인지 아주 대담하게 덤벼든다. 시숙은 큰일 났다고 생각하며 이 위기의 순간을 어떻게 빠져나갈까 하는 궁리를 하기 위해 몸을 움 추려 보지만 여인의 손은 인정사정 볼 것 없이 시숙의 성기를 거머쥔다. 하지만 남자성기는 왜 오그라드는 지모를 일이다. 저승사자 는 남자 거시기가 오그라드니……. 이상한 생각이 드는 모양 이다! 여자가 저리 야하게 밀착해 오면 늦가을 수풀 속에 뱀을 건들이면 독이 오른 뱀은 상대를 물려고 고개 꼿꼿이 쳐드는 것처럼 힘이 솟구쳐야 되는 게 정상인데 이건 완전히 바람 빠진 막대풍선 같다.

"절마! 고추가 왜? 저 모양이냐?"

"아니. 사자님! 섹스를 한 번도 안 해 보셨소? 지금 산통을 깨나 아니면 모른 척하고 동생 마누라와 거시기를 해야 하나 말아야 하나 이 두 가지 고민 속에 어찌 그것이 고개를 뻣뻣하게 세우겠소?"

"야! 이놈아! 여자가 훌러덩 벗고 저렇게 비비고 들어오는데 대가리를 아래로 처박으면 그게 고자지! 남자냐?"

"그것이 아니라 섹스를 할 때는 60가지 신경이 똑같이 작용해야 된다고요."

"네가 신경과 의사냐? 그렇게 잘 알게?"

"아무튼 그렇대요. 남자가 여자를 볼 때 세 가지 기준으로 본다 이 말입니다."

"너는 3을 그렇게 좋아하느냐?"

"으미! 느~으~그미 떠거랄. 사자님 머리통 무식이 파도를 치는구먼 동양에서 미의 기준은 삼백三白·삼소三小·삼대三大라고 일컫지요. 저번에 가르쳐 준 것 같은데 다시 설명 하니 필이 오지요?"

"나도 늙어서 치매가 있나! 어찌 아리 삼삼하다. 갤차줄래?"

"이번 일 끝내고 은퇴 하시요. 삼백은 눈동자 가가 백색이고, 살결이 백색이고. 이빨이 백색이고, 삼소는 입이작고, 손발작고, 밑에 있는 옹달샘이 작고, 삼대는 유방이 크고, 눈이 크고, 궁둥이가 크고 인제 알겠지요?

"알긋다. 근디 어떻게 세 가지 기준으로 본다 말이냐? 그럼 너는 삼재수도 믿는 모양이제?"

"뜬금없이! 삼재수가 그서 왜 나옵니까?"

"너야말로 씨잘 대가리 없는 소리 하덜 말고 너 하고 싶은 말이나 계속해 보거라. 이."

"여자를 볼 때는요 안고 싶은 여자·안기고 싶은 여자·안고 싶지 않은 추한 여자·등 이렇게 세 종류로 분류하지요."

"무엇 때문에?"

"첫째, 안고 싶은 여자란 정감이 있어 보이고 아기 같기도 하고 마누라와 같은 묘한 기분이 드는 여자를 말하는 것이지라. 둘째, 안기고 싶은 여자란 남자들이 사춘기 시절 그러니까 보통 중학교 1~2학년 때쯤 되면 사춘기가 시작될 때지라. 가슴 속으로 짝사랑하는 학교의 여선생님 같기도 하고 엄마와도 비슷하고 옆집 누나 같은 그냥 힘들고 졸리고 할 때 기대고 싶은 푸근한 감정이 느껴지는 여자. 특히 학교 여선생님이나 모성애가 풍기는 그런 여자를 말하는 것이지라. 세 번째, 아무리 예쁘고 세련된 옷을 입고 있어도 행동거지가 여자 같지 않은 여인 즉 화류계 냄새를 풍기는 그런 여자 어딘지 모르게 화냥기가 풍기고 천박하게 느껴지는 그런 여자들이 추하게 보이지라. 이런 여자와는 섹스를 하려고 해도 아랫것이 말을 듣지 않지라. 지금 종말씨는 그 판국이지라!"

여자가 아무리 애무를 해도 지금 정신이 딴 데 팔려서 종말씨 성기 번데기처럼 바짝 쪼그라들 대로 쪼그라들어 전혀 반응이 없는 것이다. 제대로 서지 않는 물건을 만지작거리다가 심통이 난 여자가 드디어 투덜거리기 시작한다.

"빨리 해요 하루 종일 아자씨만 보고 있을까요? 다른 곳에서 지금 난 전을 펴 놓고 기다리는 사람이 있으니 후딱 하고 가봐야 된다고요."

여자의 이런 재촉에 남자는 기가 막힐 노릇이다. 다른 곳에 예약을 한 사람이 기다리고 있다는 것이다. 그러니 시간을 지켜야 하니 빨리 펌프질을 해달라고 졸라대는 것이다. 여자 옆에 두고 고추가 제 기능을 발휘하지 못하면 화대도 아깝거니와 남자 구실을 못한 것은 더더욱 창피한 일이다.

"종말아! 종말아! 네가 큰 죄를 짓는구나!"

동생 놈 얼굴이 눈앞에 아른거리지 동생 마누라는 빨리하자고 씨근덕거리고 있지 소식이 무소식인 성기를 느끼며 남자는 생각한다. 저승사자는 혀를 끌끌 차더니 종말이한데 신호를 보내는 모양이다.

"어이구! 귀여워라. 인제 일어나네."

"지기미 씨팔년! 용천 떠네!"

저승사자가 여자의 말과 하는 짓거리에 삼신할매는 치를 떤다.

"사자영감님! 무슨 그런 쌍스런 욕을 해뿌요? 아그들 듣겠소!"

"지금 나가 욕 안 하게 생겼냐? 저년이 시방 시숙 잠지를 잡고 개지랄 떠는 것을 보니 어이구 속 터져!"

"즉결 처분할까요?"

"복상사로 급사시켜버릴까?"

"가만히 두고 봅시다. 뭔가로 벌을 주어야지요?"

여자도 남자 거시기가 꿈틀거려야 신호가 와서 옹달샘의 수도꼭지가 열릴 텐데 좀 미진한 모양이다. 그러자 여자는 화장대 위에 있는 크림을 집어 뚜껑을 열고 옹달샘 주변에 떡칠을 하고는 남자 배때기 위에 턱 하니 걸터앉는다. 완전히 질 나이다. 반복 된 행동에 의해 숙련된 사람 곧 바로 이어지는 행동이

가관이다. 남자의 거시기 대가리를 억지로 잡아다가 옹달샘에 빠뜨리고는 혼자서 널뛰기를 시작한다. 얼마나 세게 뛰는지 침대가 삐거덕 거린다. 시숙은의 머릿속은 온갖 생각으로 뒤죽박죽인데도 그런 갈등 속에서 하기 싫은 것도 억지로 하면서도 여자가 남자 거시기를 옹달샘에 빠뜨려 놓고 몇 번인가 널뛰기를 하다가 널뛰기를 멈추고 궁둥이를 밀착시킨 다음 상하로 몇 번 움직이자? 남자가 사정을 하고 만다. 옹달샘에 오물 일으키고 만 것이다. 억지로 하니 잘 안 되어 자존심이 상해 미칠 지경인데……. 이 여자는 미운 짓만 골라서 한다.

"아이구 아자씨! 보약 좀 먹어야 쓰겄소. 우짜자고 남의 옹달샘을 이렇게 더럽힌당가요."

남녀 간의 그 짓을 제대로 못하여 절정에 도달도 못하고 시숙은 남의 여자, 아니 동생 마누라의 샘물만 구정물로 만들고 말았다. 자존심이 있는 대로 상한 시숙은 그나마 들키지 않은 것만 해도 천지신명이 도운 것이라 여기고 여자 몰래 안도의 한숨을 내쉬었다. 천지신명이 아니다. 저승사자가 도운 것이다. 사실일까요? 천만의 말씀 만만의 콩떡이다. 그렇게 싱겁게 끝내려고 저승사자가 작전을 편 것은 분명히 아닐 것이다. 부끄럽고 창피하고 겁도 나고 여자가 흥분되어 자신의 거시기 위에 흠뻑 싸 질러노은 옹달샘 물 때문에 찝찝한 시숙은 이불을 어설프게 뭉쳐서 감고 누워 있었다. 여자는 자기 시아주버니 배 위에서 널뛰기도 마쳤으니……. 화장실에 씻으러 갈려고 일어서다가 어둠 속이라 이불자락에 걸려 넘어져 남자 옆에 쓰러졌다. 다시 이불을 걷고 조심스럽게 일어나려고 마음을 먹다가 오늘은 널뛰기를 제대로 못하여 웬 심통이 자꾸 나는지 이불을 걷어차며 급하게 일어나고 말았다. 그 순간 종말이가 감고 있던 이불이 당겨지는 바람에 종말이가 침대에서 떨어졌다. 사람이 운수 사납고 그날 일진이 나쁘면 뒤로 넘어져도 코가 깨어진다고 침대에서 떨어지면서 뒤 머리가 방바닥과 사정없이 충돌해버린 것이다. 돼지를 죽일 때 날카로운 칼로 목을 따서 죽이는데……. 그때 내지르는 소리처럼 큰 소리를 지르자? 그 소리에 여자가 깜짝 놀라서 순간적으로 벽에 있는 형광등의 스위치 모두를 손을 펴서 켜버렸다. 시숙은 몸에 전해져 오는 고통 때문에 눈앞에 별이 번쩍! 천장에서는 형광등이 깜빡거리다가 번쩍번쩍! 순간적으로 시아주버니 얼굴을 보고 기겁한 제수씨 두 눈이 번쩍! 여자는 기겁을 하고 두 손으로 얼굴을 가린다. 못 볼 것을 본 것이다. 이게 어찌된 일이야? 꿈이냐? 생시냐?

"완전히 돌아버리겠지?"

저승사자까지 눈을 반짝이며 동의를 구한다. 번쩍번쩍! 나이트클럽의 사이키 조명인가 굴러 떨어진 남자는 이불을 끌어안고 몸을 웅크리며 벌벌 떨고 시숙 배때기 위에서 신나게 널뛰기 한 여자는 너무 놀라 심장이 벌렁벌렁 떨린다. 여자의 경악을 금치 못하는 표정을 보며…….

"어휴! 저 상판 때기를 쇠 갈구리로 확 글거뿌렀으면 쓰것는디."

"어쩌까이! 이 일을 어쩐다냐? 에구 쯔~쯧. 저 가스나는 밑에 옹달샘을 가려야지 얼굴은 왜 가리나!"

신세대 삼신할매는 계속 혀를 끌끌 차며 저승사자와 나를 보고 하는 말이 독설이다.

"자네들 하는 일이 참으로 응성스럽네! 두 놈이! 똑같이 작당을 해서."

"할매는 무단시 나를 잡을라그요?"

"같은 종자끼리 지랄용천을 떨고는 무단시는 뭐가 무단시야?"

"긍께로 나가 따라오지 말고 쉬라고 안헙디까? 머 땀시 어그적 거리며 따라와 놓고 그라요?"

"어떻게 일을 잘 처리한다. 싶었는데 이제는 물가에 놓고 있는 애기 같구나! 쯔쯧."

"와따! 잔소리 좀 그만 허고 쩌쪽 낭구나무 밑에서 시원히 쉬고 계시씨요. 이"

"에라. 벼락을 맞고 뒈질 놈들!"

"뭐라 그래쌌소? 누님! 너무 욕하지 마소? 이 두 년 놈은 요로코롬 일이 발단해야 되는구먼요. 내가 뒷조사를 폴쎄 했는디 이건 아무 것도 아니지라. 여태까지 못된 짓 뒈지게 많이 했는디 오늘 나한테 된통 걸린 것 뿐잉께로."

"이보시게 아우님! 제발 되지도 않는 그놈의 사투리 좀 그만 쓰시게 자네는 입장이 조금만 곤란하면 이상한 사투리를 쓰는 걸로 모면하려고 하는구나!"

여자는 두 손으로 얼굴을 가렸지만 혹시나 잘못 본 거 아닐까 싶어 손가락 사이로 두 눈을 크게 뜨고 죽겠다고 끙끙대는 시아주버니의 얼굴을 다시 한 번 확인해 본다.

"틀림없는 시숙이여! 에고~ 에고 이 일을 어떻게 해결 할까?"

등을 벽에 기댄 채 주르르 미끄러져 바닥에 주저앉는다. 여자가 그 짓하고 난 뒤에 다리 벌리고 주저앉으니……. 더 이상은 목불인견目不忍見 관계로 쓰지 않아야겠지만 어쩔 수 없다. 금방 싸질러놓은 종말씨의 물 조루물이 여자의 옹달샘에 고여 있다가 대책 없이 흘러나오고 있었다. 그렇게 이상스런 상황을 만든 뒤 할 말을 잃은 두 남녀를 남겨두고 우리는 나와서 커피숍으로 들어갔다.

"천벌을 받을 년 놈들! 우~액. 구토가 나오려고 그러네! 내가 행한 연출이 너무 심했나?"

저승사자는 혼잣말로 궁~시렁 거렸지만 두 남녀의 생각은 자기네들이 지옥 불에 떨어질 거라고 생각할 것이 분명하다. 아! 세상은 넓고 부정의 현장은 너무나 많구나. 자식새끼 놔두고 남편은 힘들여 일하는데 마누라는 재미 보며 몸 팔고 다녔으니 큰 죄는 큰 죄인데 우리도 너무한 것 같기도 하다. 삼신 할매 얼굴을 보니 맛있게 식사하고 마지막 에 돌을 씹은 얼굴이다.

"멀라고 따라와 갖고 자꾸 그라요?"

내가 묻자.

"썩을 놈들! 관상대 직원들 야유회 가는 날 비가 오듯이 내가 지금 그런 꼴이다!"

"그렇게 나가 오지 말라고 글키나 부탁했는데도 와 갖구는 아까 가뿌렀으면 이런 더럽고 추한 꼴을 안 볼 꺼 아니요.”

“느그들 날 보내놓고 비스무리한 곳 또 갈라고 그러제?”

“아니요. 이. 얼능 가뿌시요.”

삼신 할매는 못마땅한 얼굴을 하며…….

“못된 짓 하지 말고 일이나 잘 하거라? 나. 지리산 중계소로 간다. 이.”

하고는 천상으로 녹화 프로를 송출하는 지리산 TV중계소로 갔다. 저승사자는 무얼 생각하는지 눈을 감고 입을 꾹 다물고 있다. 약자에게 행하는 강한 자의 행위는 인간의 광폭 성을 나타낸다는데 저승사자의 징벌도 약간은 변태기가 있는 것 같다. 그런데 저승사자의 뭔가 생각하는 쌍 판 대가리를 보니 다음 일이 걱정이다.

“자요?”

“말 시키지 말그라.”

“흥분되었다가 지금 가라앉히고 있는 거요?”

그러나 그는 도포자락 속에 손을 넣고 대갈통을 처박고 있을 뿐 미동도 하지 않는다. 무슨 생각을 하는지 알 수가 없다. 객실에 있는 두 남녀가 궁금하다. 사태를 어떻게 수습하고 있는지 궁금하여 나 혼자 객실로 이동하였다.

남자는 침대에 걸터앉아 담배를 물고 허공을 향하여 연기를 뿜어댄다. 한편 여자는 목욕탕에 앉아 씻을 엄두도 못 내고 이 위기를 돌파할 묘안을 짜내느라고 좋지도 않은 머리로 머리를 굴리다가 “이혼을 해야 되겠지.”라고 결론을 내리는 중이었다. 요샛말로 여자들 특히 돈벌이 잘 하는 직업여성들이 변명 하는 말이 있다. 부부가 다 못 벌어 "초라하게 사는 더블"보다 "화려한 싱글이"훨씬 나은 삶을 즐길 수 있다며 자식새끼 차버리고 남편 병신 만들고 이혼하는 것이다. 요즘은 세 쌍 중에 한 쌍이 이혼한다는데 아니지 아니지 이러면 안 되지 자식이 눈에 아른거린다. 힘없이 고개를 휘젓는다. 이것도 아니고 저것도 아니고 그 누가 말했던가. 여자란 그 짓하고 씻어버리면 새 것인 것을 지금 내가 뭘 하고 있지? 목욕탕에 앉아 있는 것이 아닌가. 시숙하고는 없던 일로 하자고 하면 될 터인데……. 한편 시숙은 아무리 생각해 봐도 감출 수도 없고 덮어둘 수도 없는 일이다. 이번 일을 동생한테 이야기하고 갈라서게 해야겠다고 판단을 내렸다. 이렇게 해서 한 가정이 파괴될 위기에 처한 것이다. 여자의 경우 하루의 일진이 별로 좋지 않았지만 한 번만 더 해서 돈을 좀 더 벌려다가 이 모양이 된 것이다. 하지만 여자의 후회가 무슨 해결책이 되리오. 본인들에게는 악몽 같은 일이지만 어차피 일은 벌어진 것이다. 우리는 그들이 어떻게 이 일을 수습할 것인가를 그 자리에서 결정을 미루고 이 두 남녀는 일단 집에 돌려보냈다.

그날 저녁 시숙하고 그 짓을 하고 온 여자는 양심의 가책을 받았던지 더럽게 몸을 판돈이지만 시장에 가서 장을 보아서고 맛있는 음식을 정성스럽게 장만하여 남편이 돌아오기만 기다렸다. IMF 한파 때문에 내 노라 하는 직장에서 실직하여 공공근로 일터에서 먼지를 뒤집어쓰며 일해서 일당을 받는 남편은 그날따라 식당에서 서빙 한다는 마누라가 일찍 와 있는 모습을 보고 무척 반가워한다.

자신이 일터에서 해고된 뒤 한동안 어수선하던 집안이 그
래도 자신이 공공근로로 번 일당과 아내가 직업전선에 나서
번 돈으로 어린 두 자식이 IMF의 고통을 그다지 어려움도
모르게 하고 키울 수 있기를 신에게 빌면서 이 어려운 터널을
무사히 빨리 벗어나게 해달라고 간구하며 살아왔던 바였다.
더군다나 IMF가 한창 극성을 부릴 때 이런 우스개도 있었다.

"남편이 돈을 잘 벌든지 아니면 짐승이 되든지 둘 중에
하나는 되어야 마누라한테 버림받지 않는다."

말이 있다. 그럼에도 마누라는 옆에 있어주지 않았던가. 아
이들과 함께 밥상머리에 앉은 남편은 오랜만에 온 식구가
한 상에 둘러앉아 밥을 먹는다면서 흐뭇해한다. 막상 남편의
얼굴을 대하니 여자는 지금 마음이 조마조마해서 불에 단
송곳이 가슴을 쑤시는 것 같고 가시방석에 앉은 듯 좌불안석
이다. 이런 날이면 남편은 기분이 좋아져서 연애를 하자고
할 게 분명한데 낮에는 시숙과 그 짓을 한 탓으로 옹달샘에는
시숙이 싸질러놓은 물이 아직 다 마르지도 않았다.

"그래서 사람은 죄 짓고는 못 사는 것이구나!"

여자는 살그머니 한숨을 내쉰다. 밥상을 물린 뒤 여자는
잠자리에 들기 전에 오늘은 피곤하여 일찍 왔으니 그냥 자자
고 선수를 치고 순진한 남편은 지가 돈을 제대로 못 벌어
마누라 고생시킨다고 생각하니 마누라 말을 거역할 수가 없
어 그러마 하고 그날은 그냥 넘어갔다. 저승사자는 이 부정한
여자를 자살로 몰고 가기 위한 계획을 세웠지만 나는 반대하

였다. 자살을 하게 되면 지옥으로 갈 수밖에 없는데 가족을 살리기 위해 그런 짓을 한 것이니 용서해 주자고 허나 안 된다고 한다. 순진하기만 한 남편은 IMF사태가 터지기 전에도 마누라가 부정을 저지르고 다녔지만 전혀 눈치 채지 못하고 있었던 것이다. 저승사자도 IMF사태 이후에 생계를 위해 그 짓을 하고 다녔다면 용서해 줄려고 교훈적으로 일을 꾸미려 했지만 그 전에도 그러고 다녔기에 이 여자를 벼르는 것이다. 말하자면 된서리의 시범케이스로 된통 걸린 것이다. 즉? 살려서 반성하게 할 사람이 아니라고 판단한 모양이다. 그러나 이건 우리들의 권한이 아니다. 인간의 생사를 판단하는 것도 태어날 때의 운명인데 어찌 저승사자의 권한으로 인간의 생명을 빼앗을 수 있는가. 내가 그런 생각을 하자 저승사자가 내게 말을 붙인다.

"이것만은 내가 미리 사무총장에게 결재를 받아두었네. 여자는 살아 있더라도 죽을 때까지 고통일 테니 차라리 자살시키는 게 더 나은 방법이라네."

그러면 내가 마무리할 수 있게 일임을 해달라고 부탁하였다.

자살을 시키는데 무슨 의미가 부여 되어야 된다는 게 나의 생각 이였다. 자살이란 어떻게 생각해 보면 무의미하다. 억울하게 죽든 살기 싫어 죽든 본인에게는 천지개벽과 같은 엄청난 일로서 태풍이라기보다 오히려 지진에 비유할 수 있다. 주위에 있는 사람들에게는 한동안 바다에 태풍이 닥친 것 같은 일이겠지만 태풍이 지나면 바다의 물은 잠잠하다. 허나 본인에게는 지진이라고 말할 수 있다. 지진은 나고 나면 그

뒷수습하는데 상당한 어려움이 따른다. 자살도 때에 따라서는 엄청난 후유증을 가족이나 주위 사람에게 안겨준다. 어머니를 잃고 아내를 잃고 또 언니 동생을 잃는 슬픔과 충격도 남은 자에게는 대단한 고통이다. 저승사자의 프로그램이 이 여자의 자살로 끝나는 것이라면 남은 자들 즉? 불쌍한 어린 자식과 선량하고 순진한 남편을 위하여 무언가 도움이 될 만한 것을 남기고 자살하는 프로그램으로 내가 직접 연출해야겠다. 비록 자살을 하더라도 가족에게 뭔가 돌아갈 이익을 남기고 죽을 수 있는 방법을 연구해야 한다. 남은 가족들의 삶을 윤택하게 해주야 한다. 그동안 남편과 자식들에게 지은 죄를 어느 정도는 보상할 수 있어야 하고 어쩌면 본인 때문에 남의 가정이 파탄 났을지도 모르고 또 남편의 형한테 그런 짓을 하였으니 동서와 조카에게 지은 죄! 그 일로 인해 조상에게 지은 죄 등 그런 모든 것을 보상 하려고 하니 전부 돈과 연관된다. 결론은 생명보험.

"너! 똑바로 잘 해. 네가 통박을 얼마나 잘 굴리는 가 두고 보자."

저승사자는 슬며시 엄포를 놓는다.

"염려 붙들어 매시여. 잘들 보라고요."

내 머릿속에는 하나의 작전이 짝 펼쳐졌다. 이 여자는 친구가 보험 설계사가 3명이나 있어 생명 보험을 어쩔 수 없어 들어 놓은 게 있다. 또한 그동안 부엌 곳곳에 숨겨두었고……. 안방 이곳저곳에 꼬불쳐 두었던 돈을 전부 꺼내고 곗돈도 미리 타고 하여 자기가 죽으면 남편이 받을 수 있게끔 친구에

4부

게 부탁하여 같이 일하는 친구 동료에게 수혜자를 남편으로
하여 보험금이 10억이나 되는 생명보험 2개를 또 계약하였다.
전부 합하면 40억이 넘는 금액이다.

"야! 이 자슥아! 보험회사 보상과 직원들은 버스회사 업무
상무보다 더 지독할지도 모르잖아? 요 근간에도 보험금 타려
고 아들 손가락 절단하고 애비가 자식을 불태워 죽이고 마누
라가 정부와 짜고 남편을 죽인 것도 모두 들통 났는데 네놈이
보험회사 보상과 직원들 머리통을 석두로 보냐?"

"기다려보더라고 너무 채근하지 말아요? 일은 이런 식으로
될 거이요."

저승사자는 내 머리통을 뚫어지게 들여다보고 있다.

이제 그 비극의 현장을 보자.

"……"

행복아파트 14층 거실이 시끌벅적하다. 오늘 대청소를 하
는 모양이다. 아파트 베란다 앞쪽에 유치원 어린이 놀이터와
테니스장이 있다. 놀이터 모래밭에는 아이들이 뛰어노는데
바람이 불 때마다 먼지가 피어오른다. 아파트 거실 바깥 베란
다의 대형 유리창에도 몇 년 묵은 먼지가 쌓여 있다. 내일이면
형제들 계를 한다고 벌써 멀리서 온 형제도 있다. 가까운 도시
지만 경상도에서 온 여동생이 하는 말이?

"언니! 베란다 유리창에 먼지가 너무 많이 끼여 더럽구만!
청소 한 번도 안 했제?"

"바빠서 청소하기도 힘들어 작게 만든 창문 같으면 날마다
닦을 수 있겠는데 이렇게 크게 두 짝으로 만들어 놓으니 물청

소 한 번 하려면 큰마음 안 먹으면 못하지."

구질구질한 것을 싫어하는 동생은 전망이 좋은 아파트에서 창문이 지저분하여 보기 싫으니 오늘 큰맘 먹고 물청소를 하자고 한다. 찬스는 지금이다 그렇다. 여자는 유리창 청소에서 묘안을 떠올렸다. 자살을 하면 보험에 대한 일체의 보상을 받을 수 없다. 자살을 하더라도 보험 가입을 하고 난 2년 후라면 보험금을 받을 수 있으나 이 시점에서 2년은 너무 멀다. 그러니 자살이 아니라 사고로 믿게 꾸며야 한다. 잠시 후 저승사자와 나의 눈에는 아파트 베란다에서 빨래 비슷한 게 떨어지는 것이 보인다. 아니다. 사람이다. 금속성에 가까운 여자의 찢어지는 비명소리. "언니야!"라고 외치는 고함소리와 함께 잠시 후 "퍽!"하는 소리가 들려온다. 여자가 유리를 닦던 베란다에는 밧줄이 드리워져 세찬 물이 흐르고 있었다. 목매달려고 하다가 밧줄이 풀어지는 바람에 실패한 자살인가? 아니면 진짜 사고인가? 저승사자의 눈이 휘둥그레진다. 조금 후에 아이들의 울부짖음과 여인의 울음소리가 들려오고 사람들의 웅성거리는 소리가 들려온다.

……

다음 날 신문의 사회면에 다음과 같은 기사가 났다.

[행복아파트 베란다 창문을 청소하려고 베란다 밖으로 나와 스텐 파이프 보호대 난간위에 올라서서 고무호스로 물청소하던 이 아파트 여주인이 발이 미끄러져서 14층에서 떨어졌다. 119구조대가 즉시 출동하였지만 허리 골절에 두개골 파손으로 현장에서 절명하였다.]

부

공중파 방송에서도 뉴스를 다루었다.

"흠! 완벽하게 연출하였구나?"

말은 그렇게 하면서도 나를 슬며시 흘겨본다.

"근데 왜 흘겨보요? 보험회사 즈그 할애비가 와도 자살이 아니고 사고 사요. 알것소? 베란다 난간 위에서 떨어졌으니 개 쓰 벌 좆도……. 저승사자와 댕긴 깨로 완전히 살인청부업자가 되 뿔렀구먼! 내가 킬러여. 그래도 이왕에 데려갈 것 남아 있는 가족이라도 살아갈 수 있게 해주고 갔으니 열녀비는 못 세워 줄망정 저승에서나마 편히 살게 합시다."

"어려울 것이다. 삼신할미가 목격하였던 사건이 아니냐? 게다가 하필이면 시숙하고 그 짓을 하다니."

"시방 무슨 소리 해쌌소? 그거야 사자님이 연출한 것 아니요. 나도 죽으면 지옥 갈 거여!"

"그라면 내가 연출을 잘못 했단 말이냐?"

"그 말이 아니 고라. 시숙하고 그런 짓을 하여 용서를 못 한다고 궁시렁 거렸으면서."

"언제 그랬냐?"

"왜 이란다요? 짚 새기 신고 잔치 집에 가다 똥 밟은 양반처럼 씨부렁거려 놓고는."

"시끄럽다. 네 놈은 아까 나가 연출할 때 장님집에 품팔이 온 놈처럼 끙끙대던데 왜 그랬냐?"

"지금 무슨 소리당가?"

"야가! 지금 쉬운 말은 이해를 못하는구먼! 장님이 품 팔러

온 놈 얼굴이 보이냐? 일한 것처럼 힘쓰는 소리만 끙끙댄다 하여 한 말이다."

"그럼 나가 시방 그런 놈으로 보인단 말이요? 사자님! 연출 방법이 맘에 안 들어 혼자 끙끙 앓았소? 나중에 사자님도 지옥 갈 것이여! 왜 도끼눈을 해갖고 나를 처다 바쁜교?"

"너! 여 하여튼 대갈 통 끝내 주는 놈이야! 나는 처음에 베란다에 늘어진 게 밧줄인 줄 알고 틀렸구나! 하였는데 그게 밧줄이 아니고 고무 호스였구나. 늙은 깨 눈이 나빠 밧줄로 자살하려고 떨어진 줄 알았잖냐?"

"밧줄로 자살 허면 생명보험에서는 한 푼도 못 받아유."

"글마! 자석! 그놈의 사투리 좀 쓰지 말거라. 아무튼 너 대갈통이 쓸 만 허다고 허잔냐?"

"성님도! 그걸 시방 알았소. 이?"

"폴세 알았지만! 네가 기고만장해 할까 봐 말을 안했는데 오늘은 정말 벨리 굿이다. 넌 믿을 만한 친구야."

"사자님하고 친구할 일 없승께 꿈에라도 나타나서 그런 말 하지 마씨시요. 이."

저승사자 마스크에서 입이 옆으로 쪼개진다.

"혼자서 웃기는 날아가는 기러기 생식기를 보았소?"

"그건 또 무슨 소리냐?"

"내 말에 꼭 토를 달기는! 저 높고 파란창공에 날아가는 기러기 때 생식기를 보았느냐? 말입니다."

저승사자가 혼자 웃는 게 궁금하다. 저승사자야 내 마음을 읽으려면 간단하지만. 나는 어렵다. 인간의 마음은 대충 쉽게 읽을 수 있지만 신들의 마음은 읽을 수가 없다. 혼자 웃던 저승사자가 갑자기 일어서더니 갑자기 이동한다. 얼마나 급하였던지 날더러 가자는 말도 없이 날아간다. 나도 황급히 저승사자의 도포자락을 잡고 날아갔다.

……우리가 순간 이동을 하여 당도한 곳은 종마호텔 이웃에 있는 장급 여관이다. 장급 여관이라지만 거의 호텔 수준이다. 우리가 들어간 곳은 가족이 사용할 수 있는 원룸 같은 큰 방이다.

바닥에는 화투판과 맥주병이 나뒹굴고 양주병 빈 것이 몇 개나 된다. 두 개의 재떨이에는 서너 번 빨았던 담배꽁초가 수북이 쌓여 있고, 옆방은 주방인 모양인데 여자 셋이 인사불성이 되어 뻗어 있다. 몹시 취했는지 씩씩대는 폼이 숨을 쉬니 살아 있나 싶지 죽은 것이나 진배없다. 이 무슨 꼴인가.

남자 셋의 얼굴을 보아하니 빤질빤질한 것이 주먹들 아니면 인신매매 조직이나 범죄조직 혹은 기생오라비들 같다. 아무튼 가정을 가진 아니 가정에 충실한 가장의 모습은 아니다.

남자들은 별로 취한 것이 아닌 듯싶다. 맥주가 20병 넘고 박대통령이 즐겼다는 술인 씨발 씨. 회칼인가 시바스리갈 인가 하는 술? 박정희 대통령이 그 술 먹고 죽었다하여 대한민국 졸부들이 빨대로 하도 많이 빨아 대서 영국 위스키 업계의 주가를 올리게 했던 시바스리갈 술병이 여섯 개……. 저 많은 술을 먹었다면 항우장사도 못 견디었을 것이다. 여자들은 꼭지가 뺑 돌았고 밑까지 가버린 모양이다. 이 여인들은 분명히 가정주부다. 40세 전후의 가정주부들이 대명천지 밝은 낮에 여관방에서 낮술에 꼭지가 뼁 돌았으니! 낮술 취하면 애비도 몰라보는 개망나니 자식이 된다는데 가정주부가 낮술 처먹고 헤까닥 갔으니 이 무슨 망발인가.

화투 치면서 홀짝홀짝 마신 맥주와 양주에 저리고 양주와 맥주가 짬뽕되면 전부 양주되고. 거기에다 탄산음료인 사이다나 콜라를 먹으면 그 위력은 배가 되는데…….

남자들은 술 취한 여자들을 끌어다 눕힌다. 그리고는? 화장실에 가서 비누를 컵에 담아 온다. 20분쯤 기다린 남자들은 여자들이 완전히 곯아떨어지자 여자들의 옷을 전부 벗긴다. 우리는 구석에서 서서 그들의 행동을 지켜보았다. 이상한 느낌을 직감한 저승사자가 유체 이동으로 황급히 온 것이다.

여인들 세 명은 완전히 나체다. 그 꼴을 보니 웃음도 나오고 걱정도 되었다. 남자들의 다음 행동이 더욱 궁금하였다. 남자들은 각자 1회용 면도기를 하나씩 들고 컵에 담긴 비누를 여자들 음모에 바르고 면도를 하기 시작한다. 이런 죽일 놈들이 남의 꽃밭을 절단 내고 있다. 남자들 손놀림에 여인들의 꽃밭은 휴전선에 고엽제 뿌린 곳처럼 민둥산이 된다.

도대체 이 세 놈은 무엇 하는 놈인가? 이 세 여인은 또 뭐고? 중국고전 수호지에서 음식에 인육을 넣으면 맛이 끝내준다고 하여 사람을 잡았다더라마는 사람을 인육으로 쓸려면 머리털도 밀어야 되는데 머리털을 놔두는 것을 보니 고기로 쓸 것도 아니고. 이 남자들은 막가파도 아니고 뭘까? 면도가 다 끝나자 남자들은 방 안을 깨끗이 청소한다.

그리고 미동도 하지 않고 아무런 감정도 없는 여자들을 상대로 한 명씩 육체의 향연을 벌인다. 여자들은 잠결에 끙끙거리지만 별 반응이 없다. 세상에 머리털 나고 이런 구경은 처음이다. 아니 여태까지 삼류신문의 사회면에서도 기록되지 않은 사건이니 말이다. 두 개의 유방과 풀밭이 없는 여인의 그곳도 유방처럼 보인다. 남자들이 각기 싸질러 놓은 물이 감기 걸린 어린아이 콧구멍에 나온 코 같이 여자의 샘에서 흘러나온다. 1시간이 지났다.

세 남자는 또다시 아까 했던 짓거리를 파트너를 바꾸어 한 차례 스와핑을 한다. 스와핑이다SWAP ·· 夫婦交換 아니? 남의 여자와 성교를 하고 바꿔치기를 한다.

"개새끼들! 남의 구멍을 부지깽이로 쑤신다더니……."

"그것이 무슨 말이냐?"

"알려고 하지 마씨시요?"

"내가 모르면 쓰냐? 너는 하도 고상한 말만 쓰니 좀 가르쳐 주면 안 되느냐?"

"언놈이 남의 부엌 아궁이에서 불 때고 있는 과부를 겁탈하려고 했대요. 그런데 막상 그 짓을 하고 나니 남자가 그립던 과부 몸에 불만 댕겨준 꼴이 되어 거꾸로 과부가 한사코 붙잡고 늘어지네. 자기는 몸을 풀었지만 과부의 원을 풀어줄 수 없어 에라. 할 수 있나 자기 능력으로 달아오른 여자의 욕정을 못 채워주자 부지깽이로불을 땔 때 사용하는 나무 막대 그 곳을 쑤셨대요. 지것자기 마누라이면 딱딱한 나무로 쑤셨겠소? 남의 것인께 그런 짓을 했지! 안 그렇소?"

"저기 세 놈이 상대가 지 마누라 같으면 그런 짓을 안했을 거란 말이지?"

"야!"

"대답할 때는 네 하고 공손히 해라. 야가 뭐냐? 아랫사람 부르는 것도 아니고!"

"알았구면이라."

대답하며 큰 대자로 누운 여자들을 보니 생각나는 게 있어 웃었다.

"너. 이 자슥! 여자 유방 두 개하고 밑의 둔부하고 삼위일체 三位一體 생각했지?"

"아이구! 저승사자님도 남의 속을 그렇게 꿰뚫으니 귀신 다 돼뿌렀소 아니, 우린 귀신이지. 그라고 삼위일체가 셋이라 더 우습소."

어느덧 밖이 어두워지기 시작한다. 돌림 빵으로 그 짓을 하고 여인들의 옷을 전부 입혀 주었다. 너 댓 시간이 지나고 나니 여자들은 정신이 든 모양인데 그래도 아직은 몽롱한 꿈을 꾸고 있는 듯하다.

여자들은 집에 가야 한다고 말하면서 일어난다. 아래 털이 깎이어 나갔는데도 아직 모른다. 아직 취기가 남았고 또한 밑이 축축하여 이상한 기분이 들기도 하지만 서로에게 말을 할 수가 없다.

남자 한 명은 남고 남자 둘이 여자 셋을 에스코트해서 차를 타고 집으로 데려다주는 모양이다. 여자들은 한 아파트에 사는 모양이다. 아파트 입구 저만치에서 세 여인을 떨구어 주고 돌아갔다. 남은 한 놈과 합류할 모양이다.

여자들은 아파트 입구에 있는 슈퍼마켓에서 애들 과자와 음료수를 사들고 각자 집으로 들어가 침대에 누워버렸다. 아직 취기가 있는데다가 비몽사몽간에 치루었지만……. 세 놈과 교대로 일을 치루었으니. 힘들 수밖에. 여기서 이 여자들의 정체를 살펴보자. 평범한 가정주부들인 이들은 이제 자식들을 다 키워 학교에 보내고 나면 집이 텅 빈다. 남편은 직장에 나가고. 이들은 학교 수업이 끝나도 학원에 들렀다가 돌아오는 시간은 늦은 밤이다.

남편 역시 직장에서 늦게 오니 집 안에 처박혀 신문이나 교양서적을 보고 시간을 보내지만 그것도 하루 이틀이지……. 매일 똑같은 생활을 하다 보니 지나가는 세월이 지루하기 그지없다.

여자들이 인생의 허무한 것을 느낄 때가 자식 다 키운 삼십대 후반에서 50대 초반이라고 한다. 비슷한 연배의 이웃끼리 모여 잡담이나 하다가 쇼핑도 하고 바람도 쐴 겸해서 돌아다니게 되었다.

그러다가 다방에서 만난 남자들과 누님! 오빠! 동생이라고 부르며 사귀다 분위기 좋은 데 가서 차도 한잔하고……. 옛날 남편과 연애시절에 돌아다니던 강변의 갈대숲으로 야간 드라이브도 하고 다니면서 남자를 다루는 요령도 터득하게 되었다.

남편 아닌 다른 남자와 다니는 것도 인생의 중반기에 이르러 싱거워진 인생에 또 다른 의미가 있고 재미도 쏠쏠하였다.

육체관계를 가질 만한 시기가 가까워지면 헤어지고 하는 이런 짓을 수없이 반복하여 만성중독이 되었다.

오늘 만난 이들도 노련한 여인들한테 많이 당하였다. 잘 먹여주고 좋은 데 구경시켜주고 하였지만 막상 한 번 관계를 가지려면 미꾸라지처럼 빠져나가는 것이다. 김일성이가 와서 어쩌구! 오늘은 시어머니 오는 날이니 다음에 우리 신랑 야간 때 하자며 이런 핑계 저런 변명에 수없이 속은 이들이 대상을 물색하고 벼르던 참이었다. 여자들이 남자들과 여관에 들어올 때는 여관이라 꺼림칙하다고 투정을 부렸지만 술이나 한잔하며 화투나 치고 놀자고 제안하니 여자나 남자나 서로 상대가 3명이나 되어 안심이 되었고 남자 일행 중 한 명이 외국 바이어를 만났기 때문에 4시면 헤어져야 한다기에 여관에 들어온 것이 화근이었다. 여자들 생각은 아무튼 한 방에서 셋이 그 짓은 할 수 없다는 판단이었고…….

손님 만난다고 술을 조금만 마시는 것은 약이 오를 대로 오른 남자들의 계획이었다. 이 무서운 아니 여인들의 운명을 송두리째 바꿔버린 일들은 이렇게 시작되었다. 밝은 대낮의 일들은 해가보고! 어둠의 일들은 달님에게 지구를 지켜달라며 낮의 일들을 인계하고 대지 뒤로 해가 떠난 뒤 장장 무려 3시간이 흘렀다. 여인들의 집에는 남편이 퇴근해 왔고 밥 늦게 학원에서 돌아온 자녀들도 잠든 시간이다. 그러나 야차 같은 아까의 세 남자는 호텔방에서 휴대폰을 꺼낸다. 여자들이 술 취했을 때 알아둔 전화번호. 보통 아니 대다수의 여자들은 자기 집 전화번호는 메모리 1번이다. 낮에 알아둔 전화번호를 이렇게 써먹는 것이다.

깊은 밤 어둠의 적막을 깨고 울리는 전화소리에 마누라는 꿈속에서 헤매는지 도통 전화를 받을 생각을 않는다. 언놈이 이 밤중에 전화하나고 투덜대면서 수화기를 드는 순간 차라리 받지나 말 걸. 야간 당직이나 섰으면. 오! 하나님! 불쌍한 남편들은 수화기 속에서 조소하듯 들려오는 정체불명의 남자 목소리…….

"여보세요! 누구십니까?"

"누구면 알아서 뭐 하게? 참 당신과 나는 구멍 동서야!"

"머라케쌌노? 미친 놈! 아이가!"

"성내지 말고 전화 끊고 당신 마누라 성기나 만져보아. 오늘부로 당신 마누라는 나하고 공동 소유야. 내가 풀밭도 매고 물도 주었으니까"

미친놈이 술 처먹고 장난하는 음란전화겠지! 개자식이라고 욕을 하며 전화를 끊으려니 전화선을 타고 들리던 하늘이 뒤집어질 것이다. 라는 말의 여운이 귓가에 맴돈다. 오늘밤 세 여자의 집에 같은 내용의 전화가 걸려온 것이다. 남편들은 곯아떨어진 여편네들을 보고 이상하다는 느낌이 든다. 하메나 하고 팬티 속으로 손을 넣어 본 남편……. 소복하게 솟아 있었던 부추 같은 음모가 없다. 얼씨구! 꿈인가? 완전히 민둥산이다. 밑의 계곡까지 내려가자? 밤일을 할 대 여간 주물럭거려야 젖어들던 꽃잎이 푹 젖어 있다.

아니! 아까 그 자식이 구멍 동서라고 하더니 세상에 마누라가 바람을 피워? 깨끗이 목욕하고 팬티 갈아입고 생리대나

차고 있으면 남편한테 의심도 안 받을 터인데 짬뽕으로 마신 술에 세 놈하고 그 짓을 하였으니 확실한 증거를 남긴 것이었다. 중지 손가락으로 마누라 옹달샘에 넣자? 정액이 묻어나오는 것이다. 깊은 잠에 빠져 자던 여인들의 얼굴에 난데없는 전남 고흥 세계 권투 챔피언 유재두 선수! 주먹 완투가 꽂히고 아래 꽃밭에는 사정없이 축구선수 기성용의 오른발프리킥이 꽂아진다. 이와 동시에 아이구! 소리와 아이들의 울음소리……. 남자의 악다구니소리에 아파트 전체가 들썩거린다. 나동 전체 라인에 환하게 불이 켜진다.

위의 사건은 실제로 전남 여수시에서 있었던 사건이었다. 할일 없이 남의 남자 등이나 처먹고 가정을 소홀히 한 중년 여인들에게는 그에 상응하는 액운이 주어진 것이다. 일의 시작과 끝을 묵묵히 보던 저승사자가?

"저건 초라한 더블이 아니라 구역질 나는 더블이구먼! 우리가 어떻게 조처하지 않아도 인과응보因果應報의 벌이 내리는 걸 보면 아직은 인간들이 잘 하고 있는 거 같구나! 어째 말이 좀 엇나가는 것 같지만! 그리고 이런 꼬라지를 보면 역시 화려한 싱글에 점수가 주어진다 말일시."

"요사이. 그런 부류를 택하는 여자들이 아주 많은 모양입니다."

"저 앞서도 잠깐 얘기를 나누었지만 자살을 하거나 또한 자식을 버리는 것, 자식을 아니 가지려고 마음을 먹으면 아주 큰 벌을 내린다."

"왜요?"

"첫째는 자식을 가지려 하지 않는 인간은 하늘에 정면 도전하는 것이자 하느님의 권위에 도전하는 것이다. 인간들이 전부 후손을 두지 않으면 지구에는 살아가는 인간이 없어져 지구 자체가 종말을 고할 것이고, 둘째는 부처님에게 심사를 받아 삼신할미가 점지하여 주었는데 자식이 귀찮아서 유산시키거나 하면 부처님께 정면 도전한 것이고. 제 명대로 살지 않고 자살해 버리면 지옥은 항상 만원이고 저승사자도 힘들어 하니 이런 행위 역시 염라대왕에게 도전한 것이어서 이런 여자들이나 남자들은 세 가지 죄가 적용되어 그 고통은 말로 표현하기 힘들다. 그러니 자연의 순리대로 살아가란 말이다."

"그 말을 듣고 봉께 방금 열거한 신들은 모두 인간의 삶을 파괴하는 신으로 생각됩니다! 신들이 저지른 실수 중에 제가 가장 중요하게 짚고 넘어가는 게 먼지 알긋소?"

"그게 뭐냐?"

"아담과 이브를 만들지 말았어야 했고 이브를 탄생시켰으면 이브를 꼬드긴 뱀을 안 만들었어야 했지요. 그것도 여의치 않으면 사과를 만들지 말았어야……."

"이놈아! 그것은 우주의 근원이고 또한 지구의 모든 생명체가 어우러져 살아가기 위한 프로그램의 일부이잖느냐?"

"씰데 없는 소리라요! 사과나 뱀은 이 지구상에 존재하지 않아도 인간들이나 다른 동물들이 살아가는 데는 아무 지장이 없고요 여자를 안 만들었어도 전혀 상관없어요."

"아그들은?"

"인간의 후손들은 흙으로 만들면 되지요, 지구는 흙 천지이니께요. 긍깨 아담처럼 계속 만들면 되지라."

"됐다! 그 얘기는 고만하자. 네랑 얘기해 봤자 내 입만 아픈
깨 이 여자들 뒤 처리가 어떻게 되나 보자꾸나."

"뻔하죠 이혼한 여자들이 화려한 싱글이 되었다 이건데 천
만의 말씀이지라. 신은 인간들이 태어날 때부터 고통스럽게
하고 죽을 때까지도 고통을 주는데 이건 순전히 자격 미달인
신들의 계산 때문이지라 그리스 로마 시대의 제우스신이나
그 아들들의 면모를 보면 모두 신들의 상상력으로 만들어진
것에 불과하지요. 인간 중심적인 신은 없었으며 먼 훗날 인간
중심적인 신들의 표본으로 세계화를 이룩한 예수가 탄생하였
지요.

고대의 신들 중에 인간에게 불을 갖다 준 프로메테우스
신만이 인간의 삶에 가장 많은 이익을 준 신인데! 그 신을
인간들에게 불을 주었다고 해서 독수리에게 간을 쪼아 먹게
하여 죽게 한 형벌을 내렸다면 그것은 인간의 존재를 부정하
고자 한 신들의 개락이 아닌지요?"

"주제 방향을 흐리게 하지 말고 이놈아! 이혼한 여자들은
신이 아닌 인간들, 그것도 여자들에게 이용당한 남자들이 벌
을 주자고 계획안을 만들었는데 왜 나한테 따지냐? 신이 만든
형벌이 아니다. 인간 스스로 자처하여 벌은 받은 것이다. 저
세 여인이 스스로 벌을 받아서 저런 시나리오가 완성된 것이
니 이 일로 나를 그만 귀찮게 하고 우리 성경 얘기나 좀 하자.
너 성경책을 제대로 읽어 본 적이 있느냐?"

"읽어 보았지라."

"읽어 보고 느낀 점은?"

"인간의 도리를 기록하였고 실제로 성경 말씀대로 살면 지구는 평온하겠지요. 그러나 인간의 입은 자기 몸에서 제일 더러운 것을 배출하는 항문보다 못하지요."

"성경 얘기 하자는데 뜬금없이 항문이야기는 왜 나오느냐?"

"사람은 가슴 속에 있는 말을 한다고 하지만 가슴 속에서 진정으로 우러나는 말을 하지 않는다고 합니다."

"야이 바보야! 말이란 가슴 속에 저장되어 있는 것이 아니지 않느냐? 두개골 속의 뇌 안에 기록되어 있느니라. 너희는 가슴에 한을 묻고, 원한을 묻으며, 그리움을 가슴에 안고 등등 하면서 가슴 속에 모든 인간의 생각이 내재되는 있는 줄 알지만 실은 머릿속에 있느니라. 그랑께로 거짓말을 한다 말이다 알긋느냐? 그건 그렇고 네가 씨부렁거리는 걸 보면 입이 똥구멍보다 더러운 게 사실이기는 한데 입이 또~옹~구멍보다 더 더러운 곳이라고 하는 이유는?"

"아 글씨 입으로 들어간 음식은 분명히 항문으로 나오는데 마음속에 들어있는 생각과 말이 입으로 나올 때는 거짓으로 변하여 나온다 이거지요."

"그랑께 너는 성경을 읽은 자가 읽은 성경은 참되고 진실된 이야기인데 그것을 쏟아내는 입은 거짓으로 변하고 행동도 틀린다. 이런 말이구나?"

"맞는 야그지라."

"그것 참! 이해하기 힘든 부분이구나! 허긴 어쩌면 입이 똥구멍보다 더러울 수도 있겠구나.”

"그래서인지 몰라도 미국인 10명 중 5명이 오럴섹스를 하는데 1명은 항문성교를 하고 있답니다.”

"이놈아! 오럴섹스가 무엇이다냐?”

"고약한 말이지라. 쩌그뭐시기냐 하면. 르윈스키가 클린턴의 거시기를……”

"입으로 하는 것인 줄은 알겠는데 똥구멍도 오럴섹스에 드느냐?”

"암요.”

"참으로 인간들의 행위를 보면 더럽고 이해 못할 짓들만 하는구나.”

"인간들의 간교한 성의식은 20세기 들어서면서부터 성혁명을 이끈 대사건들이 터져 나왔지라. 인간의 성욕은 감춰야 할 부끄러운 본능에서 생명을 지탱하는 건전한 힘으로 격상시킨 것은 오스트리아의 정신의학자 지그문트 프로이트가 1900년에 내놓은 **꿈의 해석**이라는 책이 시초였지라. 이 책이 나오고 3년 후에 독일에서 나체촌이 등장 하였고요.”

"그 나체촌은 에덴동산의 아담과 이브 시절 같은 곳이냐?”

"모르겠으라. 안 가봤승께로.”

"그것 보아라. 느그들이 지랄 떨던 인간복제가 실현되면 성이란 더욱 더럽고 추잡해져서 너희 인간들의 일상생활이 엉망진창이 될 것이다.

너는 20세기를 성혁명의 시대라고 하지만 더욱 난해진 성문화의 번성으로 에이즈라는 매독보다 훨씬 무서운 성병을 항문성교에서 발병하게 하였느니라."

"웃기는 소리! 에이즈란 병은 1980년 11월 미국 UCLA의 마이클 고트리브 박사가 목구멍에 지독한 진균 감염이 있고 폐렴도 겹쳐 있는 환자의 혈액을 검사하다가 면역조직이 완전히 망가진 환자를 발견하고 미국 질병관리 센터CDC에 보고하여 알려졌지라.

에이즈가 밀레니엄 최후의 역병으로 하늘이 내린 천형이라고 하지만 90년대 중반에는 칵테일요법에 의해 불치병에서 난치병으로 바뀌어졌지라."

"그랑께로 하늘에서 내린 병도 인간의 과학 발달 능력에 의해 하나하나 정복되어 갔구나."

"그러나 12세기 구약성서에서도 나오는 나병은 아직 정복되지 않은 병으로 그 역사가 깊은데요, 이 병은 11세기 십자군 전쟁 중에 중동에서 강력한 나병 균이 유럽으로 들어와 13세기까지 200여 년 동안 급속히 번졌다고 기록되며 레프로사리움 또는 라지렛토라고 불리는 수용소가 생겼지라. 나병을 대재앙의 전주곡이라 했는데 영화 **벤허**의 한 장면에서 본 것도 있고 성경에도 기록되어 있는데……. 예수가 십자가에 못 박혀 죽을 때 하늘에서 천둥번개가 치면서 비가 와서 예수의 몸을 씻기고 내려온 물이 나병 환자의 몸에 닿는 순간 병이 씻은 듯이 낫는 장면이 있지라. 어라! 그 예수의 목욕물을 확보하면 나병은 퇴치될 것 같지 않아요? 영화라서 그렇게 표현한 걸까요? 아니면 진짜 그럴까요?"

"썩을 놈의 새끼! 걸쩍지근하고. 썩어 문드러지는 소리만 자꾸 할껴?"

"썩어 문드러지다니요?"

"네가 앞에서 지낄였듯이 20세기 중반에 접어들면서 자연의 기본법칙인 암수조차 인간의 힘으로 뒤바뀌게 되었으니 1952년에 미국에서 수놈을 암놈으로, 여자를 남자로 바꾸는 성전환수술이 성공하였고 그 후 한 술 더 떠 78년에는 영국에서 시험관 아기인 루이스 브라운이 성관계 없이 태어났으니 생명이 탄생되는 근본적인 자연법칙이 파괴되었다는 사실도 알고 있을 것 아니냐?"

"그거야. 알지라."

"그래서 지금 동물들은 특히 가축은 인간의 기술로 번식되며 사랑하지도 않는 놈의 자식을 출산하는 세태이니 곧 인간도 그런 식으로 될 것이다."

"또 있구먼요. 인간을 대신할 인공지능을 가진 컴퓨터 기계 인간이 태어나서 우리는 더 편한 삶을 살 수 있다는 것이지요."

"아이고! 이놈아! 귀가 송시러워시끄러워 못 듣겠다. 또 그놈의 게놈 프로젝트인가. 이런 쓰~으~벌 놈들을 천지개벽으로 꽉!"

"워쩔 것인디요?"

"그러면 너희는 무슨 낙으로 살 것인가 생각해 보았느냐? 섹스도 출산도 필요 없고 식량도 유전 복합체로 생산되고 심지어 한우도 유전공학으로 똑같이 만드는 기술도 연구 중이라는데 너희가 태어난 삶의 목적이라는 게 무엇이냐?"

"그거는 각자 생각하기 나름이지라."

"가만 있거라, 쪄끔만 생각해 보자. 필이 왔다리 갔다리 한다. 쩌그 그 머시다. 냐……."

"사자님! 필을 내가 어떻게 알아요?"

"거시기 뭐시다냐, 옳지 인제야 생각난다."

"머릿속에서 머가 번뜩 번뜩 허요?"

"어허! 말시키지 말그라, 게놈 프로젝트와 성생활 두 가지를 연결해 생각해 보니, 너 돈 벌 일 하나 가르쳐주마."

"돈요?"

"이 자슥! 돈 얘기 하니 눈 뚜껑이 엄청 크게 열리는구먼 저그 말이다."

"아이고 숨넘어가요! 얼릉능 말하시오."

"생체인식 보안시스템이라고 아느냐?"

"화자話者 개인의 음성의 고유한 성문聲紋을 암호화해서 본인 여부를 인증하는 시스템을 말하는 것이지라."

"다른 사람들이 이미 개발하였느냐?"

"나가 벌써 알았승깨 그러겠지 라."

"그래?"

"이 기술은요 지문 인식·홍채 인식·등 화자 인증 기술을 적용한 보안시스템이라고 하는 것인데 그것이 사자님 대그빡에서 생각났다는 말이군요."

"이것아, 내 말 다 듣고 야지리편잔 하그라. 이 시스템을 조금 더 발전시켜 여자 거시기에다 화자 인증 시스템 칩을 부착시키면 어떨까?"

"그려서 열려라 참깨! 열리지 말거라! 이런 식으로요?"

"그렇게 하면 네놈 마누라 바람피울 염려도 없승깨 이것을 만들어 특허를 받으면 빌 게이츠가 무릎 아래 엎드릴 것이다. 네가 세상에서 제일 갑부가 되면 어떻겠느냐 구미가 당기냐?"

"늙은 형님! 그랑께로 여자들 거시기에다 설치하면 남편 음성이 아니면 안 열린다. 이런 말이지라? 그라면 여자들이 남자 거시기에다 이걸 설치하고 일어 나거라! 서그라! 들그라! 하여야 실력을 발휘하고 시들지 말그라! 하면 몇 시간이고 물개처럼 할 수 있다는 이런 말도 돼요?"

"이놈아! 생각해 봐라. 칩이라 해봤자 참깨 알보다 더 작은 것을 서로 상대방에게 이식하면 문란한 성문제는 해결될 것 같은데!"

"그라고 또 먼 이득이 생기지라?"

"너희 나라 미녀들 일부가 일본에 가서 몸 파는 여성들 있다는데 이들에게 이식하여 문화관광부 장관의 음성으로 게 다짝들한테는 옥문을 열지 말거라 하면 될 것 아니냐."

"아이고! 우리 늙은 형님이 이제는 헤까닥 했구먼!"

"이놈이! 말하는 꼴이라니. 그리고 젊은 형님이라고 하면 안 되냐? 늙은 형님이 뭐냐?"

"이놈! 저놈! 허지 마씨시요이 듣는 이놈! 기쁜 나쁜깨로. 근디 그 말은 절대로 나한테만 말허고 다른 사람헌테는 소문 내지 마씨시요 이."

"특허 낼라고 그러냐?"

"세상이 아무리 발달해도 인간 고유의 음성을 흉내 내지는 못 헝깨로 특허를 한 번 내볼까 허요."

"그건 그렇고 아까 까 그 얘기 계속하자. 네가 주장하다시피 모든 원인이 인간들의 번식능력, 즉 섹스의 기본 구도가 잘못되었기 때문이라고 치자, 하지만 인간 존재의 실상과 죽음의 본질을 제대로 바라본 사람들은 그가 나중에 어떻게 되고 무엇을 소유할 것인가를 생각하지 않는다. 어떻게 될 것도 소유할 무엇도 존재하지 아니하기 때문이다."

"무소유無所有가 곧 영생永生의 길이라고 씨부리고 공수래공수거空手來 空手去↔죽어서 관에 시체를 넣을 때 입히는 수의에는 주머니가 없다라고 나팔 불었는데 그 같은 인간의 마음을 불교의 교리라고 생각하면……. 그렇다면 이 지구상의 모든 인간이 불교신자가 되어 그 같은 행동을 하면 후손이 생기지 않으니 인간은 씨가 마르겠네요."

"이 새끼야! 너희 인간이 자연법칙自然法則을 어기고 특히 여성의 임신과 양육의 의무를 펼칠 수 있게 하여 성해방을 가능케 한 피임약을 개발하지 않았느냐? 60년대에는 경구용 피임약 에노버드, 88년에는 먹는 낙태약RU486이 등장하였고……, 불임 술이 보편화되어 여성을 임신과 육아의 굴레에서 해방시키고 성을 향응케 했지 20세기 끝머리에서는 1998년 미국의 제약회사에서 발기부전 치료제 비아그라를 만들어 성해방의 마지막 걸림돌로 불리던 발기부전까지 첨단의학으로 극복되었다고 하지. 너는 들거라·서그라·일나그라 따위를 개발하겠다고 지랄을 하지 않았느냐? 그래서 어느 정도 무소유의 노자, 장자적인 삶이 필요하단 말이다."

"머 땀시 욕을 허고 그라요? 기분 나쁘게!"

"지금 우리의 임무가 무엇인가 생각해 보았느냐?"

"이야기를 딴 데로 돌려갖고 혈압 오르게 허지 마씨시요
이"

"인간들이 거지같은 짓만 헌께로 뽈따구 나서 그런다. 네가
씨부렁거린 성이 필요없는 생식이 가능해지고 전통적인 암수
생식기에서 크게 벗어나지 않는 시험관 아기에서 자기와 똑
같은 개체를 만들어내는 인간복제까지 주문 생산으로 생식과
관계없는 성이 얼마든지 가능해졌다, 이런 쓰잘 데 없는 소리
그만하고 그 머시다냐? 뽈따구 낭께로 할 말도 잊어묵네. 근
디 우리가 왜 삼천포로 빠졌냐?"

"몰르는 구먼~유."

"그러면 한 가지 더 짚고 넘어가자."

"아이고! 골치 아프게 생겼네!"

"반성을 모르면 삶의 의미를 알겠느냐? 인간이 태어난 것
은 어머니 아버지가 거시기 해가지고 어머니 뱃속에서 열
달 있다가 태어난다는 것은 모두가 안단 말이 재. 그러면 죽음
은 생각해 봤냐? 사후세계 말이다."

"간단하지라. 숨을 못 쉬면 죽는 것이지라."

"그래 말 잘 하였다! 육체는 멀쩡한데 숨을 안 쉬면 죽는
것이지. 영혼은 모를 것이다 네가 죽어 보지 않았기 때문에
그러나 네가 지금 나하고 대화하고 보고 듣고 하는 정신은
무엇인가? 가슴 속에도 없고 머리속 뇌속에 있다고 하였는데

인간의 뇌는 너희가 말하는 컴퓨터라고 하자. 아니 인간의 뇌를 대신할 칩이라고 해두자. 인간의 마음은 각기 틀리다. 수십억 지구상의 인간의 뇌는 모두 틀리다. 절대로 똑같지는 않지, 그게 제일 중요한 일이다.

지금 너희가 첨단 과학으로 모든 자연의 섭리를 바꾸고 인간을 대신할 과학의 문명인가 꽃인가 하는 그 놈의 꽃도 평생 시들지 않으라는 법은 없다. 지구상에 아무리 아름다운 꽃도 시들기 마련이다.

인간의 마음은 각기 틀리기 때문에 똑같이 행동할 수 없다. 너희가 편하려고 로봇 인간을 만들었다치자. 그 로봇은 똑같은 기계에서 찍어낸 뇌다. 기계 인간의 뇌는 수천 개이건 수만 개이건 같은 것 아니냐? 그런 로봇의 뇌가 일시적으로 기계적인 발작을 일으켜 나쁜 플로 그램이 입력되었다면 그 결과는 어떻게 되겠느냐? 지구는 끝장난 것 아니냐.? 똑같은 생각이 기계에서 기계 사이에 정보를 주고받고 같은 생각을 하며 '인간을 없애라'하면 수천 수억의 기계가 같은 생각을 할 것이고 그러면 인류의 종말이 올 것 아니냐? 지구를 가루로 만들 정도의 핵폭탄이 있는데 그 버튼을 로봇 인간이 눌렀다하자 그러면 너희는 끝난 것이다. 문명의 꽃이고 이고 나발이고 할 것 없이 깡그리 날라 가는 것이여."

"그러니까 정상적인 자연의 법칙대로 살아가라 이 말씀이네요?"

"말이라고 씨부링거리냐? 세월은 흐르는 물과 같은 것, 자연의 순리는 어쩔 수 없는 법, 너희는 흙에서 태어나서 흙으로 돌아간다. 하늘에서 주는 음식은 없다. 너희가 먹는 것들도 모두 흙에서 나오는 것들이다. 너희가 살아가는데 필요한 것들도 다 흙에서 나온다. 네가 밥을 먹고 똥을 싸거나 고기를 먹고 싸도 결국은 그것이 흙이 되는 것이다. 네가 앞에서 지적했듯이 모든 기독교인들이 천당에 가기 위해 일은 안하고 기도만 한다고 하면 그게 살아 있는 것이냐? 언놈이 쎄빠지게 혀가 빠지게 농사지어 기독교인들을 먹여 살리겠느냐.?

그러니 불교든 기독교든 이슬람교 등 모든 종교도 마찬가지니라. 지구상의 모든 인간들도 자연법칙自然法則에 의하여 살아가야 하는데 그것을 거스르고 쓸데없는 연구를 하느냐 말이다. 내가 있어야 종교도 있고 나라도 있는 것이라고 안 허더냐."

"맞았으라!. 내가 신이지요. 모든 문제는 내가 있기 때문에 있는 것이지라."

"그런데 너는 아직도 나를 원망하냐?"

"……."

"유구무언有口無言인 걸 보니 우리 임무로 돌아가자. 나라가 IMF로 절단 나서 주부들이 타락하고 돈 많은 놈들이 온갖 나쁜 짓을 하는 바람에 사회가 어지러우니 못된 자들을 잡아서 혼을 내주자.

아! 인제 생각났다. 아까 잊어 묵은 게 뭔지. 그 머시다냐? 출장 맛사지 현장으로 다시 한 번 가보자. 아니 그러지 말고 우리가 한 번 불러보자."

"또 오버하시네, 우리는 지금 인간의 눈에 보이지 않는 영혼이라고요. 정신 차려요!"

"보이게 할 수도 있다. 이놈아! 까짓것 너도 해보고 싶지?"

"그리스의 유명한 철학자 소크라테스가 '너 자신을 알라'고 했는데 나 자신을 알아야지요. 그러니 날 꼬드기지 말고 절대로 껄쩍지근 한 말도 삼가 합시다."

"얼렐래! 이것 봐라. 네가 언제부터 성인군자가 되었느냐? 흥 자슥이 가오 재기는……."

"잘못하면 임질이나 매독에 걸려 물 조루 새는 꼴을 보고 싶으시오?"

"이놈아! 과학기술로 하늘에서 내린 공포의 천형도 정복되었다면서?"

"누가 그럽디까? 그런 소리 마시라요. 정복된 것도 일부분에 지나지 않은 깨로."

"물 조루가 새면 어떻게 되는데?"

"매독은 임질보다 더 독한 것이지라. 이것은 인류의 가장 오래된 직업 중의 하나인 매춘에서 비롯되었는데 여자의 옹달샘에 수많은 물조루가 들락거리니 자연히 오염이 되는 것이지요."

"그랑깨 이놈! 저놈이 마구 펌프질을 하여 솟아나는 물이 썩어서 그런 것이다 이거냐?"

"아마 그럴걸요! 특히 전쟁터에는 매춘부가 들끓었는데 여성들은 먹고 살기 위한 수단으로 몸을 파는 것이지라. 전쟁으로 남자가 죽고 여자 혼자서 농사짓기도 벅차서 누이 좋고 매부 좋다는 식으로 불가침의 신성한 우물을 외국 병사에게 팔고 하여 이름도 거룩한 국제 매독이 창궐하였다고요.

　대동아전쟁 때 군인들의 사기를 높이기 위해서 일본 놈들이 정신대란 이름으로 우리 백의민족의 텃밭을 유린하여 20세기 내내 그 문제 때문에 양국 간에 지금도 몹시 껄끄러웠지라.”

　“아니. 쪽발이라면 네가 이빨을 갈던 그놈들 아니냐? 즈그 나라 계집년들은 잘 놔두고 하필이면 왜 신성한 우리 처녀들을 못 살게 굴었다냐?”

　“그래서 한때는 나가 일본 남자들만 싸그리 죽이는 화학탄을 맹글어 갔고 설라무네 그걸 일본 열도에다 터뜨려 게다짝들을 몰살시키고 우리나라 총각을 수출하여 인종말살 정책을 꿈꾸기도 했으라.”

　“이놈 봐라! 너는 순전히 히틀러 같은 놈이네!”

　“천만의 말씀이고 만만에 콩떡이요. 그들이 우리한테 한 짓에 비하면 대등한 것이지라.”

　“어째서?”

　“왜냐하면? 왜놈들은 저그가 우리 땅을 점령하고 있을 때 우리 꽃밭을 엄청 절단 내었고 또 관동대지진 때 덤 태기를 씌워 우리 동포들을 죽창으로 찔러 죽였으며……. 그 이전에도 수없이 우리 땅을 침범하여 우리 백성들을 골탕 먹이고 수많은 양민을 학살하고 태평양전쟁 당시에는 젊은 청년들을 강제노역이나 군대에 보내서 총알받이로 이용했지. 라. 긍께 나가 흥분 안 허게 생겼소.”

　“그 다음에는 어째 됐냐?”

"그러다가 일본이 전쟁에 지면서 즈그 나라 꽃밭도 흑인 병사들에게 작살 났구 먼이라. 지금도 일본 여자들은 흑인 거시기가 커서 되려고 돈을 내고라도 그 짓을 한다고 그럽디 다."

"아니! 여자들이 큰 거시기를 좋아하냐?"

"인간은 누구나 뭐든지 큰 걸 좋아하지요. 거시기든 차든 집이든 뭐 든지요."

"웃기는구나!"

"매독은 16세기경에 기승을 부렸는데 1494년 프랑스 왕 샤를 8세는 프랑스, 독일·스페인·스위스 등의 병사로 연합군을 편성하여 이탈리아를 침공하였지요. 그러나 나폴리에서 병사들에게 나병보다 더 심한 피부병이 창궐하여 긴급히 철수해야만 했으라."

"잠깐! 네가 직접 지휘했다는 고엽제 환자도 피부병에 시달린다고 1999년 11월에 난리를 안 쳤냐?"

"그랬지요."

"국군이 DMZ에서 뿌렸다는 약을 미 국방부와 너희 국방부도 안 뿌렸다고 빡빡 우기다가 결국 손들고 말았다는데 그 약에 혹시 매독 균이……."

"씰데 없는 소리지라. 생화학 무기가 개발되고 있지만 아직은 매독균 이야기는 없어요."

"그래도 조심혀야 쓰겄다! 높은 놈들은 워낙 거짓말을 잘 한다고 허더라."

"아이~쓰으~벌."

52

"그래그래. 이야기 헷갈리게 해서 미안하다. 계속해 보거라."

"그라니께 연합군이 철수한 것이 매독 때문이었지요."

"4개 나라가 편성되어 전투를 했으니 그것도 국제매독이었겠구나!"

"나는 말입니다, 남의 이야그 할 때 중간에 자르고 끼어드는 사람이 제일 싫구먼요."

"알았다. 짜슥이 말이야 좀 안다고 되게 재기는……."

"국제 매독인 건 당근이고 최근까지 콜롬버스가 이 병을 신대륙에서 가져와서 스페인 병사들을 통해 퍼진 것으로 알려졌지라. 그러나 과학자들은 이전에도 유럽에서 유행했던 프람베시아가 매독이라는 사실을 알게 되었고 지금은 '신대륙 기원설'과 '균 변이 설'이 서로 싸우고 있다요."

"아직까지 정복하지 못한 병구나, 참작해야 겠다."

"유럽에서 매독이 창궐한 것은 매춘 문화의 극성을 보여주는 것이기도 한데요. 1509년 베네치아 인구 30만 명 중에 30분의 1인 11,000명이 매춘부였을 만큼 유럽은 매춘의 대륙이었다고 기록된 것을 보았지라."

"아니, 그놈의 나라는 처먹고 펌프질만 해댔다냐?"

"누가 알것으라? 역사의 기록이라니 그러려나보다 하는 것이지요."

"21세기 섹스 밀레니엄보다 더하다야!"

"그런데 매독이 성병으로 알려지자 매독 환자들은 수모 속에서 나병 환자 촌으로 추방되었지만 나병 환자들조차 그들과 같이 있기를 꺼릴 정도로 더러운 병이었대요.

　그런데 우스운 것은 귀족들은 이 병이 만연하자 이 병에 걸리지 않은 놈은 목석으로 여겼대요. 볼테르는 그의 시에서 매독을『사랑의 꽃다발』이라고 표현했대요."

　"미친놈들! 물 조루가 새는데 거시기가 썩어가는데 사랑의 꽃다발이라고? 이놈은 정신병자 같으니 볼테르라는 이 작자 볼떼기를 한 대 쳐라 정신이 번쩍 들게. 너도 귀족의 반열에 들어서려면 그리고 목석이라는 소리 안 들려면 매독 한 번 걸려보지 어떠냐?"

　"예끼. 여보시요! 남의 가정 파탄 낼 일 있소?"

　"공연히 한 번 해본 소리니라 혈압도 높다면서 진정하게나."

　"암만 그려도 헐 소리가 따로 있지라."

　"참! 부도내고 돈 안 주는 사람한테 돈 받을 때 A급 나환자 서너 명을 데리고 그 집 안방에 죽치면 하루만 있어도 숨겨놓은 돈 모조리 내놓는다고 했는데 나환자도 꺼리는 매독 환자를 해결사로 채용하여 사업하면 짭짤한 수입⋯⋯. 야야! 너 눈 똑바로 하여라. 실수여! 난 뭐 농담도 못하냐? 썩을 놈! 뒤틀기는 지는 나보다 더 심한 농담도 하면서 야! 더럽게 미안하다."

　"나환자 얘기 함부로 하지 마세요. 그들은 나병을 천형으로 받아들이고 가슴 속에 누군가를 해코지하고픈 악마를 가두며 평범한 인간이 누리는 행복을 가두고 살아가는 우리와 함께 살아가는 우리 사회의 일원입니다."

"머시라? 이 자슥! 마음은 도대체 알 수가 없네. 껄쩍지근한 소리는 지 혼자 다 해 놓고선 쩌쪽으로 가뿌러야, 옮길라."

"시방! 메라 그랬쓰야?"

"니놈이! 말했듯이 뇌 속에는 생각하는 능력이 기록된 녹음테이프 아니 CD롬 같은 것이 들어 있어 언제든지 재생하여 볼 수도 있고 듣기도 한다고 구라를 방 빵 쳐놓고선 이제 와서 가슴 속에 어쩌구저쩌구 에라 이 골빈 놈아! 가슴 속에 행복을 가두고 슬픔을 가두고 원한을 가두고…….

뇌는 일종의 생물학적 컴퓨터인데 인간의 의식의 원천인 정신은 뇌 속에 있는 것이 아니고 가슴 속에 있다고 지랄을 떠니 나도 헷갈린다. 빨랑 가보자."

"어데를 가자는 것이요?"

"야가 자다가 봉창 두들기나! 이놈아! 출장 맛사지 결산하러 가자는 말이다. 니~기미 떠~그랄."

"그려서 이번에는 나보고 그 짓을 해보라고라? 오뉴월 삼복더위에 똥개가 나체바람으로 보신탕집 앞에서 얼쩡거릴 일이 제, 하늘에서 보고 있을지도 모르는데 그런 짓을 하라 고라."

"어떠냐? 뭐. 자슥이! 말야 제사 파젯날끝나는 날 막둥이가 오도 방정 떨듯이 출랑대 놓고선 이제 와서 내숭떨기는……."

"나는 그딴 짓 못 헝깨로 우린 그냥 구경이나 허게 한 놈 잡아 연출해 봅시다."

"자슥! 고생한다고 때 벗겨줄라고 했더니 말아라 그럼."

"왔다 메 나도 성인군자는 못 되 야도 아무 데서나 훌러덩 벗고 물총을 보여줄 수 업승께로 앙그요? 글고요 지금 우리는 특별 팀이요 팀. 향응을 대접받다가 들키면 워쩔라고 그래 쌌소?"

"아이고! 이 쓰~불 놈의 새끼! 너도 뒷구멍 캐보면 다 알 수 있승깨 능청 떨지 말그라. 알긋냐? 너 혼자 있을 때 별짓 다 했는지 누가 알아."

"그러나 인간은 본시 착하게 프로그램 되었다고 안했소? 홀로 떨어져 있을 때는 불안하고 집단 속에 있을 때는 안도하는 것이 인간의 본능이지라."

"너 갈수록 성인군자나 철학자 같은 소릴 지껄이는데! 고추 달린 동물은 믿을 수가 없다. 알겠는가? 근디 어데서 배우를 구하지?"

"쩌~어 쪽으로 가 봅시다."

"짜샤! 좌측이냐? 우측이냐?"

"워메 미치겠네! 아직도 나 말 못 알아 들겠소?"

"자동 통역기를 하나 지급받아야 쓰겠네."

"카메라로 보고 이쪽으로 자바댕기 뿌시오."

"자바댕기 뿌라니?"

"에이고 못 살 것이여 줌을 사용하라고요."

"야 이 개 같은 시러비힐 놈아! 표준말 좀 쓰면 안 되냐? 이렇게 줌 하니 어라! 종마호텔 말이냐?"

"잘 보았네요."

"왜 하필이면 호텔 이름이 종마호텔이냐?"

"종마가 뭐 어때서요?"

"또 말이야. 그 놈의 말 때문에 말이라면 응성시럽다!"

"응성시럽기는 머이가 엉성시럽소? 종마는 대장 수놈 말을 일컫는 단어 인디."

"나는 말 얘기만 나오면 징그럽다."

"하기사. 쫴깐 걸끄러울 것이요!"

"왜냐?"

"그 말을 내 입으로 꼭 해야 쓰겄소. 이?"

"그래도 읊어 보그라. 씨부렁거려 보란 말이다."

"뽈따구! 안 내겄지요? 어찌꼬롬 말을 해야 쓰겄쓰까이 저 것 봐. 벌써 인상 쓰불라면서."

"인상 안 써불팅게 얼렁능 해야 노가리거짓말 까지 말고."

"그랑께 이 말이란 놈이 거시기가 킁께 종마로 사용한다고 키우는 것을 다른 말로 종말이라 부르는 것이지라. 종돈은 돼지, 종우는 숫소, 종말은 숫놈말이지라. 이것이 연애를 할 때 절대로 친척 간에는 교미를 안한다요."

"교미가 머시당가?"

"시방 그것도 모르요?"

"표준말로 허랑께."

"교미가 표준말인데 와 그라요? 즈그들 친척끼리는 그것을 안하지라."

"동성동본끼리는 혼인을 안 한다. 그런 말이렸다. 인간들보 다 훨씬 났다. 야!"

"그렇지요. 말 이야기가 났으니 이야그 한 자락 헐 거잉께 들어보더라고요."

하루는 과부가 함지박에 뜨끈뜨끈한 두부를 이고 가는데 난전(시골 장터)에 사람들이 빙 둘러서 있길래 머시다냐 하고 고개를 삐꿈 내밀고 보니 말 두 마리가 섹스를 하고 있는 거 아녀 '웜~메! 아 이 무신 구경거리다냐?' 하며 서방 놈 죽은 뒤 거시기 한 번 제대로 못 했응깨 구경이나 하자 뜨뜨무리한 두부 함지박을 땅에 내려놓고 땅바닥에 털썩 주저앉아 구경을 하였다요"

"얼씨구! 과부 속곳 가랭이가 화끈화끈했겠구나!"

"암요. 말들은 드러누워서 그 짓을 한다고 그럽디다."

"……."

"숫놈이 암놈 뒤에서 드러누워 궁둥이를 들썩할 때마다 두부장수는 오금이 저려 두 손을 쥐었다 폈다 하였는디 얼마나 흥분이 되었는지 난리가 났다는 거요."

"그렁께로 너 말은 뜨뜨무리한 두부를 쥐었다 폈다 이런 말이제?"

"봤소? 어찌꾸롬 그리 잘 안다요?"

"너. 이놈! 너는 이야기 주제가 항상 그런 쪽으로 간다는 것을 이미 알고 있느니라."

"흥분한 여인은 말이 움직일 때마다 그랬으니 두부는 작살이 나서 반죽이 되어버렸고 말들이 일을 끝내고 보니 함지박의 두부는 팔 수 없는 지경이 되고 말았다는 것이지요."

"생 음란비디오를 다 보고 난 과부는 말들이 섹스를 하느라 수고했다고 두부를 말 먹이로 주었지요 이렇게 말을 끝내려고 했지?"

58

"정말 귀신 다 됐네. 어찌 고로코롬 나가 헐 말을 다 해뿐다 요?"

"나가 원래 귀신이여. 근디 야그는 그것뿐이냐?"

"뭘 더 바라요?"

"두부 함지박을 한 번만 내려다보았어도 그런 낭패를 당하 지 않았을 테고 숫말이 죽으면 과부와 처녀들이 숫말거시기 를 그렇게 아까워한다고 말하려고 그랬지?"

"참! 사람 돌아버려서 같이 못 다니겠구먼 저승사자님! 나 속을 들어갔다 나온 사람처럼 잘 알아뿌요. 이."

"그런데 조물주 없을 때 그 야그 한 번 안 해줄래?"

"지금 내려다보고 있는지 누가 아요?"

"내려다보더라도 생 비디오 보느라고 아랫도리 텐트치고 있을 거잉께 걱정 하덜덜 말어."

"별 거 아니지라. 조물주가 만물을 만들어 놓고 인간 동물 들의 성관계 횟수를 정해주다 말에게 불만을 사서 걷어 차였 지라……."

본격적인 이야기를 시작하려는 찰나에 '야. 이 놈 대삼아!' 부르는 소리가 내 머릿속을 마구 흔들기 시작했다.

"사자님! 고마 헙시다. 우에서 다 봤당께로."

"좋다가 말았구나! 언제나 끝까지 들어볼꼬 아이구 됐다. 저놈 잡자. 그리고 주제를 흐리게 하지 말고 우리의 임무를 생각하자."

우리는 카메라에 잡힌 남자를 따라 쫓아가 보니 그 남자가 혼자서 종마호텔로 들어서는 게 보인다.

"남자 혼자 호텔에 들어갔다. 하면 뻔하겠지라?"

"그렇겠구나! 이번에는 어떤 여자가 올지 궁금해지는구나."

"저승사자 주제에 그렇게 여자를 밝혀서야……."

"야 임마! 저승사자는 남자 아니라든?"

"우리끼리 하는 시비는 업무 끝내놓고 헙시다."

　　종마호텔 객실의 침대 위에 건장한 남자가 누워 있다. 커튼이 드리워져 방 안은 밝은 대낮인데도 코를 베어 먹어도 모를 정도로 컴컴하다. 남자는 무료했던지 TV를 켠다. 화면에는 아름다운 젖무덤이 출렁인다. 비디오용으로 제작된 삼류에로 영화로 대개의 비디오 대여점에 가면 젖소부인이니 애마부인이니 김밥부인이니 하는 별의별 이상한 제목을 단 성인용 테이프가 한 코너를 크게 자리 잡고 있다. 음란 영상 주 시청층은 30대 중반에서 40대 후반의 남자들이라고 비디오 대여점 주인이 알려준다. 술집 나가는 처녀들이 더 잘 볼 거라고 생각했는데 내 생각이 틀렸다. 실제적인 섹스는 이루어지지 않는 화면인데 괜스레 여배우의 커다란 유방과 허리께에 덮어진 이부자리만 비추는 저급 에로물 영화로 내용이 거의 그렇고 그런 진부한 영화이다.

　　더운 여름철인데도 이불은 무엇 때문에 걸치고 섹스를 하는지 그리고 가식적으로 내는 괴성은 너무나 형식적이어서 어떤 때는 불쾌하게 만든다. 이런 류 영화를 감독한 배우들의 수준은 뒷골목 창녀촌에서 경험할 법한 수준의 줄거리다. 띵

~ 동! 차임벨 소리에 거구의 남자는 침대에서 용수철처럼 일어나 현관으로 나와 문을 열어준다. 여자가 얼굴을 삐꼼히 들이밀고…….

"출장 맛사지 사 인데요"

"어서 들어와요"

여인의 손에는 여행용가방이 들려져 있다.

"에고. 워메. 우째까이! 낯익은 얼굴이다. 어디서 보았더라?"

기억을 더듬는 순간 여자는 형광등 스윗치를 켠다. 아주 익숙한 솜씨다.

……인자서 알아뿌렀구먼! 재미삼아 바람피우다 세 남자한테 거시기 부위가 민둥산이 되면서 옹달샘이 오염되어 이쪽 볼때기 저쪽 뺨이 샌드백이 되었다가 3.5인치 로켓직사포로 광대뼈 부위에 자주색 멍을 만들고, 날아온 재 털이에 오똑한 콧날이 내려앉으며 코피 터져 피칠 갑하고. 조기축구회원인 남편의 프리킥에 얻어맞은 옹달샘이 퉁퉁 부어올라 엉거주춤 팔자걸음하며 옷 보퉁이 싸들고 쫓겨났던 여자! 올매나 꽉 쎄게 차버렸으면 옹달 샘가 둑이 터져 화장실 거울 앞에서 남몰래 약을 바르며 원망과 후회와 원한을 품어왔던가……. 두 살짜리 딸아이를 등에 업고 동네 주민들 몰래 야반도주하여 변두리에 셋방 하나를 얻어서 한동안 치료한 덕분에 몸은 정상으로 돌아왔지만 목구멍이 포도청이라, 어린 딸을 데리고 생활전선에 뛰어들 수도 없고 가지고 나온 돈도 다 떨어지니 당장 방세며 끼니 걱정이 앞선다.

어린아이를 등에 업고 취직은 힘든 게 당연지사 이겠고 며칠을 궁리하여도 묘책이 서지 않는다. 별로 할일도 없어 이웃집에 세 들어 살며 이발소에 다니는 아가씨가 마침 비번이라 신세한탄이나 할까하여 놀러 갔다.

여자 혼자 사는 아니 화려한 싱글인 면도 사 아가씨는 여자의 하염없는 하소연에 그러면 자기랑 같이 면도사 일을 해보자고 한다. 어린 딸을 걱정하며 망설이니 어린애 한 달 봐주는데 50~60만 원쯤 주면 되고 이 일을 잘 하면 한 달에 삼백은 벌수 있다고 한다.

면도를 할 줄 모른다고 하자 걱정 말라고 한다. 연습으로 인형을 열 개 정도 없애면 학원에 가서 배우지 않고도 할 수 있단다. 아가씨의 자세한 교육을 받고 인형 가게에 가서 머리털이 달려 있는 인형을 사 가지고 집에 돌아와서 머리털에다 비누거품을 바르고 면도 사 아가씨가 준 보조용 면도기를 이용해서 인형의 머리털을 면도하기 시작하였다. **단단히 배워 돈 벌어야지.** 처음에는 잘 안 되었지만……. 인형 다섯 개를 소모하고 나니 약간의 자신감이 생기고 연습용 인형 열 개를 다 쓰고 나니 이제는 밥벌이를 나서도 되겠다는 확신이 생겼다. 웬쑤원수 같은 녀석들이 독한 술을 먹여 놓고 음모를 깎아버려 신랑에게 올메나얼마나 얻어터졌으며 가정은 풍비박산이 되고 지금은 이렇게 처량한 신세가 된 자신의 처지를 생각하며 면도칼을 놀리고 있는 것이다. 면도사 아가씨에게 연습을 끝냈다고 하니 그러면 내일부터 같이 출근하자고 한다. 출근 준비를 위하여 미니스커트이발소에서 필히 착용 두 개와

망사팬티 열 장을 사 들고 돌아왔다.

또 면도사 아가씨는 주인한테 잘 보이기 위해 남자들에게 해주는 써니텐과 쭈쭈바와 널뛰기를 가르쳐준다. 교육을 받으면서 일말의 두려움도 있다. 또한 호기심도 있다. 수많은 남자들 거시기를 마음대로 만질 수도 있다. 그런 생각을 하니 괜히 얼굴이 붉어지며 아랫도리가 젖는다.

"잠깐? 아니 그 짓 하다가 죽사발 되었는데 그것을 생각하니 몸이 간지럽고 얼굴이 붉어지며 옹달샘 물이 넘친다고?"

"그것은 인간의 생리적인 현상이니 열 내지 마시요. 이."

"어쩔 수 없는 생리적인 현상이라고?"

"암요. 강간당했다고 하는 여자들 재판 받는 광경을 못 본 모양인데 거의 대부분이 남자 거시기가 옹달샘에 대가리를 처박으면 반항을 안 한다요. 그랗게 못 한다고 정조를 지키겠다고 몸부림치다가 그것이 들어오면 앙탈부리던 몸은 스톱이지라."

"그렇께 그게 조물주의 실수구나. 그래서 아까 말했잖냐."

"멀 말이요?"

"생체인식 보안시스템 말이다. 요새 불임 치료 수술하는데 불량 정자를 머리카락 같은 유리 대롱_{막대기}에 집어넣어서 구부러진 정자꼬리를 바르게 교정시켜 여자 자궁에 착상시키는 기술이 뽈세 도입하였다고 하든디. 화자인증 칩을 머리카락같이 가늘게 만들어 인간 뇌의 성 신경性神經에 연결하여 화자話者를 적용한 보안시스템으로 네가 특허내면 너는 왕 부자가 된당께로. 조물주의 실수가 있었다는 것은 인정한다. 지리산 상공에서 조물주가 보고 있을 랑가! 모르겄다. 마는 계속 을퍼보그라.”

“그라지 말고 사자님! 대그빡과 나 대그빡을 업그레이드 하면 좋을 거인디.”

“윗사람에게 대그박이라니? 두상님이라고 해야지.”

“대그빡이나 골통이나 머리빡이나 반찬 대가리나 다 똑같은 것잉깨 용어에 대해서는 신경 쓰지 마시셔 이.”

“그래도 그렇지 이놈아! 똑 같은 용어인데 사투리란!”

“우리 둘의 뇌를 조깐씩 들어내서 같이 버물러 섞어버리면 끝내줄 텐디요.”

“미친놈! 이놈아! 조물주 대갈빡도 쪼개갖고 아예 짬뽕을 시키지 그러냐?”

“그라면 더 좋을 것이구먼요.”

“야. 이 비라먹을 놈아!”

“허기사 언제인가는 슈퍼 인간이 태어날 것이지만 사자님 대그빡을 반만 짜 집기를 하여도 나는 고생허면서 돈 벌 필요 없는디.”

“차후로 반신반인半神半人의 짐승이 생길지도 모르지.”

“진주 강 씨의 중국성은 소머리에다가 사람 몸이었고 김해 김 씨도 거북이 알에서 태어났다고 박박거리고 주몽도 알에서 태어났으니 유명한 씨족의 조상을 보면 짐승을 우상화 하였지라! 그랑께로 나는 저승사자 + 김대삼 = 신인류로 태어날 것 같은디!”

"귀신과 사람은 궁합이 안 맞어 이 멍청한 것아!"

"궁합이라고라? 인간들은요 속궁합 겉 궁합 하는데 겉 궁합이 안 맞으면 속궁합도 안 맞아야 하는디 속궁합은 무조건 맞아 뿐께 문제이지요. 그 짓을 하고 난 후에 인간이 태어났으니 그런 모양입니다."

"대삼아!"

"아이고! 닭살 돋겄네. 멀라고 그리 은근히 불러 쌌소? 해야 할 일 때문에 힘들어 죽겄구만."

"너한테 비밀로 할 말이 있다."

"비밀은 무슨 비밀? 우게서위에서↔하늘에서 전부 다 듣고 있는데 비밀이라는 게 먼 얼어 죽을 비밀이요?"

"들어 보거라. 내가 임무를 마치고 갈 때 너를 데리고 갔으면 좋겠지만! 그렇게는 안 될 것이다. 이 일을 마치고 나서 헤어질 때 너를 서로 데려 가려고 할 터인데 아직은 그곳으로 가기가 아깝지 않느냐?"

"두말 허면 잔소리고 세 번 하면 숨차지라."

"우리가 헤어질 때 나도 한 번 씨부렁거릴 것이다. 만 나중에 내 대신 너를 데리러 오는 놈이 있을 것이다! 나는 늙어서 영혼 잡아가는 일은 손을 뗄 테니까."

"그려서 워쩌라고라?"

"보통 환갑還甲↔60세에 저승에서 데리러 오거든 지금은 부재중不在中이라 하고

고희古稀↔70세에 저승에서 데리러 오면 아직은 이르다 말하고

희수喜壽↔77세에 저승에서 데리러 오거든 지금부터 여생을

즐겨야 한다고 하고

산수傘壽↔80세에 저승에서 데리러 오면 이래 봐도 아직 쓸모가 있다고 대답하고

미수米壽↔88세에 저승에서 데리러 오거든 쌀을 좀 더 축내고 간다 하고

졸수卒壽↔90세에 저승에서 데리러 오면 그렇게 조급躁急하게 굴지 말라고 말하고

백수白壽↔99세에 저승에서 데리러 오거든 때를 보아 내 발로 간다 하고 버티어 보거라.”

“완전히 떼거지 인디!”

“그렇게 네가 변명한다면 저승사자가 기가 차서 안 데불고 갈 것이니라.”

“정말이요?”

“그람, 걱정 하 덜 마.”

“우째 좀 찜찜허요! 고양이 쥐 생각 하는 것 같아서!.”

“이놈아 새끼는 지 생각해서 해주는 말인데도 꽉! 욕을 헐라고 허니 늙은 형님 체면이 말이 아니다. 어이고! 쯧~ 쯧.”

“얼씨구 자기가 무슨 천사라고!.”

“뭣이. 어째?”

“형님 헐랑 깨 워째 쪼깐 찜찜허요. 밑구멍 안 닦은 놈처럼.”

“어허. 야가! 그래도 너와 나는 정든 사이가 아녀? 나는 여기 와서 욕만 늘어뿌렀다.”

“사자님이 고운 말 쓴다고 천사 같다고 하지는 않을 것이

요?"

"허기사 우리가 고운 말 쓰면 스님이 갓을 쓰는 격이지!"

"민둥산이 머리에 상투도 없는 디 갓은 먼 갓이라요?"

"일마가 시비 좀 걸지 말거라. 대삼인지 소삼인지 산삼인지 인삼인지 해삼인지 모를 재수 없는 삼재 수 있지?"

"머~땀시! 함부로 남의 이름을 갖고 노요? 울 엄니가 나를 낳고 미역국 두 투가리사기그릇를 먹었다고 나 출생 헐 당시의 족보에 기록해 놓았든디 그라면서 나더러 절대로 밥을 굶지 말고 정량을 찾아 먹으라 글든디 아유. 배고 퍼 죽갔네!"

"야 이 시러비 헐 놈아! 글키나 배가 고퍼면 출장 맛사지 끝내고 밥이나 묵으러 가자. 그 전에 아까 허든 야그 마저 허그라. 당최 야그허다 보면 삼천포로 빠져싸서 스토리 연결 이 잘 안 되겄다."

"긍께나 말이유. 어디까지 혔더라."

"궁합 야그 하다가 그랬지 아마?"

"아 속궁합 그게 참 문제라고요. 그것 잘못 맞춰 보다가 골 때린 여자가 있지라. 어느 여자가 강간을 당할 찰나 몸부림 치며 반항하였는데 너무나 강하게 반항을 하자 남자가 여인 의 등 뒤에다 돌을 넣었대요. 거구의 남자가 위에서 짖누르자 얼마나 아팠길래 '아저씨, 아파 죽겠으니까 옆으로 옮기자.'고 하여 그 자리를 모면하려고 했나봐요. 여자는 일이 끝난 뒤 남자를 강간죄로 고발하였는데 옆으로 비켜나고자 자신이 한 말을 시인하였지요. 하도 아파서 자리를 비켜나자고 한 말이 강간죄를 성립시키지 못하고 말았지요. 말도 잘못 하면 죄를 뒤집어쓸 수도 있고 무죄가 될 수도 있어요. 군부대에서 있었던 실제 재판 내용이지라."

"썩을 놈! 맛사지 이야그나 마저 해보거라."

이발소 면도사 아가씨 말로는 쭈쭈바 할 때는 입으로 하는 것이 아니라 이발소에서 면도할 때 계란 맛사지로 떡칠을 하고 화장지로 도배된 상태에서 커다란 수건으로 어깨에서부터 궁둥이까지 덮고 양쪽 수건 끝을 등 뒤로 밀어 넣으면 묶여 있는 상태가 된다. 이것은 여자 몸을 더듬지 못하게 하기 위한 것이고 화장지를 얼굴에 도배한 뒤 입과 코만 구멍을 내주고 눈도 도배하고 그 위에다 수건을 덮는 것은 모든 사항을 못 보게 하기 위해서다.

"쭈쭈바는 입으로 빨아주나?"

"웃기지 마시요 이."

"르윈스키는 변소 간에서 클린턴에게 해 주지 않았느냐?"

"이발소에서는 입으로 안 허요."

"누워 있는 손님은 입으로 하는 줄 알지만 그렁깨 속임수다 이거냐?"

"두말하면 잔소리고 세 번하면 숨이 차이지라."

쭈쭈바 할 때는 크림을 더운 물에 담가 두고 수건도 따뜻하게 해두었다가 따뜻한 수건을 손에다 감고 손이 따뜻해지면 뜨거운 물에 담가놓았던 크림을 손바닥에 바르고 남자 거시기를 잡고 흔들며 얼굴을 거시기 가까이에 대면 남자는 따뜻하고 매끄러우니 여자 입에 들어간 줄 안다.

아무 것도 보이지 않고 손이 묶여 있는 것처럼 되어 만질 수도 없다. 그렇게 피스톤 질을 하면서 검지로 거시기 대갈통 끝을 살짝 문지른다. 그러면 남자는 자기 거시기 여자 목구멍에 부딪치는 줄 안다. 여자는 입으로 거품소리 나는 것처럼 하고 목 부위에다 한 번씩 성기 머리통을 갔다대면 따뜻한 여자 목살의 부드러움에 남자는 여자가 쭈쭈바를 잘 하는 줄 알고 사정을 한다.

"허공에다 싸면 엉망진창일 텐데!"

"가만히 있어 봐요. 거시기 위아래로 수건을 한 장씩 깔면 남자가 사정할 때도 알거든요."

"어떻게 아냐? 보이냐?"

"그것이 아니고 꿈틀대다가 사정에 이르면 몸이 굳어지면서 다리를 쭉 뻗어요. 그래서 면도사 얼굴이나 옷에 사정을 피할 수 있는 것이지라."

"그러면 널뛰기는?"

"모든 것은 같은데 다만 거시기 위에 장화를 신겨요. 안신을 라고 그냥 하자는 놈이 있는데 그리면 요금이 배나 비싸요."

"진짜로 해주나?"

"천만에 장화를 신게 하는 것은 손님의 심리를 이용하는 것뿐이지라."

"성병 예방 차원이냐?"

"그런 것도 있고요. 진짜 하는구나 하는 마음을 갖게 하지만 아니에요. 바세린미끄러운 크림 같은 것으로 상처 부위에 바르는 약을 바른 뒤 기구로 합니다. 따뜻한 물이 담긴 여자 신체 구조처럼 만든 기구를 사타구니에 끼고 여자가 위에 가서 하는 성행위인데 손님은 여자가 사타구니에 끼고 널뛰기를 하며 여자 궁둥이가 남자 손님 허벅지를 치니 진짜로 하는 줄 알지만 순전이 뻥이지라."

"그러면 써니텐은 어떠냐?"

"간단하지라 손에다 크림을 바르고 흔들어주면 되니까."

"도대체 그러면 요금은 얼마나 되냐?"

"널뛰기 10만원 쭈쭈바 6만원 써니텐 4만 원정도 헌다구먼요."

"미친놈들 꼬~오~올랑 그 짓 하고 돈 버리면서 지랄떠냐?"

"그런 놈들이 아침에 집 나설 때 자식새끼가 아빠 참고서 사게 돈 만 원 주세요 하면 자기는 없으니 엄마 보고 달라고 그러지라."

"개새끼들이구나! 이발소 주인은 죽일 놈이고 종사하는 종업원도 죽일 년이고! 찾는 손님은 골빈 놈이다!"

면도사 아가씨로부터 교육을 단단히 받은 여자는 셋방으로 돌아와서 다짐한다. 자신은 아름다운 싱글이다. 딸아이야 귀찮다고 생각되면 엄마 없이도 살아갈 수 있는 나이인 초등학생이 되면 고아원에 맡기면 되고 화사하게 차려입고 거울에 자신의 모습을 비춰보니 얼굴은 아가씨라 해도 되겠다. 인제 갓 서른 여섯으로 30대 중반을 넘어서고 있지만 미니스커트에 제법 잘 빠진 다리를 지녔다. 시원한 목욕탕 뒷문 3층 기분 좋은 이발소 안은 컴컴하다. 어제 밤에는 첫 대면하는 손님을 위해 못된 자식들한테 깎이었던 음모가 약간 소복하게 자랐

기에 딸이 잠든 뒤 훌러덩 벗고 실험실습용이지만 실제 사람 털이니 비누칠을 하여 처음으로 제 자신의 음모를 깎아보았다. 철저한 실습으로 인형머리털을 열 개 이상 깎았지만 사람의 털은 처음이자 신비로운 비너스 동산의 가장 아름다운 수풀을 자신의 손으로 깎고 제 3의 인생을 출발할 것을 다짐하였다.

남편과 헤어진 이후 처음 대하는 이성을 위해 손에 쥔 날카로운 면도날을 든 손이 떨고 있다.

"언니! 남자는 인형 같이 그냥 상점의 물건이 아니라고 생각하여야지 이성으로 생각하면 상처를 낼 수 있어"

처음 일 하던 날 선배로서 충고해 준 말이다.

세월은 흘러 이제 제법 남자 손님 무릎에 자기의 둔부를 갖다 비벼대기도 하고 커다란 젖무덤에 우유를 약간 묻혀 남자의 코끝에 갖다 대기도 한다. 숙련된 모습이다. 이제는 완벽한 한 사람의 면도하는 기술자로 거듭난 것이다. 이발소 일이라는 게 한 업소에 매여 있는 몸이니 더 좋은 자리가 없을까 집에서 편한 마음으로 출퇴근하고 또한 수입도 많은 그런 직업. 그 직업으로 출장 맛사지사가 되었다. 평범하였던 가정주부가 친구들을 잘못 만난 까닭으로 철저히 파괴되어가는 과정이 연출되고 있다.

요즈음의 여자는 짧은 치마 미니스커트가 아니고 양산천을 허리에 두른 것처럼 생긴 천 같은 치마를 갈아입는다. 어떻게 보면 술집 작부 같은 옷차림새다. 남자 손님에게 잘 보이도록 팬티는 흰색으로 된 망사 팬티다. 거므스레 한 음모가 비치며 또한 팬티 사이로 음모가 삐져나오는 모습이다. 남자 손님 역시 팬티 바람으로 베개를 가슴 아래에 고이고 엎드려 누웠다.

참! 이 게임은 시작되기 전에 출장비를 먼저 받은 뒤 일을 시작한다. 6만원을 받은 뒤 지갑 속에 쑤셔두고 작업을 시작한다. 베개를 끌어안고 누운 모습이 가슴에 베개를 받치는 것은 침대에서 얼굴이 떨어지기 위함이다. 팬티를 엉덩이 중간 정도에 끌어내려두고 크림을 짜서 온몸에 바른다. 두 손으로 처바르고 수건으로 닦아낸다. 여름에 해수욕장 백사장에서 선탠오일을 바르는 것을 생각하면 된다. 수건으로 크림을 닦은 뒤 여자는 높은 포복 자세로 남자 등 위로 올라가 무릎으로 전신을 꾹꾹 짓이기고 양손으로 어깨에서부터 손가락을 네 개로 모으고 엄지를 안쪽으로 당기며 손가락 네 개를 피아노 치듯이 하면서 밑으로 내려온다.

서투른 솜씨 때문인지 아니 어쩌면 노련한 솜씨인지도 모르겠지만……. 남자는 끙끙대며 시원해서 내는 소리인지 모를 소리를 낸다. 그러기를 두서너 번 하고 난 뒤 다리와 손을 이발소에서 하듯이 주무르고 손가락을 '딱' 소리가 나게 한 뒤 크림을 바르고 뒤집는다.

실제와 허상은 다르다. 아주 진한 내용인 줄 알았는데 이발소와 비슷하나 남자를 깔고 앉는 모양이 다를 뿐이다. 남자 앞에 서니 망사팬티가 누운 남자 손님에게 야하게 보인다. 팬티 바람으로 남자 거시기 위에 걸터앉는다. 가슴부터 크림을 바르고 젖꼭지를 손가락 사이에 끼우고 조인다. 건강한 거시기면 아랫도리가 텐트를 칠 것이고 그렇지 않으면 숨만 답답할 뿐이다. 숨을 멈추고 고양이가 쥐를 사냥하려고 자세를 취할 때처럼 노려보고 있는 저승사자는…….

"야! 이발소보다 야할 줄 알았는데 그게 아니네!"

"맞아 구먼요."

"2차하면 야할 터인데 그런 건 수십 번 보았으니 우리도 고만 가자. 퀴퀴한 냄새가 나서 목구멍에서 개밥이 나오려고 한다."

"그러쥬?"

이 직업도 속내를 살펴보면 조직에서 운영한다. 자기 구역이 있으며 사무실에는 전화 받는 여사원이 있고 전속 뚜쟁이가 소속되어 있는 여인네들에게 연락을 해준다. 그렇게 해서 소개비는 맛사지 대가로 받은 6만 원 중 4만원을 사무실에 주고 본인은 2만원을 갖는 것이다. 재주는 곰이 넘고 뭐가 가재 잡듯이 더러운 뒷골목 매음굴의 먹이사슬 현장을 보는 것 같다.

작업 시간은 1시간인데 실제는 30~40분사이다. 오고가는 시간을 빼니 그렇다. 여자들은 맛사지가 끝나자마자 사무실로 전화를 한다. 2차에 대한 오해를 풀기 위해서란다. 2차는 10만 원을 받는데 기술 좋은 여자는 10분 만에 끝낼 수 있다. 전화를 하면 사무실에서 바로 차가 온다. 다른 손님한테 가기 위해서다. 사무실과 맛사지사들 사이에 불신의 소지를 없애기 위해서다. 간혹 집으로 불러 하는 손님들도 있는데 이것은 완전한 수입이다. 폰 번호를 주어서 집에 데려다 관계를 맺는다.

여자는 몸 뚱 아리 하나로 살 수 있다. 취업에 있어서는 남자보다 훨씬 쉽다. 그런 데로 대한민국 여성들이 공무원시험에서 남자들에게 병역필자 가산점 준 것을 법에 호소하여 위헌이란 판결을 받아 대한민국 젊은 남자 대 여자들의 성전쟁이 날 뻔도 하였다.

허나 작금의 여자들이 하는 짓이라는 게 어떻게 하느냐? 하면 자기가 몇 남자와 섹스를 몇 번 하였고, 뱀처럼 몇 시간을 하였으며 클라이맥스는 어떻고 하며 공인이라는 연예인이 책을 써서 신문에 도배질을 하지 않나. TV 뉴스 시간에 지랄 떨고 잡지사에서 인터뷰 요청이 줄을 선다고 하니 호기심 많은 부류들은 자기들도 해본 섹스를 무엇이 그리 궁금하다고 돈을 내고 책을 사려고 서점 문짝 돌쪼구경첩에 불이 나도록 드나들어 책이 매진되었다고 신문에 대문짝만하게 실린 서열란 여자 때문에 우리 청소년들에게 나쁜 영향을 줄 수 있다 하여 검찰서 수사를 하네 못하네 하다가 흐지부지 구렁이 담 넘어가듯 하였더니 또 다른 누군가가 자기도 이런 책을 펴냈대요.

요즘 그런 부류의 책들이 쏟아진다니 한심한 일이다. 양서를 출판하여 국민의 문화수준을 끌어올려야 하는 출판사들이 약간의 흥미 거리만 있으면 덤비는 것이다.

"요즘 여자들은 창피한 것도 모르는 짓을 해요. 미국의 어느 여배우는 한꺼번에 251명의 남자와 섹스를 하면서 그걸로 영화까지 만들었으니……."

"뭔 소리냐. 그게?"

"고 가시 네는 일류대학을 나와 체험하겠다고 251명의 남자를 그것도 물건이 좋은 것을 모집하여 일을 벌였다니 그렇게 섹스 한 것이 무슨 자랑이라고……."

"그러면 251명의 남자는 구멍동서가 되었겠네! 그들이 싸질러 놓은 물은 얼마나 되는지 아느냐?"

"기록이 안 되었어요."

"한 말 쯤 안 될까?"

"모르겠소."

"다른 것은 다 아는 척 잘만 씨부리더니 왜 그건 모르느냐?"

"그 물의 양을 누가 어떻게 알긋소? 사자님은 별 게 다 궁금허요."

"별 희한한 년들이 다 있구나. 근데 성차별 성희롱 하면서 변죽을 떠는 여성단체에서는 뭐라고 하더냐?"

"꿀 먹은 벙어리지요."

"어이구! 미친년들! 정절을 지켜야 할 여자의 본분을 망각하고 건장한 젊은 남자 251명하고 한꺼번에 섹스를 했다고 자랑하냐? 그 여자 밑구멍 보링을 해야겠구나.

자기가 한 섹스를 책으로 펴낸 그 년도 문제다. 그 책이 잘 팔리니 너도나도 많이 경험하였다고 줄줄이 책을 썼더란 말이지?"

"그렇다는구먼요."

"그런 일이 TV방송에 보도되고 신문에 대서특필되니 너희 청소년들도 문제가 많겠구나!"

"당근이쥬. 어른들이야 다 아는 일이니깨 그렇다 치더라도 호기심 많은 청소년들이야 워쩌겠시유 얼매나 나쁜 영향이 미치겠시유."

"그래서 원조교제니 뭐니 하면서 한 번 해보겠다고 덤비는 구나."

"한때는 정력 좋은 젊은 애인 테이트용 미남자 돈 잘 쓰는 졸부를 사귀는 것이 유행이었고 그런 게 없는 여자는 못난 여자로 치부하였지요."

"그라면 남편은?"

"그거야 매일 딴 곳에서 잘 수 없으니 곡 필요한 것이지요."

"여자들은 자진하여 자신들을 상품화하였구나."

여성들이 성 노리개화 되는 것은 자신이 자진하여 참여하는 여성들만의 독점 직업이기 때문이다. 그러나 그 뒤에는 암적 존재인 폭력조직이 개입되어 있는 것이다. 너무나 호기심이 많이 갔었고 궁금하던 출장 맛사지 아마 이 책을 읽은 자는 절대 하지 않을 것이다. 미친 골빈 놈이나 하는 짓이지 이발소보다 못한 서비스에 다만 여관에서 하는 것이어서 기대감을 갖게 하는 것임을 알고 통박 잘 굴리는 놈들이 만든 직업이다. 승용차 창문에 출장 맛사지 안내 명함을 꽂아두었는데 그것도 모르고 차를 몰고 들어와 아파트 주차장에 세워두는 바람에 이웃 주민들에게 망신을 당하고 마누라에게 바가지나 실컷 긁기고 했던 이놈의 범죄를 어떻게 다스리면 되겠소?"

"머리 좀 정리하자. 요새 못된 짓 하는 것만 보면서 꼭 알아야 할일이 있다. 다름이 아니고 너희 인간은 늙으나 젊으나 꼭 걸신 든 놈처럼 섹스라면 어떠한 위험도……. 또는 죄악이 기고 하고 또 해서는 안 될 일인데도 그 짓을 하려고 하니 그것을 속 시원히 말해 보거라. 내가 보기에는 종족보존 차원을 넘어 모든 행위 자체가 죄악시 되는구나! 인간은 태어나면서부터 고통스럽게 태어난다는 것은 익히 들어 알고 있다. 어머니 뱃속에서 먹기 싫은 음식도 불평 없이 먹어야 하고 술, 담배나 마약 같은 것이나 독한 치료제도 본의 아니게 먹어야 했고 또 아래로는 오염된 물을 받아먹고, 어미 배 위에서 그 짓하는 애비의 몸무게 때문에 숨이 막혀 짓눌리거나 애비 아닌 다른 놈이 누를 수도 있겠구나. 허이구, 숨 막혀! 열 달을 참고 세상에 나올 때는 얼마나 힘드냐? 좁은 구멍을 빠져나올 때 생사의 갈림길을 수없이 겪고 태어나서 남자면 대를 이을 것이라고 기뻐하지만 여자면 서운해 하는 애비 얼굴과 할머니 할아버지의 실망하는 얼굴과 첫 대면을 한 후 수많은 더러운 일들을 겪고 선한 짓보다 나쁜 짓을 더 많이 하면서 살아가면서 섹스란 본능을 생존의 본능보다 더 중요시하는 이유가 뭐냐 이것이라 말이 너무 길었나?"

"인자서 제일 중요한 일을 알려고 하네! 그동안 안 것은 유전자 구조나 게놈 프로젝트 등 인간들의 범죄를 짓는 과정을 두루 보았지만 늙은 놈이나 젊은 년 놈들이 목숨을 걸고 희망도 버리고 가족의 틀도 깨고 사회질서조차 팽개치며 자연의 법칙. 기존의 질서를 파괴하면서 온갖 추태로 얼룩진 것을 알고 싶다. 고라. 사자님! 늙은 말이 콩을 더 좋아한다는

4부

대한민국 속담이 있지라."

"콩을 많이 먹어봐서 맛을 안다는 뜻이렸다?"

"이것은 제우스신도 장가 든 후에 마누라인 헤라 여신 앞에서도 젊은 여자와 어여쁜 여자만 있으면 바람을 피웠듯이 먹고 사는 것만이 인생의 묘미는 아니지라."

"제우스신도 여자에 탐닉했다는 말이구나."

"지금은 의학이 발달하여 60이 넘은 늙은이도 섹스를 할 수 있다구요."

"그럴까?"

"시골에 개울물이 졸졸 약하게 흐르면 돌에 이끼가 끼여요. 꽐꽐 쏟아지는 폭포나 파도치는 바닷가 돌에는 이끼가 끼지 않습니다."

"그것도 모르는 바보가 어디 있냐?"

"말을 중단시키지 마랑께로."

"왔다메 멀라고 그리 크게 화를 내뿌리냐?"

"글쓰기 힘들어서 그라요. 수도꼭지에서 물이 찔끔찔끔 나오면 녹이 쓸고 꽐꽐 쏟아지면 녹이 안 쓸고 하수구가 막히면 물을 많이 세게 쏟으면 막힌 구멍이 뚫리듯이 인간이 섹스를 할 때 숨이 가빠지면 심장박동이 빨라지고 그러면 피가 빨리 돌지요. 양수기가 물을 퍼 다른 곳에 보내듯이 혈관이 확장되고 빨리 많은 피가 도니 그동안 천천히 돌아 혈관에 붙어 있던 피 찌꺼기가 딸려 나와 대청소가 되어 피부색이 고와지고 힘이 솟는 것이지요."

"그러냐? 그러니까? 인간의 심장은 섹스를 할 때는 심장이 자동차 엔진이라는 뜻이구나!"

"섹스를 전혀 하지 않는 여자보다 하는 여자가 화장발이
잘 받는다고 헙디다. 그것도 너무 많이 하면 안 되고요. 적당
히 하면 약이지요. 얼굴이 누렇게 변색된 여자, 얼굴이 거칠면
서 여드름 같은 게 많이 나는 여자, 몸이 나른하여 힘이 없는
여자, 이런 여자들은 체질에 따라 다르지만 섹스를 너무 안
하여도 그런 현상이 생기지요."

"그러니까 적당한 섹스는 생명의 활력소가 된다는 것이
냐?"

"젊은 놈이 힘이 남아돌고 또한 늙으면 그 짓도 잘 안 된다
고 하니 지레 겁을 처먹고 이 여자, 저 여자 치마 들추고 거시
기 청소하려고 덤비지라."

"허허 그놈 참! 앞서 우리가 목격을 했드시? 차안에서 남자
성기를 쭈쭈바하다가 탱크로리 차에 헤딩을 하여 남자 성기
가 잘린 사건 있었지?"

"늙은 성님! 여자 성기에 이빨이 나게 조물주가 만들었으
면 강제로 섹스를 하면 꽉 물어서……."

"하여간 동생은 머리빡 굴리는 데는 귀신인 성님도 앞발
뒷발 들었다."

"그래서 홍보 관으로 임명되었지요."

"……."

"이야기 딴 방향으로 돌리지 말고 들어 보세요. 어느 시내
변두리에 노부부가 살고 있었대요. 인생에서 황혼의 삶을 살
고 있는 부부는 자식들을 키워 다 내보내고 각기 흩어져 살아

부부만이 오붓하게 살았는데 하루는 TV을 보다가 '인생은 즐거워라'는 프로에 남편이 부인에게 선물하는 장면이 나오는 것을 보고 영감님은 나도 할마씨한테 멋진 선물을 하나 주고 싶은데 무엇을 해 줄까 생각하는 도중에 기능성 브래지어를 사주어야겠다고 결심하고 잠들어 있는 할마씨의 유방거리를 손으로 재어보았다요. 한 뼘은 족히 안되어 엄지와 검지를 약간 오그린 상태로 집을 나지요. 산동네 비탈길을 내려오던 중 오줌이 마려워 거시기를 꺼내야 하는데 손을 쓸 수가 없어. 오른손에는 방금 할마씨 유방사이즈를 재 가지고 온 것이기 때문에 낭패여서 이리저리 두리번거리니 방화사 모래 통이 있어 그곳에다 손가락을 꾹 찔러 유방사이즈를 찍어 놓고 소피를 본 뒤 다시 모래 위에 눌러두었던 마누라 유방사이즈를 손가락으로 맞추어 찍고 오른손을 번쩍 들고 차를 타고 백화점 속옷 가게로 가서 '우리 마누라 기능성 브래지어를 사려고 왔다'고하니 점원 아가씨가 '사이즈는요' 물으니 할아버지 오른손 검지와 엄지를 내보이며 '이 거리 사이즈다'라고 하자 점원이 하는 말이 '기능성 속옷은 젖꼭지 들어갈 사이즈를 아느냐?'고 물었지요. 아뿔싸 이건 낭패다. 다시 갈 수도 없고 어쩐 담하면서 고민하다가 어쨌게요?"

"너 지금 퀴즈하냐?"

"그럼요."

"내가 누구냐? 사자! 저승! 그랑깨로 저승사자는 귀신인데 귀신한테 뭘 물어? 퀴즈를? 할배는 손바닥으로 점포 진열대를 내리쳤고 깜짝 놀란 여점원이 멍청히 바라보자 점원 손을 덥썩 가져다 손가락을 하나씩 빨아본다. 엉겁결에 당한 점원이 순간적으로 일어난 일에 속수무책으로 할아버지를 가만히 보고 있으니 중지를 빨아본 뒤 '이것이야 이 사이즈면 돼' 하면서 웃어 제낀다. 왜 그랬게?"

이번에는 저승사자가 물어온다.

"사자님! 시방 그것이 퀴즈라고 해놓소? 지금 답을 모른깨 퀴즈 낸 사람에게 다시 퀴즈를 냅니까?"

"고것은 내 맴이제 나 맴대로 하는데 뭐가 꼽냐?"

"시비허지 맙시다. 그들은 비록 늙은 부부였지만 할아버지는 마누라 젖을 빨고 지금도 사랑을 하고 있다는 증거지라. 여점원의 손가락 중에 가운데손가락이 할머니 젖꼭지 사이즈와 똑같은 사이즈다. 이거요."

"나도 폴쎄 알았다. 그 말을 할려고 하니 쪼깐 쑥스러워서."

"진담인가? 변명인가? 지금의 젊은이들은 늙은 부모의 성을 죄악시 또는 추한 것으로 생각하는 것도 고령화 사회의 문제라요."

"거 봐라. 너무 오랫동안 살아도 문제가 생기는데 뭐 땀시 무병 장수 할려고 골을 싸매고 버둥거리냐?"

"천만의 말씀이지라. 인생의 육십은 제2의 인생의 시작이요, 삶의 터전을 한 번 뒤돌아보고 그동안 잘못된 삶을 정리해보는 아름다운 나이라고 하는데 어찌 추한 것으로 치부하며 죄악시 한단 말이요."

"너도 늙어 간깨로 최후의 발악을 할려고 그러는 거지?"

"저는 삶과 죽음을 모두 아름답게 생각할 것입니다. 사람으로 태어나면 모이고 모이면 헤어지는 것 그것이 숙명이요 진리인 것을 진리를 초월하여 살려고 하는 자들이 제일 어리석은 자들이지요."

"자슥! 인간다운 가장 인간다운 말을 하는구나! 숙명처럼 살고 죽어야 할 운명에 처하면 순리대로 죽고 짜여 진 진리를 피하려고 하지 말고 받아들이면 된다는 뜻이다. 너의 말이 맞는 모양이다. 너와 내가 헤어져야 할 시간이 이제는 다 되어간다. 너와 같이 있을 시간도 얼마 남지 않은 모양이다. 헤어짐 그것도 운명이냐?"

"사자님과 나는 운명을 논할 계제가 아니지라. 잡아가느냐 잡혀가느냐? 이지. 특별한 만남과 헤어짐이지만 별다른 의미는 없는 것이지요."

"저기 불야성을 이루고 있는 곳에서 좀 쉬자."

도심의 포장마차가 늘비한 곳을 지날 때 사자는 그들의 삶을 보고 싶은 모양이다. 한쪽 귀퉁이에 있는 벽돌을 깔고 앉았다. 시간은 자정을 넘어 새벽으로 달리고 있었다. 갑자기 굉음소리와 함께 괴성이 들린다. 한 줄기 불빛이 거리를 가로질러 나간다, 아니 수십 개다. 보통 인간의 눈이나 동물의 눈은 두 개이고 차들도 헤드라이트가 두 개인데 반해 한 줄기 불빛은 바로 오토바이 폭주족이다. 사자는 깜짝 놀라 노려보고 있다.

"저것이 시방! 머시다냐?"

"말 많은 오토바이 폭주족이 뜬 모양이요."

"오토바이라고? 근디. 무지하게 시끄럽고 정신이 없다."

고요한 도심 아니 거리에 차가 거의 없는 상태에서 굉음을 내기 위하여 마후라를 개조한 오토바이가 질주하며 내는 소리는 건물에 부딪혀 서로 되받아 울리기 때문에 그 소리는 나이트클럽 스피커 앞에 서 있는 기분이다.

"일부러 소리가 크게 나게 개조를 하였다. 이 말이냐?"

"그럼요."

"저런 짓 안 해도 도심은 시끄럽지 않은가. 웬 종일 차량들로 인한 소음을 참고 집에 가서 조용히 휴식을 취하는데 방해가 되는 저런 행위는 하루살이 날 파리가 벌이는 최후의 발악이냐 머시냐? 집구석으로 빨리 빨리 귀가는 안 하고 먼 미친 짓이 다냐? 저러다 돼질 수도 있겠는데."

"시방 머시라 캤소?"

"돼지처럼 소리치다 죽는다는 뜻으로 돼질 수도 있다캤다와? 괜히 글자 잘못 쳤다고 행가라_{째려} 보지 말그라."

"언제 행가라 보았다고 그라요?"

"자슥아! 아까가 부터 눈동자가 한쪽으로 모이던디 행가라_{흘겨} 본 게 아니고 머시냐? 하여튼 인간들은 어긋난 짓만 골라가며 한단 말이다."

폭주족 한 무리가 지나가고 난 뒤 거리는 고요한 적막감에 밤의 무거운 숨결이 억눌리고 있다고 생각하는 순간 반대쪽에서 아까보다 더 많은 숫자가 몰려온다. 50명은 넘어 보였다. 뒤에는 경찰 순찰차가 뒤 쫓고 있었다. 그러자 무리는 두 패로 나누어지더니 경찰차를 에워싸는 모습이 눈에 들어온다. 엔

진의 굉음과 빵빵거리는 클락 손 소리가 함께 어우러져 정신
이 없다. 폭주족의 오토바이가 순찰차를 빙빙 도는 것을 보니
카드섹션을 하는 것 같다. 저들의 집에서는 부모들이 일찍
들어오라고 교육을 할 터인데 아예 부모의 교육 따위는 무시
하는 인간들이다.

"지금 몇시냐?"

"밤 한 시지라."

"근디, 지금 이 시간에도 귀가하지 않는 저놈들은 뭐냐?"

"시방이 새벽 한 시인 깨 지금 들어가면 엄청 일찍 들어가
는 것이지라. 이들은 밤 10~12시가 늦은 것이고 오전 1시에서
8시는 일찍 이라고 정의를 내린 놈들 잉께 걱정이지요."

"아우는 그걸 말이라고 허냐?"

"불에 뛰어든 부나비 같은 놈들이지요."

"불에 뛰어들면 타 죽는데 그것을 모르고 불만 보면 뛰어드
는 부나비라 쯧쯧."

경찰들도 쩔쩔매는 모습을 보고 사자는 혀를 끌끌 찬다.

"그냥 꽉 차로 받아버리면 될 것인데……."

"경찰들은 저 새끼들을 무서워해요. 만약 저놈들을 잡으려
다가 저들이 죽거나 다치기라도 하면 잘못하면 모가지가 댕
경한다고요. 아니면 살인 혐의로 옷 벗고 영창으로 가야 해요.
그래서 더 골치 아파요. 우리나라 도로교통법에는 차보다 오
토바이가 우선이랑께요. 일반 운전자들도 오토바이와 관련해
사고가 나면 99%는 차의 잘못으로 인정하지요. 그랑깨 민주
국가 민주시민 민주경찰인데 도로에서는 오토바이 우선 원칙

을 저놈들이 알고 경찰을 데리고 논단 말입니다. 경찰이 저 아그 새끼들을 잡으려고 추격전을 벌이다 서로 부딪쳐 사고 가 나면 잘못은 저놈들이 했는데도 신문에는 경찰의 과잉대 응이니 경찰의 대처능력 부족이라고 경찰에게 덤 테기를 씌 우는 게 우리 언론매체들이고 그 뒤에는 국민의 비난이 이어 지지요.”

"그렇다면 오늘 저놈들을 내가 잡으면 어떻겠느냐? 아니 전부 잡을 수 있다.”

"싸그리 고기 잡는 쌈마이. 그물이라도 있소? 쑤게v자형 발에 고기 잡는 망태기 라도 있소?”

"너는 구경만 하여라. 이 몸이 민주시민들이 편히 쉬게 하 고 민주경찰이 덤테기 쓰지 않게 또 인명피해도 없도록 연출 을 하마.”

한참을 에워싸고 겁을 주던 폭주족 무리는 지원 요청을 받은 순찰차 여섯 대가 합세하자 도망치기 시작했다. 순찰대 도 추격하기 시작했다. 그건 어떤 영화의 한 장면보다도 훨씬 더 리얼했다. 우리는 순찰차에 동승하였다. 뿔뿔이 흩어지던 무리들은 산업도로 곡각지점에서 합세하여 전열을 가다듬더 니 한적한 교외로 달린다. 저승 입구로 달리고 있는 것이다. 경찰차의 스피커는 그쪽으로 가면 위험하다고 멈추라고 목이 터져라 소리를 질러대지만 그들은 죽을힘을 다하여 달린다. 터널공사와 교량공사. 신설도로 포장공사 때문에 출입금지 전광유도등이 서 있고 특히 위험이란 표지가 요란하게 번쩍 거리고 차단 줄과 벽으로 차단한 구조물 틈을 뚫고 달린다.

터널만 지나면 바로 교량작업장이다. 교각은 완공되었고 트러스 판이 몇 군데 걸려 있다. 계곡과 계곡을 연결하는 지방고속화도로공사장이다. 오토바이가 시속 130~140km의 속도로 달리는 바닥에는 공사 중이라 모래가 많은 상태다. 잠시 후 선두가 비명을 지르고 지옥길 낭떠러지로 떨어진다. 뒤에 오던 무리들은 그 모습을 보고 브레이크를 잡았지만 바닥의 모래로 인해 미끄러지며 죄다 낭떠러지로 떨어진다. 설령 브레이크를 잡았다고 하더라도 넘어지면서 달려온 속도 때문에 계곡으로 떨어지니 지옥의 아비규환이 따로 없다. 그냥 떨어져도 박살이 날 터인데 100km 이상의 속도로 날아가 떨어지니 한 명도 목숨을 구할 수가 없다. 뒤따라오며 위험하다고 멈추라고 목에 피가 나도록 스피커로 외친 순찰대장은 터널 입구에 차를 세워놓고 달려와 눈앞에 벌어진 광경을 보고 망연자실…….

날이 밝으면 조간신문에는 [폭주족 36명 전원 사망] 이라고 대한민국 모든 신문의 일면에 대문짝만한 기사가 날 것이고, 사회면에는 온통 경찰과 공사 업체를 비난하는 기사들이 난무할 것이다. 불쌍한 대한민국 경찰, 순찰대장과 같이 참여했던 순찰 경관들은 한동안 언론의 재판을 받을 것이다. 그러나 경찰은 분명 잘못이 없고 공사장 현장감독도 아무런 잘못이 없다. 이들이 도매금으로 언론의 질타에 당해서는 안 되는데…….

저승사자도 이 엄청난 사태에 눈앞이 아찔하다. 그의 연출은 이들 폭주족을 사그리 경찰들에게 잡히게끔 막다른 길로 유도하였건만 오토바이의 속도와 공사현장 모래와 그리고 굉음으로 인한 경찰의 경고가 폭주족에게 들리지 않는다는 것을 계산에 넣지 않은 탓이다.

"우리의 사회 통념상 그들이 얼마나 시달릴꼬 사자님! 이건 너무 한 것 아니예요?"

"이놈아! 나는 그들 무리의 리더에게 약간의 필을 전했을 뿐이다. 스피커에서 나오는 소리와 오토바이 굉음 때문에 사태가 저렇게 전개될 줄 몰랐다. 어짜냐?"

"어짜기는 뭘 어짜요."

"저것들이 스스로 자처한 일이지만 조금은 미안허구나. 어쩌면 이번 일로 인해 폭주족들에게는 위험표지나 출입금지 표지도 무시하고 달리던 무리들은 모두 저승길이다. 라는 크나큰 교훈이 될 수도 있겠다. 그런데 원래 오토바이가 저런 데 쓰는 것이냐?"

"오토바이는 원래 자전거의 애비 정도 되는데 자전거는 발로 구동을 하여 움직이는데 힘이 들고 하니 짐도 많이 실을 수 있고 빨리 가면서 사람의 힘이 아닌 기계의 힘으로 굴러가게 만들면 어떨가 하는 생각이 개솔린 엔진이 나온 뒤 생긴 것으로 그 취지는 평범한 교통수단이지요.

그러나 영화 제작자들이 오토바이를 등장시켜 그 이미지를 전혀 딴판으로 만든 것인디! 그 예가 프랑스의 한 영화는 일상생활에서 탈출하고 싶은 심리를 오토바이를 타고 옛 애인을 찾아가는 젊은 유부녀와 에메랄드빛 바다를 배경으로 만들었지요."

"영화에 등장한 것은 로맨틱하지 않느냐?"

"또한 미국 영화는 마리화나를 밀매하여 돈을 번 두 사나이가 서부에서 동부로 오토바이를 타고 질주하며 회한에 찬 자신의 삶을 반추하는 내용을 담았지요. 오토바이는 스피드와 스릴! 죽음과 폭력! 삶의 허무와 절망 등의 이미지로 표출되던 영화 속의 오토바이가 요즘엔 우리 인간의 일상생활에 파고들어 자기 과시욕으로 사용되는 것뿐만 아니라 절도, 강도, 폭력 등 범죄에 사용되고 있는 실정이고 오토바이 중에는 고급 승용차보다 더 비싼 것도 있지라."

"아무런 안전장치가 없어 사고가 나면 생명에 아니 인체에 치명적인 결과를 가져올 수도 있는데 그 비싸고 위험한 것을 타고 다니는 놈들은 골빈 놈들이 아니냐."

"나이 든 사람은 낭만으로 타고 여자 분들이나. 또한 일부의 사람들은 생업을 위하여 타는데 일부 빗나간 청소년들이 문제지요. 스피드 때문에 그런 것도 있지만 여자를 뒤에 태우고 급정거를 하면 위가 물 컹 아래가 물컹하여 오토바이 운전자나 뒤에 탄 여자도 야릇한 성적 쾌감을 느껴서 그런답니다."

"일반적인 사회 통념상 용서하면 안 되겠구나. 그리고 위가 물 컹 아래가 물컹이라니?"

"음~맘마! 시방 그게 무슨 소리라요? 마누라도 한 번 업어 주지도 안 했는 갑네."

"오토바이를 탈 줄 모르는 나가 시방 들은 그 말은 필이 안 온다."

"그라먼 요태 껏 가이네여성들 알몸을 한 번도 못 봤뿌소? 아까 봤으면서 치매가 있나! 에고 미쳐! 특히 여름철에 그런 짓거리들을 하는데 더운 여름이라 얄팍한 옷을 입고 있잖아요."

"당연하지. 여름에 더우니까 가벼운 옷을 입제."

"스피드를 내면 뒤에 탄 여자가 괴성을 지르며 떨어질까 봐 꽉 붙잡고 있다가 급브레이크를 끼익! 하고 밟으면 여자 위에 뭐 있지라? 아래에는 뭐 있겠소? 그건 알것지요? 급정거를 하면 두 몸이 사정없이 밀착되는 것이지요."

"인제서야 알긋다."

"필이 왔쓰야? 미국에서는 이미 40년대에 스피드를 추구하는 오토바이족이 성행했는데 이들이 갱단을 구성. 캘리포니아의 헬스 엔젤스지옥의 천사들 뉴저지의 구니스거위들 워싱턴의 펭이건스 이교도 갱단이 유명했었고 오토바이를 최고로 잘 만드는 일본에서는 70년대 초에 보소주쿠폭주족 가미나리조쿠雷族 들이 있는데 이들이 저지른 범죄 행위로 일본열도가 골치를 앓았었죠. 우리나라에는 80년대부터 일부 졸부들이 돈 많다는 과시용으로 고급 오토바이를 타고 다녔는데 90년대 들어서는 일부 청소년들 사이에서 폭주족이 생겼지요."

"그래서 오늘 좋은 교훈을 준 것 아니냐? 아까 그 폭주족들은 땅 속에서 푹 썩을 것이다. 한꺼번에 너무 많이 잡았다만 어쩔 거이냐! 별 수 업승께 이해하거라. 대한민국의 청소년들은 너희들의 뒤를 이어 한나라를 이끌어갈 젊은이들이 왜 그 모양이냐? 젊은 시절은 평생의 삶을 설계하고 그 바탕을 만들어갈 황금 같은 시기인데 쓸데없는 욕망과 정열을 참지 못하여 광기어린 스피드의 쾌감에 빠져 사회 질서를 파괴하여 공공질서와 치안에 골머리를 썩히는 경찰을 힘들게 하고……. 부모를 걱정시키며 끝내 자기의 인생을 파멸에 이르게 해서는 안 되기 때문에 아깝지만 또 다른 많은 청소년들에게 교훈을 주기 위해 연출하였다. 다수를 위한 소수의 희생은 어디에나 있는 법. 사회의 기본 질서도 모르는 부나비 같은 그들이 환생할 시에는 모두 장애인으로 환생하도록 입력해 두도록 건의할 생각이다."

"사자님! 원칙에 억매이다 보면 나만 손해다. 라는 피해의식이 있는 한 우리 인간 사회의 질서는 요원한 허상이지라. 그것은 인간들이 살아가면서 자기 중심주의. 내가 우선이고 남을 생각하지 않는 이기심으로 살아가기 때문에 사회의 규범과 질서가 허물어져 마음이 황폐한데서 비롯된 하나의 부산물인 것 같아요. 나 아닌 남을 위하고 또한 같이 살아가는데 필요한 동반자의 동질의식으로 같이 가야 더 나은 삶의 질을 보장하고 서로가 윤택하게 살아가는 사회가 이루어질 텐데 스스로가 '나는 너 때문에' 라는 피해의식을 가지고 있는 한 해결의 답은 보이지 않는다 말입니다."

"모든 문제가 있는 것은 조그마한 잘못부터 차근차근 처리해야지 공공질서를 파괴하는 그들은 어차피 너희 인간 사회에 필요하지도 않은 부류 아니냐? 시비걸지 말그라. 나 시방 엄청 화 때까리 나서 혈압 터지기 일보직전이다!"

"하긴 저도 그들을 방치하면 암세포처럼 증식해 나갈 것입니다. 란 말을 했을 것이고 사자님이 알아서 처리 하십시오. 라고 했을 것입니다. 저들에게 내 가족이 당할 수도 있으니까요."

"그것도 필연이 아닌 우연 때문에 당할 수 있지."

"여자들 잔디 깎은 놈들은 어떻게 처리할까요."

"그들에 대한 처벌은 생각 중이지만 그 일은 네가 한 번 해보면 어떻겠느냐?"

"저보고 해라고라? 힘든깨 저쪽 까끔_{주변에 있는 산}에 가서 쉬면서 생각해 봅시다."

잠시 후 자그마한 야산의 나무 그늘에 도착한 우리들은 다리를 쭉 뻗고 앉았다. 육신이 존재하는 느낌이 없는데도 살아 있을 때의 버릇으로 인간처럼 다리를 쭉 뻗는 서로를 바라보며 사자와 나는 한참동안 웃었다.

"여기 낭구_{나무} 밑이 그늘이 져서 시원 헐 것이구먼요."

"낭구라고 해서 나는 날더러 망구라고 하는 줄 알았다. 낭구가 뭐냐?"

"나무가 낭구요."

"어휴. 지겨운 그놈의 사투리! 그런데 너 나한테 무슨 할 말이 있느냐?"

내가 입맛만 다시며 우물쭈물 거리니 사자는 재차 재촉한다.

"입맛을 쩝쩝 다시는 것을 보니 뭐냐?"

"형님! 연출할 때마다 어려운 것은 와 꼭 날보고 허라 그러요? 나가 이러다 죽으면 천길만길 불구덩이에 떨어지는 것 아니요?"

"걱정 하덜 말어, 내가 누구냐?"

"저승사자이고 악마이제!"

"너 시방 말 다 했냐?"

"틀린 말은 아니지라. 그라고요 형님! 나 죽거든 삼신 할매에게 배속시켜 주시요."

"너 하는 행우작머리행동거지 보고."

"형님은 하는 짓은요 꼭 겨울다람쥐 수놈 같아요."

"뜬금없이 그건 뭔 소리냐?"

"봄에는 젊은 색시 얻어 질탕 연애하고 여름에는 시원한 나무 밑에서 휴식하고 가을에는 작은 각시 줄줄이 얻어 알밤을 수확하고……."

"그게 뭐 잘못 된 거 있냐?"

"남 말헐 때 말 짜르지 마랑께로. 그게 올메나 큰 실례라는 걸 알기나 허고 그러는 거요?"

"너 참 세게 나간다! 그래서 결론이 뭐냐?"

"가을에 열심히 추수한 뒤 겨울에는 젊은 여편네 모두 내보내고 장님 마누라를 얻는데요."

"왜?"

"지는 맛있는 밤만 처먹고 마누라는 쓴 도토리만 준데요. 장님인 마누라가 불평하면 자기도 쓴 도토리만 먹는 척하지요."

"그러니까 좋은 연출은 내가 하고 나쁜 연출은 네가 한다는 불평이냐?"

"그렇구먼요."

"시끄럽다 이 돌 콩만 한 놈아! 늙은 내가 힘들고 머리 필이 완행열차여서 자네 힘을 좀 빌리기로서니 뭘 그리 고깝게 생각하나?"

"암만 그려도 이건 너무 불공평 허구먼이라."

"아이구 동상! 힘든 일은 자네한테만 시켜서 정말 미안허네! 앞으로는 그러지 않도록 나가 노력허지."

"이번 건은 나가 어떻게 마무리를 잘 짓도록 헐 거싱깨 다음부터는 나한테도 쪼깐 신경쓰도록 하씨셔. 이."

"알긋네. 이 사람아!"

"......"

전라남도 여기는 여수시다. 세 여자의 잔디밭을 뭉개고 그 집안을 박살낸 세 남자가 오늘도 작당하여 주색잡기의 장기를 펼쳐보려고 건수를 노리고 있으나 별무 신통이다. 그 일이 있은 지 며칠이 지나 이제 그들은 언제 그런 일이 있었냐면서 세 가정을 박살낸 것에 대해 오히려 복수를 했다는 통쾌함을 즐기고 있었다. 나는 지금 이들에 대해 징계를 내려야 된다. 그러면 먼저 이들의 배후를 캐 보아야 한다. 이곳 여수는 북쪽으로 여천공단이 조성되어 이곳을 생활터전으로 잡은 노동자들이 많다. 당연히 이들을 위한 상권이 조성된 여수는 남쪽 땅 지역특수로 맑은 바다를 끼고 있어 외지인도 많이 찾아오는 관광도시이기도 해서 관광객들을 위한 음식점들과 횟집 등도 많다.

여천공단이 농지를 전환하여 들어섰기 때문에 보상금이 나와 농민에서 졸지에 상인으로 직업이 바뀐 자들도 많이 나왔고……. 공단 주변의 땅 값이 천정부지로 올라 돈벼락 맞은 졸부도 여럿 생겼다. 그 졸부 중에 이들 셋이 포함되어 있었는데 부인들이 제법 큰 건물을 지어 각 층에다 횟집·단란주점·식당·등의 업종으로 장사를 하여 그 수입 또한 솔찮았다.

이들 세 쌍의 부부는 때때로 부부동반 하여 지리산 등등 보신에 좋다는 소문난 곳은 빠짐없이 다니며 오지의 밀렵한 동물들에서부터 자라와 뱀 등 보신식품을 가리지 않고 먹으려 다니기도 하고. 부인네들끼리도 맛 좋은 음식이니. 풍광 좋은 관광지로 나들이를 즐기었다.

이 여자들이 대구 팔공산 갓 바위에 간다고 화사하게 차려 입고 승용차 한 대에 간단한 소지품을 싣고 여수를 떠났다.

마누라들이 여수 땅에 없는 것만으로도 세 남자는 더 즐겁다. 그들은 희 희 낙낙 오동도로 여자 사냥을 나간다.

한편 동화사로 떠난 세 여자는 88고속도로를 통해 대구시로 들어가자 점심 한 끼를 해결하려 근처의 T관광호텔 레스토랑에 갔다. 레스토랑 안은 비교적 한산하여 그녀들은 쾌적한 분위기 속에서 잘 구운 고기를 맛있게 먹는 동안 그네들을 찬찬히 살펴보는 눈들이 있다는 낌새를 전혀 알아차리지 못했다.

커피로 입가심을 한 그네들이 다시 차를 몰아 팔공산으로 향하고 있을 때 검은 승용차 한 대가 추월하여 그네들 차 바로 앞에서 주행하기 시작했다. 그리고 차 뒤로도 또 한 대의 검은색 승합차가 따르고 있는 것을 백미러로 보았으나 대수롭지 않게 생각하였다.

이렇게 차량 3대가 줄을 지어 달리는 동안 세 여자는 얘기꽃을 피우며 깔깔거리는 동안 차는 강변을 낀 한적한 도로로 들어선다. 앞차가 속력을 낸다. 여자들의 차도 주행 속도를 올리며 한참을 달리는데 갑자기 앞차가 급브레이크를 밟는다. 깜짝 놀라 급브레이크를 밟는데 뒤에서 달려오던 승합차가 쿵 하고 그네들의 차를 받아버리는 게 아닌가. 그런데 다행인 것은 뒤차가 그네들 차를 살짝 받았기에 차 안의 여자들에게 큰 쇼크를 주지 않았다. 서로 비스듬히 앉아 얼굴을 마주 보던 두 여자는 고개가 앞뒤로 흔들리는 충격도 피했고 운전하던 여자도 목 보호대로 충격을 피했다.

여자들이 차창으로 뒤를 돌아보니 건장한 사내 둘이 승합차에서 내리는 게 보인다. 운전하던 여자가 차문을 열고 나가려 할 때 앞차에서도 건장하게 생긴 사내 둘이 내리는데 짧게 깎은 머리에 검은색 양복이 주는 이미지가 조직폭력배 같다는 생각이 얼핏 든다. 그래서 다시 백미러로 뒤를 보니 그들도 비슷하다. 단란주점 하면서 보아온 세계의 사내들이라 직감에 여자는 위기감과 공포감을 느꼈다.

"차문 열지 마! 윈도우 올려."

여자는 비명에 가까운 소리를 지르며 차의 시동을 걸었다. 시동이 걸리는 그 순간에 건장한 사내들이 차문의 손잡이를 잡는다.

"야! 이년들아! 차를 어떻게 모는 거야? 차에서 내려!"

인상을 험악하게 구기면서 도어를 확 열어 제기지만 다행히 그들 뜻대로 안 된다. 여자는 그 순간 액셀레이타를 밟으며 핸들을 확 꺾었다. 앞차와의 간격이 겨우 빠져 나갈 것 같았기에 모험을 한 것이다.

차는 휙 하니 커브를 그리며 앞 차의 범퍼를 요란하게 받으며 튀어 나갔다. 그리고 좌우로 심하게 흔들리며 중앙선을 침범하는데 여자의 시야에 들어오는 것은 관광버스가 확 덮치는 것이 아닌가.

여자는 핸들을 오른쪽으로 다시 꺾었다. 차는 비명을 지르며 오른쪽으로 휘어지는 순간 꽝! 관광버스의 뒷부분이 승용차의 뒷부분을 강하게 치고 지나간다. 승용차는 그 충격으로 빙그르르 돌다 갓길의 시멘트 보호대를 들이받으며 튕기어 강둑으로 추락하고 말았다.

여자 셋은 그 충격으로 기절했고 이를 본 사내들은 재빨리 사고 현장을 떠나버렸다. 승용차를 피하려고 역시 급커브를 돌다 꽁무니를 들이받은 관광버스는 가까스로 브레이크를 밟아 급정거했으나 안에서 춤추고 놀던 아줌마 아저씨들 튕기어 바닥에 굴러 중상을 입는 화를 당해버렸다. 그야말로 눈 깜짝한 순간에 일어난 일이였다. 한편 여수의 오동도에서 참하게 생긴 여자들을 발견한 세 남자는 이 여자들을 꼬시기 위하여 평소대로 접근을 시도하고 있었으나 여자들은 송충이 보듯 그들을 피했다. 그래도 자꾸 따라다니며 추근거리는 데 여자 하나가 꽥 소리쳤다.

"당신들이 계속 이런 짓을 하니 그 벌로 자기 마누라가 인신매매 범에게 쫓기다가 반병신 된 것도 당연하지! 당연해.”

자기 입에서 그런 황당한 말이 나온데 대해 여자가 경악을 하고 동행하던 여자들도 이상한 소리를 다한다고 친구를 바라본다. 그리고 그 말을 들은 세 남자가 처음에는 뭐 이런 년이 있어. 하고 따귀를 때리려 했는데 갑자기 그 말이 진실이라는 생각이 머리를 스친다. 셋은 서로의 얼굴을 쳐다보다가 다급하게 핸드폰으로 마누라를 호출한다. 마치 귀신에 쓰인 듯 행동하는 셋이 똑같은 행동을 보이자 이번에는 여자들이 어리둥절하여 서로 눈만 마주보고 있다. 전화는 한참 벨이 울린 후 연결이 되었는데 삼구동성으로……

“당신 누구요? 어째서 당신이 남의 전화를 받아요?”

그리고 세 남자의 입에서 똑같은 말이 터져 나왔다.

“머시라고라? 그것이 참말이당가요?”

저승사지는 나의 옷깃을 잡고 떠나자고 신호를 한다. 우리는 풍광 좋은 오동도에서 영문을 몰라 멍청해진 여자들과 머리를 싸매고 전화통에 갖가지 질문을 하고 있는 남자들을 두고 여자들을 잡으려 하던 인신매매조직을 찾아 떠났다. 우리가 도착한 곳은 대구시에 있는 자갈마당홍등가이다. 길가에 위치한 쇼 윈도우에는 요란한 색깔의 머리들과 입술이며 눈에 화려한 색칠을 한 밤의 여인들이 떼를 지어 서 있고 양쪽 골목에 연분홍색 네온사인으로 불을 밝힌 박스유리 칸막이 안에는 상품 전시하듯 이상야릇한 웃음을 띠우고 마네킹처럼 앉아 있거나 서서 남자가 지날 때마다 호객행위를 한다.

이들은 갖가지 사연을 안고 여인으로서의 삶 자체를 모두 포기하고 썩어빠진 육체 하나로 살아가는 아니 죽지 못하여 살아가는지도 모른다.

세상에서 가장 천박한 직업을 스스로 택하였던지 아니면 강제에 의해 택해졌겠지만 뭇 사람들의 따가운 시선도 아랑곳하지 않고 껌을 씹으며 무료한 시간을 보내고 있다. 이들을 이끌어가는 조직은 새로운 상품을 구하기 위해 길거리나 교외 심지어는 집에 혼자 있는 가정주부와 어린 여학생까지 닥치는 대로 잡아 폭행하고 겁탈하여 조달한다.

이런 일들은 대낮의 도로변에서 많은 사람들이 보는 앞에서도 행해지고 있으나 그들을 일망타진 하기란 쉽지 않다. 그리고 그들은 온갖 수단을 동원하여 여자들을 납치한다. 여수의 여자들을 접촉사고로 위장하여 백주에 도로상에서 납치하려다 여자들이 눈치 챈 바람에 실패했지만 말이다. 하지만 사냥꾼들은 다른 먹이를 찾아 길을 나서야 한다.

……이곳은 동양의 나폴리! 에메랄드빛 바닷물 위에 한가로이 갈매기가 노니는 아름다운 항구도시이다. 이곳의 바닷가 한구석의 오염되지 않은 백사장 위에 세 명의 젊은 여자가 보인다. 그곳에서 얼마 떨어지지 않은 곳에 일행인 것 같은 14~15세가량의 소녀가 슬리퍼를 손에 들고 긴 머리를 실바람에 흩날리며 모래밭을 거닐고 있다. 멀리서부터 밀려온 파도 끝머리의 작은 포말을 피해가며 수평선 너머로 지는 태양을 바라보면서 항구의 낙조를 즐기고 있다. 이들의 이런 행동을

바라보며 입가에 미소를 띠우고 바라보는 집단이 있었으니 굶주린 하이에나가 수풀 속의 먹이를 노리듯이 봉고차 안에 앉은 사내 여섯 명은 무방비 상태의 먹이인 여자들을 주시하고 있다. 이 여자들은 다름 아닌? 조폭인신 매매단의 딸과 마누라와 그녀의 친구들이다. 그리고 이들을 노리는 자들은 전국에 조직을 갖고 있는 인신매매 단이었다. 먹이와 먹이사슬의 관계의 두 부류들. 그리고 과연 이 여인들의 운명은……

이들은 부녀자를 납치하여 전국의 유흥가에 팔아넘기는 조직으로 이들이 일단 누구를 찍었다 하면 그 누구도 무사할 수 없다는 사실이었다. 설사 이들의 마수에서 벗어나더라도 가정에 돌아갈 수 없도록 만드는 것이 이들 조직이다. 인과응보인가? 명심보감에 자 왈子曰 이선자異線者는 천이보지이복하고 이분선자는 천이보지이한이라 하였듯이 하늘을 거역하고 살면 결국은 벌을 받는다는 귀 절이 있다. 그동안 수많은 부녀자를 납치를 하고 성폭행하여 유흥가에 팔아넘겼던 조폭이 자기 마누라와 딸이 자기가 거느린 휘하 조직원들에게 걸려들 줄 누가 알았겠는가.

잠시 후 콘도로 납치된 이들은 모두 성폭행당하고 전국 각 지로 팔려갈 것이다. 이들의 수법을 보면 영계인 어린 소녀들은 조직의 두목에게 바치고 좀 나이가 든 여자들은 며칠씩 가두어 놓고 돌려가며 그 짓을 한 뒤 여자들의 꽃밭을 깎아버리니 여자들은 집을 등지고 만다. 그런 몸으로 집으로 돌아갈 수는 없고 달리 갈 데가 없으니…… 그 세계에 빠져드는 것이다. 그런 여자들을 외진 곳이나 섬으로 팔아넘긴다. 못된 남편과 금수만도 못한 아버지를 둔 딸은 아버지의 잘못으로 대신 벌을 받는 꼴을 당하고 만다. 6명의 조직원들에게 일주일동안 곤욕을 치른 세 여인은 전라도 어디의 낙도로 팔려갔고 딸은 두목에게 상납하기 위하여 부산으로 데리고 왔다.

부산의 M호텔 지하에 술집. 술에 거나하게 취한 사내에게 똘마니가 와서 뭐라고 귓속말을 속삭인다. 내용이야 뻔하지! 영계가 준비되었으니 납시라고. 고개를 끄덕이는 이 자가 누군가? 여자들 꽃밭에 벌초하고 담뱃불로 지진 사내 중 한 놈이 아닌가. 이 술집 역시 그들이 운영하며 주로 연락장소로 이용하고 때로는 여자들을 낚는 장소이기도 하다.

엄청 퍼마신 사내는 영계를 먹기 위해 준비되어 있는 객실로 들어갔다. 침대 위에는 히로뽕과 수면제 때문에 비몽사몽간을 헤매고 있는 어린 소녀가 보인다. 아무리 술에 취했더라도 소녀의 어딘가가 사내의 눈에는 낯익어 보인다. 자세히 살펴보니 이 소녀는 자신이 눈에 넣어도 아프지 않은 사랑하는 딸이 아닌가. 딸은 그동안 얼마나 시달렸는지 땟국이 졸졸 흐른다. 며칠씩 집에 들어오지 않는 애비지만 그래도 자기 핏줄이라고 집에 들어가면 안겨서 애교 떨고 얼마나 어여쁜 짓만 하는 딸이었던가.

자기 조직원들에게 걸려들었다면 뻔한 이치다. 말만 두목에게 상납하는 거지 사실은 자기들이 착복을 해먹고 상납하는 것이다. 딸이 고생한 것을 생각하니 눈앞이 캄캄하고 가슴이 찢어진다.

딸아이가 깨어나길 기다리면서 밤을 꼬박 새운 조폭은 자기의 심복을 불러 딸에게 어떻게 된 일인지 자초지종을 털어 놓게 하라고 주문을 한다. 심복은 딸을 다그치고 달래면서 물어본다. 안 보이는 데 숨어 딸의 얘기를 들어본 결과 이 일에는 딸만 걸려든 게 아니고 마누라와 그 친구들까지 연루 되었다는 것이다. 마누라와 그 친구들은 이미 개창이 나서 낙도로 팔아넘겨졌다는 것이다. 딸아이를 잘 보호하라고 심 복에게 일러두고 차를 몰고 고속도로로 나섰다. 차가운 대지 에서 발산되는 안개 때문에 시야가 짧다. 차 안에는 짐승이 한 마리 앉았다. 짐승이 아니라 거의 짐승에 가깝도록 눈이 뒤집혀지고 광기에 어린 조폭이다. 사내는 자기 가족에게 해 꼬지 한 조직원들을 잡으려고 눈에 불을 켜고 길을 나선 것이 다. 남에게 보이기 아까워 꽁꽁 숨겨둔 아름다운 마누라와 사랑하는 딸을 생각하니 저절로 눈물이 나온다. 낙도에 팔린 마누라는 섬에 사는 어부들의 노리개가 되어 어떤 생활을 하고 있을지는 굳이 말하지 않아도 안다. 눈에 보이는 게 없 다. 오로지 사내에게 남은 것은 분노의 감정뿐이다. 입으로는 연방 개 같은 자식들을 연발하고 있다.

"너무한 것 아닐까요?"

"저놈들이 그동안 한 짓을 생각해 봐라. 우리가 이 정도 하는 것은 저놈들의 죄에 비하면 새 발의 피고 모기다리에 워커다. 누구든지 자기 가족이 당하면 회칼로 사시미 쳐서 고추장에 찍어 먹은들 분이 풀리겠느냐."

"광주 청문회 국회 증언 장면을 보았습니다. 1980년 5월 20일 세상을 떠난 일명 '5월의 신부'인 최미애씨당시 23세는 만

삭의 몸으로 그날 오후 전남대 부근의 자신의 집에서 나와
고교 교사인 남편의 제자들이 걱정이 되어 휴교령이 내려진
학교에 갔다가 점심때가 넘도록 소식이 없어 마중을 나가보
니 전남대 앞에서 시위대와 계엄군 간에 치열한 공방이 벌어
지고 있어 발걸음을 멈추고 구경을 하고 있었는데 시위대가
짱돌_{시냇가에 있는 반질반질한 돌}을 던지자 군인 하나가 한쪽 다리를
땅에 대고 앉아 쏴 자세를 취하고 조준 사격을 했지요. 총소리
와 함께 최 씨는 힘없이 쓰러졌지요. 당시 하숙집을 운영하던
최씨의 어머니 김순녀씨는 숨진 딸을 보는 순간 번개같이
달려 가 풀썩 주저앉아 피투성이가 된 딸을 끓어 앉고 보니
총탄을 머리에 관통당하여 죽은 딸 뱃속에서 8개월 된 태아가
거센 발길질을 하는 것을 보았다는 증언하는 모습을 보고
온몸에 소름이 돋아났습니다.

어머니가 가서 보니 뱃속의 아이는 죽지 않으려고 펄쩍
펄쩍 뛰더랍니다. 그 소리에 울면서 "더도 말고 덜도 말고
너희 가족이 그렇게 당하는 꼴을 보면 이 여인의 심정을 알
것이다"라고 말합디다. 당해 보지 않은 사람은 모른다는 뜻이
지라!"

"그랑깨 너는 아무리 고약한 벌이 연출되더라도 입 다물거
라."

"알았시요."

"참! 그라고 그냥 넘어갈 뻔 했는데 그런 짓을 한 사람들이
계속해서 정권을 잡지 않았느냐?"

"그라믄요 자기 가족이 아니고 자기 지역이 아니라고 그런

나쁜 집단이 나라를 통치하도록 지역감정을 부추겨서 연속하여 세 사람의 통치권자가 자기 지역에서 나오도록 하였지라. IMF를 초래한 집권자가 물러가고 대선이 치루어 졌는데 IMF를 초래한 자와영남 지금의 대통령호남 단 둘이 붙었다면 영남쪽을 찍겠느냐고 영남 친구한테 물었더니 대답을 하지 않았는데 그것은 찍는다는 뜻이라. 그 놈의 지역감정이! 그랑깨로 남이야 죽든 말든 내가 안 당하면 그 뿐이라는 뜻이지라.”

“그러니 저런 조폭들이 길거리에서 부녀자를 납치하여도 내는 몰라라 하는구나! 너희 민족의 성품이 문제로다. 저 놈은 이쯤에서 끝내자.”

안개 자욱한 고속도로에서 이성이 마비된 채 달리는 조폭의 에쿠스EQUUS는 시속 160km를 넘어섰다. 고속도로에는 밤새도록 달려온 대형 화물차들이 간이휴게소에 차를 세워두고 잠들어 있다.

삐리릭~ 휴대폰 울리는 소리에……

“‘뭐라고? 알았다. 꼼짝 말고 기다려라! 너희가 잘 감시하고. 이 찢어죽일 놈들!”

통화를 끝내고 휴대폰을 놓으려다 발아래로 떨어졌는데 하필이면 브레이크페달 밑으로 떨어졌다. 휴대폰을 줍기 위해 엎드린 순간 차는 츄레라가 서 있는 간이휴게소로 돌진…….

승용차는 츄레라 밑을 지나 논바닥에 떨어졌다. 160km의 속도로 츄레라 밑을 통과하면서 승용차 지붕이 날아가고 조폭은 목이 댕~겅 잘리는 행운을 누렸다. 졸지에 놀란 츄레라 기사만 “왜? 하필이면 내 차야?”라고 투덜거렸다.

에쿠스는 역시 빠른 차인 모양이다. 조폭은 천마를 타고 하늘로 올라간 게 아니고 지옥으로 바로 직송되었다. 조폭이 떨어진 곳은 세계 각처에서 모은 온갖 독을 가진 뱀과 뭐라고 형용할 수 없는 추하고 이상하게 생긴 괴물이 시시때때로 강간하고 괴롭힌다. 지가 갖고 놀다 지겨우면 뱀에게 이 자의 중요부위를 물게 하고 온몸에 상처를 내게 한다. 그 상처가 아물 때쯤이면 채찍으로 매타작을 시작한다. 그러면서 지상에서 지은 죄를 탕감한다. 한데 죽은 조폭은 이런 벌을 얼마동안 받을 것이라고 기록되지 않는 것을 보니 이 자의 형벌은 영원할 것인가! 보다.

죽은 자들은 저승길 중간에 있는 회 안소현세에서 가장 행복한 시절과 가장 악한 일들을 재생하여 보여주고 그곳에서 기록카드를: 녹화테이프 들고 분류 실에서천국행 극락 행 지옥행을 판결 받는 곳↔가기 전에 5일 동안 쉬었다 가는 곳 자기들이 현세에서 살면서 저질렀던 일들을 볼 수 있으며 천당이 어떤 곳이고 극락세계의 생활상은 어떠하며 지옥에서 벌을 받는 모습을 보며 또한 그곳의 법과 규칙을 배울 것이다.

천국행 영혼들은 지옥의 처참함을 보고 죄를 짓지 않은 것을 기쁘게 생각할 것이고 극락세계의 영혼들은 천국의 평안과 지옥의 벌을 받고 삼신할미한테 점지되어 인간으로 다시 태어나면 죄를 짓지 않고 착한 일을 할 것이고 지옥행 영혼들은 자기가 지은 죄에 대한 모든 벌을 받고 환생열차를 타고 극락으로 가 소양교육을 받은 뒤 인간으로 점지되어 다시 태어나면 죄를 짓지 않을 것이다. 그러나 모든 것을 목격

하고 다시 태어나도 그것을 잊어먹는 것이 문제다. 인간은 누구나 무의식적으로 아니 지옥이나 천당이나 극락에서의 생활이 머릿속에 뇌 속에 녹화테이프처럼 녹화되어 있다. 다만 재생되는 과정에서 머릿속에 남은 것은 내 생각일 뿐이라던가 아니면 꿈일 뿐 그것도 단순한 악몽이라고 느낀다. 그래서 또 죄를 짓고 나쁜 짓을 하는 것이다.

회안 소, 망자의 영혼이 꼭 들리는 곳으로 장병들의 대기소 같은 곳이며 그 다음 순서로 들리는 분류 실에서 이탈한 자들이 떠도는 악귀가 된다.

바닷가 모래밭을 걸어가면 뚜렷이 남긴 발자국들을 파도 끝머리의 포말들이 지워버리듯이 인간의 뇌 속에 기록된 수많은 사연을 지워버리는 시점이 바로 이 회안소문을 나가면서부터다. 모두가 또 다른 거처에서의 행적을 기록, 녹화할 것이다. 신이 인간을 창조할 때 저지른 가장 큰 실수가 이곳에서의 기억을 없애는 것이다. 인간으로 점지될 때의 인간의 뇌는 A급으로 한 점 티끌 없는 완벽하게 포맷된다. 태어나면서부터 녹화가 시작되는 것이다. 살아가면서 전생과 후생의 일을 무의식중에 생각하면 꿈처럼 느껴지는데 이것은 인간들이 꿈이라고 생각하기 때문이고 꿈이 현실처럼 느껴질 수도 있지만 그것은 꿈이 아니다.

교통사고에 대한 기사 옆면에 죽은 소에다 물을 먹이다 구속된 사람의 기사가 보이자 저승사자가 또 흥분하기 시작한다.

소머리에다 고압호스로 물을 먹여 5kg 이상 중량을 늘려 몇 억의 이익을 남긴 도축업자 구속. 죽은 소동맥에다 고압호스로 물을 넣어 물이 압력으로 들어가서 고기 핏줄이 터지며 핏물로 선홍색이 되어 버린 고기를 소비자는 싱싱한 고기로 착각하여 더 잘 팔리고……. 몇 만 마리를 도축하여 엄청난 이익을 챙기고 유명 백화점에 납품한 도축업자 구속…….

사회면에 대서특필 된 물 먹인 소 기사를 보고 사자는 죽은 소도 물을 먹는 가 그게 그렇게 궁금한지 신문을 넘겨주며 묻는다.

"야! 죽은 소도 물을 먹을 수 있냐?"

"대한민국에서 흔히 있는 일인데 그보다 더한 사건도 수없이 많아요."

내가 그렇다고 대답하자 물을 가지고 못된 짓을 한 자나 부정식품을 만든 것도 죄악 중에서 제법 큰 죄악이라고 한다. 술에 물 타서 장사한 물장사들도 마찬가지이다. 이런 자들은 모두 잡아들여 아니 모든 식품에 불량물질을 넣어 제조한 자들을 감방에 집어넣어 그들이 만든 식품만 먹이면 간단히 해결될 것인데 겨우 몇 푼의 벌금만 받고는 풀어주니 그런 범죄가 끊이지 않는 것이다. 어느 사회에나 못된 부류는 있기 마련이다. 자기만 잘 살면 된다고 생각하는 무리들인데 이런 무리들은 이 사회에서 당연히 없어져야 한다.

"너희 사회에는 냄비라는 것도 있더라."

"사람 사는 곳에 냄비 없는 데가 어디 있어요? 집집마다 몇 개씩은 기본적으로 있을 것이구먼요."

"오이! 좀 이상하다. 아! 그 냄비가 아니고 님비다. 말이 좀 헛나갔다. 야."

"님비NIMBY : Not In My Back Yard 현상이라는 걸 말하는 것이지라?"

"어쭈구리 잘 아는데!"

"나가 누구요?"

"니가 누구기는 누구냐 임마! 귀신이지."

"난 아직 공식적인 귀신이 아니지라. 님비라는 것은요 쓰레기 소각장이나 매립장. 원자력 발전소나 핵 처리시설·장애인촌이나 사회복지시설 등등이 자기네 동네에 들어서면 절대로 안 된다고 고집하는 지역 이기주의를 가리키는 말이지라.

즉? 아니 그랑깨로 내 고장이 아니면 다른 지역은 어디라도 괜찮다는 죄도 덕성의 실종과 공동체의식의 망각이 된 것 같은 일을 요약한 말이지라."

"허기야 곰배때기에 있는 쓸개 가운데에 빨대를 꽂아놓고 빨아 처먹는 놈들이 사는 나라이니 오죽 허것냐!"

"그런 일들을 저지르니 세계도처에서 야만인이라고 님비를 당하는 수모를 겪는데도 여전히 그러고 살고 있지라."

"민족성이 완전히 나쁜 방향으로만 변질되었구나."

"한때는 녹용을 밀수하여 진짜는 살짝 고아서 전부 자기 가족이 처먹고 그 안에 썩은 돼지피를 채워 넣은 것을 갓 잘라온 녹용이라고 비싼 값을 받고 팔아먹은 자도 있었지라. 또 몸에 좋다하여 썩은 돼지피를 먹은 인간들은 얼마나 힘을 썼는지 몰르겠지만요."

"야! 이놈아! 짐승 뿔 속에 있는 피가 무슨 약이 된다고 인간들은 그걸 먹냐? 무자비하게 산 짐승을 묶어놓고 강제로 뿔을 자르면 그 짐승은 얼마나 아프고 뿔따구에 열을 받겠느냐. 너도 불따구^{뿔로}나면 열이 받는디 짐승도 열 받으면 뿔따구로 독이 오른다.”

“산짐승의 독이 뿔다구로 다 갔으니 뿔 속에 있는 피는 독이다 이 말이군요.”

“그런 이치다. 녹용을 많이 먹으면 진짜 멍청해 지는 걸 아느냐?”

“정말입니까?”

“동의보감을 한 번 읽어 보거라. 분명히 그렇게 기록되어 있느니라. 너희 인간도 열 받은 일이 있으면 뿔따구 나서 혈압이 터져 죽거나 반신불수가 되는 것을 알고 있지 않느냐. 더군다나 사슴 그것도 수사슴의 뿔은 자기 몸에서 가장 중요한 것이고 또한 수놈으로서 위엄의 상징이기도 하다. 그런 걸 강제로 절단하여 보아라. 얼마나 열이 받칠 것인가. 그건 바로 독인 것이다. 그렇게 열 받은 녹용을 많이 먹은 자가 바보가 되는 것도 사슴 독을 먹어서이니 당연한 결과이니라. 쪼깐 헷갈리느냐?”

“앞으로는 조심혀야 겠네요.”

“내 이런 놈들을 철두철미하게 가려내서 저승에 오거든 천년 이상 자기가 만든 부정식품을 먹이겠다. 부정한 놈들 같으니!”

“그것뿐만 아닙니다. 썩을 놈의 시키^{새끼}들이 어떤 시키는 초등학교 급식용 고기를 납품하면서 부패 직전의 고기나 병든 소를 잡은 것이나 젓 소를 한우라고 속여 납품하여 엄청나게 부당이익을 챙겼다가 줄줄이 소 고랑을 찼지라.”

“소가 고랑만 찼냐 코를 뚫어 고투래를 하여 끌고 다니지.”

“상상력을 쪼끔만 발휘해 보아도 그런 대꾸는 안 헐 것이구먼요.”

“그럼 소 고랑이 쇠고랑이냐?”

“당근인 걸 또 확인하는 거요? 참! 나가 저승사자 형님! 땀시 지적수준이 엄청 퇴보하는 수난을 겪는구먼요.”

“그런 놈의 새끼들은 자기가 만든 이런 부정 불량식품을 납품한 그 학교에 안 다니냐?”

“얼굴 꼬락서니를 보니 저놈의 새끼들은 다 커서 초등학교에는 안 다니는 것 같아요!”

“우째서 인간들은 지가 안 먹는다고 해서 그런 못된 짓을 하냐?”

“내 알 바 아니지라. 저놈도 썩은 소고기를 천 년쯤 먹으면 뉘우치겠지라. 농약 콩나물·석회 섞인 두부·가짜 벌꿀·가짜 양주·등 그냥 부정과 불량 천국이지요. 그래서 우리나라에서 원조가 유행하는 것 아니겠습니까. 자기 것이 제일 먼저이고 진짜라는 것이지라. 언놈의 말을 믿어야 하는지 헷갈리지라. 나중에는 그것도 모자라서 원조 대신에 토종이라는 말도 등장했지요. 자기 가족은 당연히 안 먹을 테니 남이야 먹고 뒈지던 말 던 지놈이 약값 안 내고 초상 칠 일 업승깨 까짓것 왕창 벌어서 지놈 만 잘 살겠다는 것 아니겠습니까.”

“인간들아! 반성 좀 하고 착하고 인간답게 좀 살아 보거라.”

"이 땅에 부처님이 오실 때가 있을까요?"

"모르겠다. 너는 천상에서 보았으면서 그러냐? 그들은 바뻐! 모두 모두 무지하게 바뻐."

"부처님께서 자비광명을 두루 비춰 주지 않은 깨로 이 모양인 것 같아요!"

"욕심이 인성을 바꾸었으니 글쎄 말이다."

"불경에 보면 석가모니 부처님은 마야부인의 몸을 빌어 룸비니 동산의 무수우 나무 아래에서 탄생하였다고 기록되었지요. 예수는 동정녀 마리아의 몸을 빌려 태어났고 참으로 이상도 허지요. 우리나라 단군 시조는 곰과 호랑이를 인간으로 변하는 시험을 들게 하여 미련하고 인내력이 강한 곰이 웅녀가 되어 우리나라의 모태가 되었듯이 우리나라의 여러 씨족들의 시조를 보면 알에서 태어난 시조도 많아요.

부처님은 태어나자마자 동·서·남·북으로 일곱 걸음을 걸은 뒤 두 손으로 하늘과 땅을 가리키면서 사자후를 외쳤답니다."

"예끼. 이놈아! 태어나면서부터 부처가 안 되었으니 부처라 하지 말고 또한 태어나자마자 걸어 다니고 말을 했다는 것은 순전히 거짓말이다. 그것을 믿은 자가 있으면 그런 자는 정신병원에 가야 한다."

"허허. 무슨 소리요? 스님이나 불교인들은 그렇게 믿고 있당깨로."

"뭐라고 일갈했다냐? 그 핏덩어리 인간이."

"하늘 위나 하늘 아래서 내가 가장 존귀하도다. 온 세계의 고통 받는 중생들을 내 마땅히 편안케 하리라. 천상천하 유아독존天上天下 唯我獨尊 삼계개고 아당안지三界皆苦 我當安之 이 외침은 장차 고통에 빠져 허덕이고 있는 모든 중생을 먼저 구제하겠다는 예고적인 선언 즉? 고통의 바다에서 헤매고 있는 눈먼 중생들을 위하여 걸림 없이 편안하게 살아갈 수 있는 삶의 방법을 제시하겠다는 선언인 것이지라."

"지랄하고 자빠졌네! 이놈아! 하늘 위나 하늘 아래 가장 존귀하다는 함은 하나님보다도 자기를 있게 한 아버지보다 어머니보다 존귀하다는 뜻이 아니냐? 어린 핏덩어리가 태어나기도 전에 대갈통 안에 그런 지식이 이입되어 있었단 말이냐?"

"나가 아요? 그렇게 경전에 써 있당 깨로. 근디 와 나한테 욕을 하요?"

"미안허네! 괜히 자네에게 역정을 냈네! 그러니까 이것도 번역 작가들의 실수다. 이거지?"

"몰르겄소."

"그렇게 일갈한 후 어떻게 살아갔느냐?"

"부처님의 이러한 선언은 왕자의 신분을 버리고 6년의 고행 끝에 부다가야의 보리수나무 아래에서 깨달음을 얻은 후 녹야원에서 처음으로 다섯 비구를 대상으로 법을 설함으로서 구체화되기 시작하였고 이후 45년 동안 인도 전역을 다니시면서 중생들을 올바른 삶의 바탕으로 인도하셨다가 사리를 한 가마니나 남기고 열반하였지요. 이해가 갑니까?"

"절대로 이해가 안 가네. 어이. 대삼이!"

"닭살 돋으니 깨 글키 부르지 마씨시요. 이. 어이 대삼이는 무슨……. 그냥 대삼아! 하고 부르시요."

"자슥이……. 부처님은 모든 이들의 이익과 안락을 위해 고통 속에 허덕이는 중생들을 구제하기 위해 사바세계로 내려오셨다. 이 말이구나."

"그렇겄지라."

"호화찬란한 궁궐도 아니고 길거리에서나 동산 같은 곳에서 중생들에게 끝없는 연민과 사랑을 표현한 분이시구나. 글고 보니 김해시는 옛날의 가야가 아니더냐?"

"그렇지라."

"가락국 김수로왕의 처가 인도에서 온 허황후가 아니더냐? 부다가야의 보리수나무 아래에서 도를 통하였다니 부다가야도 혹시 가야의 한 지명이 아니냐?"

"!@#$%!"

"하늘에서 알을 구지봉에 두고 부화되게 하였으니……."

"아이구! 맙소사. 내 머리가 참말로 띠띠~이웅이요."

"나가 이때고롬여태까지 잘못 해석하였나! 좀 헷갈리니까 나도 대그빡이 띠이~웅이다."

"이천 육백년 전사실은 2544년 길에서 태어나 참 삶을 찾아나섰고 그 길을 열어 수행의 길을 가르치다가 그 길 위에서 떠나간 부처님은 영원한 진리의 나그네이며 인류의 등불인데 중간 메신 져 인 땡 중들 때문에 많이 변질 되었지라."

"네놈은 아는 것이 참 많기도 하다, 그래서?"

"부처님께서도 무연중생無緣衆生은 제도할 수 없다고 하였는데……. 변질된 자들 때문에 자비의 문을 열고 구원救援의 실상을 밝혀주지 않은 것이지라. 부처님은 인간의 존엄성尊嚴性과 평등平等을 갈파하였는데 오늘의 우리 사회는 불성佛性을 망각한 스님과 우리들 스스로가 자신을 수단시하는 하는 무명無名 속에 온갖 죄악을 서슴없이 자행하고 있승깨. 사자님! 생각은요?"

"지혜智慧와 복덕福德을 구족한 부처님한테 빌어야겠다. 혹시 아냐? 너 떠나올 때 조물주와 말 이야기를 끝까지 말 하라고 않더냐?"

"쓰 ~ 으 ~벌. 그럼 제가 한 번 빌어볼까요?"

"퍼뜩 빌어. 얼렁! 바쁘다."

"부처님의 광대무변廣大無邊 한 자비慈悲와 지혜智慧의 광명光明은 법계法界에 충만하고 있지만요 어둡고 어리석은 중생으로서 길고 긴 미로를 벗어나지 못하고 있는 대삼이를 위하여 바라 건데 감로정법甘露正法으로 이고 외 중생을 안락安樂의 피안彼岸으로 인도하소서. 부처님의 대아사상大我思想으로 대삼이 마음을 장엄케 하옵소서. 남무석가모니 불 남무석가모니 불 남무시아본사 석가모니불. 어땠소? 잘 빈 것 같소?"

"너 불교는 절대로 안 믿는다면서 잘도 하!"

"이때껏 나를 폄하하여 놓고선 새삼스럽게 놀라기는요?"

"좋은 일이 있을 거여."

"딴 것 안 바란깨 육체와 혼을 연결하는 끈이나 끊지 말길 비요. 나는 다시 인간 세계로 가야 형깨로 부탁허요."

5부

종말이 출세기……

3·8 따라지 인생. 1938년에 태어나 어릴 때는 일제의 수탈로 인한 가난과 조금 자라서는 좌우 이념의 대립으로 극심한 혼란기를 거치며 생과 사를 가늠할 수 없는 한국전쟁을 겪고 어른이 된 세대다. 이념이 다르다는 것 때문에 서로가 총부리를 겨누며 지구상에 마지막 남은 유일한 분단국가의 백성…….

대한민국이 농경사회에서 산업사회로 전환하는 시기를 보낼 때 한 끗짜리 따라지 인생이 광 땡으로 인생의 황금기를 맞으면서 온갖 비리와 부정을 저질러서 국민의 원성이 천계에까지 전해지자 하늘에서 급사急死란 처방을 내려 잡아갔는데 수많은 재산을 두고 저승에 갔으나 기제사를 자식들이 제대로 찾아주지 않아 동행한 저승사자한테 뒈지게 얻어맞은 자의 기록이 지금부터 시작됩니다.

"종발이? 이름도 특이하고 또 따라지라는 게 무슨 뜻인데?"

114

"종발이가 아니고 종말이랑께. 종발은 옛 조상들이 흙으로 구어 만든 사기그릇 가운데 사발과 중발에는 밥과 국을 담고 종발이는 작은 그릇으로 반찬을 담는 찬기인데 작은 사람을 가리켜 종발이라고 부르기도 하지라."

"뜬금없이 종발이 얘기는 왜? 그라고 너도 쪼끄마한 깨로 종발이라고 부르면 안 되냐? 미안허다! 미안혀! 눈동자 중앙에 고정시켜라. 성질내지 말고 종말이 이야기나 계속 혀."

이 이야기의 주인공인 신 종말은 지리산 골짜기에서 가난한 농부의 자식으로 태어났다. 일제의 강점기여서 농사를 아무리 많이 지어도 간악한 일본 놈들의 수탈 탓에 선량한 백의민족의 백성들은 피골이 상접할 정도로 굶주림에 시달려야 했고 끝도 없는 노동을 해야 자식들 입에 경우 풀칠이나 시키며 목숨을 연명해 가는 극한 상황의 시대에 자라났다.

없는 집구석에 왜 그리도 자식 농사는 잘 되던지. 아들 딸 구분 없이 낳아서 한 집에 7, 8명은 보통이었다. 지 먹을 복은 지가 갖고 태어난다고 믿는 순박한 생각에 생기는 대로 출산하여 비좁은 방에 온 식구가 앉으면 한 상에서 밥을 못 먹고 아이들은 마루에서! 여인들은 부엌에서 바가지에 밥을 퍼 담고 꿀꿀이죽처럼 비비고 말아 식사를 해결해야 했으며 암울하고 희망도 꿈도 행복도 없고 절망과 무기력으로 하루하루 목숨을 부지해 가는 그런 시절이었다.

"어째서 일본 놈들에게 그런 짓을 당했냐!"

"모두 잘난 위정자들 때문이지라! 대한민국 국민들은 지금도 매국노 이완용이 이 땅에 태어나지 말았어야 할 인간으로 치지요.”

“그 말은 일리가 있다만 이완용이 태어나던 시대에 나라가 너무 혼란하여 아예 나라를 팔아 먹어라고. 천계에서 내려 보냈다지 않더냐.”

“그러니까 시대 상황에 따라 해결 자를 내려 보냈다는 뜻이군요.”

“암. 그렇지! IMF사태를 일으킨 것도 너희가 별로 잘 살지도 못하면서 흥청망청 거리고 선조들의 지혜를 되살려 제대로 하라고 했지만……. 그게 뜻대로 안 되니 적임자를 보내서 정권을 잡게 하였느니라. 국가가 부도가 나서 고생도 좀 하고 예를 들어 부실하게 공사를 하면 뒤에 더 큰 사고가 나므로 지진이 나게 하면 그에 대한 경각심으로 튼튼한 공사를 할 것이고 성수대교 같은 어처구니없는 사건 등 이해를 못할 사건들을 저지르게 하면 튼튼한 다리를 만들 것 아니겠느냐. 너희 인간들이 모르니까 일러주는 말인데 수해나 태풍 등도 마찬가지니라. 아우가 잘 들먹거리는 성경이나 불경 등은 그 시대 상황을 후세에 교훈을 주기 위하여 그들의 제자나 작가들이 쓴 것이라고 말했듯이 희망도 꿈도 비전도 없는 암울한 시기에 나약한 인간들은 그런 책을 대하면 그 믿음에 곧장 빠져든다. 알겠느냐?”

“허기야 우리나라가 농경사회에서 산업사회로 접어들면서 모두 농촌을 버리고 도회지로 몰려 들었지라. 희망을 찾아. 행복을 만들기 위해 도시로 몰려들었지요.

우리 노동자의 성지聖地라 할 수 있는 서울의 청계천 일대.

닭장만한 크기의 다락방이 일터라고 허리 한 번 제대로 펴보지 못한 우리의 형제들인 어린 여공들은 열악한 환경에서 하루에 16시간 이상 일을 하며 악덕업주에게 노예처럼 다루어졌지요.

독사 같은 그들은 임금 착취는 물론이고 성폭행을 비롯하여 여러 가지로 인권을 유린한 잘못을 저질렀지요. 그 여공들에게는 업주가 저승사자처럼 여겨졌 거구면요."

"야가 시방 머시라 근다냐. 이 시러비 헐 놈이! 나를 그런 놈들과 같은 등급을 매기냐. 어쭈 이놈 봐라! 눈깔을 고정시키고 쳐다보면 어쩔 거냐? 지금 호랑이 앞에서 아니? 사자 앞에서 웃통 벗고 덤비겠다는 거냐?"

"왜 이래 싼다요? 나가 쬐끔 실수 했구면이라."

"사과한다 이 말이 제. 생각해 보거라. 열서너 살짜리들이 초등학교나 겨우 졸업하고 피붙이 하나 없는 타관객지에서 방바닥은 늙은이 콧김만큼의 열기도 없으니 추위와 노동의 피곤함을 달래기에 지쳐 부모형제가 보고 싶어서 너무나 보고 싶어 베개는 눈물로 매일 젖어 있는 것. 그런 것을 생각하면 나도 눈물이 내려올라. 한다.

나는 죄 지은 놈만 잡아가지 열심히 일하는 근로자를 못 살게 굴지는 않았다. 쨍! 하고 볕 들 날이 있을 줄 알고 그 어린 것들이 그 고생을 하였단 말인데 성지는 무슨 성지냐?"

"나. 이야그 다 듣고 말허기요. 그들도 자식들을 키우고 있을 텐데 종업원들을 짐승 취급하는 업주들의 행태. 그것을 못 참은 사람이 있었어요. 도저히 용서할 수 없다. 세상에 이런 현실을 알려야 한다고 결심한 사람."

"그게 누구냐?"

"그는 노동자들에게는 하느님·예수나·부처보다 훨씬 나은 존재지요."

"아니! 대한민국에 그렇게 훌륭한 사람이 있었단 말이냐?"

"노동자들에게는 신이라기보다는 그들의 횃불이었지요."

"하느님은 누군가가 토굴 속에 숨어 있어도 모든 것이 보인다면서 지상에서 벌어지고 있는 인권 유린과 노동 착취를 비롯한 열악한 근로 조건은 무시했단 말이냐."

"보고만 있으면 머 한다요? 분명히 보고 있었을 텐데 도와주지는 못 했지요. 국민을 대변하고 국민의 편에 서서 일하겠다고 선거 때면 표 달라고 노래를 부른 샌님들도 도와주지 못했지요. 그런데 전태일이란 청년은 예수나 석가보다 더 어린 나이인데도 근로자를 보호하라! 노동법을 준수하라! 고 서울 청계천 도로에서 벌건 대낮에 그것도 하느님! 부처님! 예수님이 다 내려다보는 대명천지에 몸에 기름을 붓고 인간답게 살 수 있도록 해달라고 울부짖으며 분신자살을 하였으니 석가나 예수가 한 일보다 더욱 숭고한 희생이었지요.

석가는 천수를 다 하였고 예수는 자기 스스로 순교하지 못하고 타인의 손에 생을 마감하지 않았습니까."

"정말이냐? 자기 부모형제도 아닌 사람들을 위하여 스스로 목숨을 버리는 사람을 나는 보지 못하였기에 묻는 말이다."

"그런 사람이 성인보다. 보이지 않는 신들보다 현실에 존재하는 신을 원한다는 것이지요. 그러니 전태일은 한국 근로자의 희망의 등불이요. 귀신 신神이 아닌 믿을 신信 그 신을 원한다고 했지요.

예수님은 천도성탄을 위하여 눈물을 흘렸고 석가님은 고해의 중생을 위하여 눈물을 흘렸다는데 전태일은 핍박받는 어린 노동자들을 위하여 눈물을 흘렸어요.

이런 시대에 누구의 눈물이 진정한 눈물이겠어요? 그들을 위하여 피워보지도 못한 꽃이 서울의 거리에서 불꽃으로 승화하였으니 보이지 않는 신神 보다 보이는 신身이 더 아름답지요. 이런 혼돈의 시대에는 보이지 않는 신神 보다 전태일 같은 살신성인이 필요해요. 그의 일대기를 만든 영화에 출연한 배우가 출연료 없이 촬영에 임하여 화제를 모았는데 지금의 사회는 그런 사람들이 진정으로 필요한 때지요."

"그래서 하늘에서 전태일을 내려 보냈는 것 같다! 예수, 석가, 공자처럼 말이다."

"웃기는 소리 하지 마소! 꼭 필요할 때는 눈을 감고 있는 건지 잠을 자고 있는지 자기를 믿는 이들을 쳐다보지도 않는 하늘은 무슨 하늘. 시대가 요구헌 것이제."

"일본 놈들이 세계를 정복하겠다고 전쟁을 벌여서 일본이 패망하자 우리는 일제 36년의 고통에서 벗어났으나 나라가 두 동강이 났다. 이념과 사상이 다르다고 남과 북으로 갈라져 버렸는데 광복의 들뜬 마음이 채 사라지기도 전에 북쪽의 공산집단이 동족인 우리들에게 총부리를 겨누고 합치자며 전쟁을 하여 내외국인 4~5백만 명이 희생되었으나 합치지도 못하고 너희는 너희대로 살고 우리는 가지 않을 테니 너희도 오지 말라라는 식으로 휴전선에다 철조망을 치고 세계에서 유일한 분단국가가 되었다. 그래도 오늘날 한강의 기적이란 눈부신 경제 발전을 이룩한 근면하고 성실한 민족이 아니였느냐? 콤푸터도 많이 만들고 전자제품도 알아주지 않느냐?"

"그거야 세계에서 인정하지요. 콤뿌터가 아니고. 컴퓨터라고 발음을 하씨시요. 이."

"사투리는 나보다 네가 더 많이 쓰면서 그래 쌌냐?"

"본론으로 들어갑시다."

이놈의 종말이는 도저히 비전도 없고 희망도 없는 농촌을 등지기로 하였어요. 힘이 좋아 상머슴보수가 1년에 쌀 12가마 중간머슴보수가 1년에 쌀 8가마 그도 저도 못한 놈은 소 먹이고 꼴 베고 집안 허드렛일이나 하며 밥이나 얻어먹었다. 그 당시에는 부자 집 머슴 노릇을 하며 연명해 가는 농촌 총각들이 많았다. 상머슴을 몇 년 한 종말이는 그동안 받은 보수로 밭뙈기 몇 마지기를 집에 사주고 우물가에서 몇 번 눈이 마주친 적이 있는 옥분이가 가 살고 있는 부산으로 떠난 것이다.

"그 다음에는 껍데기 삼·팔 따라지가3+8=11 알맹이 삼·팔 광 땡이 되는 다시 말해서 쥐구멍에 햇볕 쨍 들어 뿌는 과정이 이어지 것네! 그러면 말썽 많은 병역의무는 마쳤냐?"

"무학으로 면제를 받았지라."

"그때는 무학이라도 군대는 갔지 않느냐?"

"용케도 빠졌지요. 낫 놓고 ㄱ자도 모르는 놈인데 어쩌겠어요."

객지에는 나왔지만 배운 것이 있나 기술이 있나 일할 자리가 마땅치 않아 머슴살이 한 경력으로 부산항의 부두 노동자로 취직을 하여 성실하게 일한 덕분에 돈이 모이자 힘으로나 덩치로나 부두 노동자들의 오야 봉을 할 수 있을 것 같은데 원체 배운 것이 없어 야학에 가서 배워야겠다고 마음을 굳힌다. 국민학교초등학교 과정과 중학교 과정을 마치고 나니 그때는 벌어놓은 돈이 제법 되어……. 남의 집에 머슴살이 하면서 어린 가슴에 못 박힌 가난과 배고픔이 다 농토를 갖지 못했기 때문에 그런 수모를 당하였다고 생각한 종말이는 변두리에 헐값을 주고 땅을 사 모으기 시작했다.

'언젠가는 나도 상머슴 몇 명두고 살면서 막강한 힘을 발휘하는 만석군 부자가 되리라'는 마음가짐에 돈은 열심히 벌면서도 쓰지 않는 자린고비 생활을 하였기에 땅은 수백 평에서 수천수만 평으로 늘어났다.

우리나라는 1, 2, 3차 경제개발 5개년 계획이 모두 성공하여 세계가 놀라는 경제성장을 이룩하였고 새마을운동을 벌인 결과 농촌도 발전하여 고질적인 보릿고개도 74년에는 기적의 볍씨인 통일벼를 수확하면서부터 해결되고 77년부터는 외국으로 수출도 하였다.

농경사회에서 산업사회를 지나 중화학 분야가 중심이 되면서 산업단지 조성 등으로 전국의 땅은 부동산 투기 바람에 휩싸여 졸부들이 태어나기 시작하였다. 대규모 공단과 그곳에서 일할 근로자들의 주거지가 대량으로 개발되면서 주택 투기 붐도 일어나 집 없는 서민들을 울리기도 하였고 모 초등하교 여교사는 집을 50채나 갖고 있기도 하였다.

"잠깐! 멀라고 집이 50채나 필요하다냐? 남편이 한 50명 되냐?"

"씰데 없는 데서 머리 굴리지 마시요. 이 세를 놓아서 부자가 되려고 그랬지요."

"요년을 내가 조사해서 꽉 잡아다가 지옥에 보내어 첩첩산골에 집도 지을 수 없는 돌로 된 산골로 보내버릴까. 보다. 맹수가 우글거리고 독충과 독사가 우글대는 것에 가족을 몽땅 집어넣고 집이 50채라고 하니 5만 년을 살게 만들어야겠다."

"어쭈구리! 사자님! 머리에 김이 나네."

"열 받았다! 말 시키지 마라. 그까짓 벌 주는 것은 이 저승 사자 권한으로 아니 직권으로 충분하다. 그러니까 종말이란 놈도 부동산 투기에 편승하여 졸부가 되었구나."

"맞지라. 앞서도 얘기했지만 없는 자가 돈을 모으면 무엇에 먼저 신경 쓴다고 했지라?"

"니가 나한테 시방 아이쿠 테스트 허냐?"

"아이쿠라고라? 깜짝 놀래라! 아이쿠가 아니고 아이큐랑께."

"쓰벌~놈의 쎄~끼! 기차 화통을 고아먹었냐. 네가 큰 소리만 치면 내 간이 떨어진다."

"아이쿠라고 헌께로 그랬지요."

"잠깐. 잠깐. 말 시키지 말거라. 소리치는 바람에 간이 떨어졌다가 인자 올라온다."

"간이 떨어지다니 거짓말을 식은 죽 먹듯이 하는구먼!"

"너 이 새끼! 너희 인간들 말하는 것을 봐라. 지옥도 갔다 오지 않은 놈이 지하철이 지옥 철이라 하질 않나. 저승사자도 못 본 놈이 저승사자 같다 하지. 천국을 본 종교인이 하나도 없으면서 천국을 밥 먹듯이 읊어대고 종교도 없는 너희 북녘 동포들은 자기들이 사는 곳이 천국이라고 씨부렁대는데 네놈 말처럼 좀 새겨들어라 이 잡것아!"

"흥분하지 마씨시요. 이. 머리빡 뚜껑 열리겄소!."

"그것도 모를까 봐 나 자존심 상하게 대그빡 테스트를 했냐? 없는 놈이 부자 되면 주색잡기부터 시작헌다고 네가 서두에 기록한 것을 자세히 보았다. 나도 살아생전 거시기 달린 놈이라서 인간들이 부자가 되면 뭐부터 하는지 눈여겨보아 두었느니라. 또 있다. 어려서는 흑과 백을 확실히 구분하지만 거치른 세상을 살면서 적응 하려니 부정과 비리에 타협한다는 것 아니냐?"

"맞어요! 대한민국 부정부패지수는 국제 투명성기구가 발표한 99년 부패지수에서 96년 이후 조사대상국 99개국 가운데 50위를 차지했다고 위안을 삼는 모양인데 제가 피부로 느끼는 것은 훨씬 높다고 생각하지요. IMF의 영향도 있지만……. 뇌물공여지수에서도 세계 주요 19개 수출국 중 중국과 함께 최하위를 기록했다고 해요. 돈이면 안 되는 게 없는 나라이고 부패의 종주국으로 낙인이 찍힌 셈인데도 국민과 공직자들은 부끄러움을 느끼지 못하는 것이 문제지요. 조선왕조 5백년간에 공식적으로 사건화한 공직자의 뇌물수수사건은 **조선왕조실록**에 의하면 모두 2,962건으로 언뜻 보면 많은 것으로 보이지만 평균으로 치면 1년에 6건에 불과한 것이지라. 실록에 남길 만한 중요한 사건만 다루었으리라는 점을 감안하더라도 이 정도라면 부패가 극심했다고 할 수 없지요. 그리고 당시의 인구 비례와 공직자의 숫자도 지금과는 현저한 차이가 나지요. 초기는 대부분 권력을 이용한 대가로 금품을 챙기기였고 중·후기에는 매관매직이 주류를 이뤘다는 점도 부패의 유형이 극히 한정되어 있는데 오늘날 우리나라는 부패의 유형에 있어서는 조선시대와는 비교가 되지 않지요. 새 정부가 들어설 때마다 공직자 부정부패 척결을 지상의 과제로 삼겠다고 닭 나팔 불지만 부정부패를 저지르는 수법은 갈수록 교묘해 지고 공염불이 되기 일쑤지요."

"입각한 정부 요인이나 공직자나 법을 다루는 입법기관인 국회의원들 역시 매관매직이 아니더냐? 그것도 모르느냐? 공천헌금과 선거 때 쓰는 돈도 따지고 보면 뇌물의 일종이니라. 그러니 드러나지 않는 범죄가 더 많을 것은 자명한 이치다. 공천헌금은 명백한 매관매직이지!"

"아유 골머리 아퍼! 간지깨^{기다란 장 대}와 부지깽이로 쑤셔보면 한도 끝도 없는 비리의 천국이지요."

"그렁께로 조선시대부터 있었던 비리와 부정이 후대를 내려오면서 종자 번식하듯이 핵분열로 많이 퍼진 모양이다. 병은. 그것도 특히 나쁜 병은 더 잘 퍼지며 치료 또한 하기 어렵지 않는가. 예방을 해야 할 고위직이 저렇게 병들어 있으니 지 몸 고치기는 참으로 어려운 일이다."

"그런데 종말이 이놈도 부정부패의 흙탕물에 빠져들게 되

124

었지요. 권력은 마약이나 똑 같당께로."

"부정과 부패는 암과 같은 존재라 하지 않았느냐. 네가 말했듯이 절대 권력자는 많은 희생을 치루고 잡은 권력이기에 그 권력을 지키려면 더 많은 희생의 재물이 필요한 것이지. 권력은 마치 마약과 같아서 이성을 잃게 하고 판단을 흐리게 하기 때문에 역사적인 기록을 보더라도 절대 권력자들이 저지른 죄를 보면 인간 말살정책 즉? 인권 유린 정책을 썼느니라. 부정과 부패는 치유될 수 없는 악의 고리이니라. 그것에 물들면 수없이 퍼져가는 암세포가 결국은 사람을 죽음에 이르게 하듯이 그것으로 인간은 결국은 파멸하고 마는 것이다. 종말이도 파멸의 길로 접어든다고. 산골 무지렁이 총각이 사회 적으로 암과 같은 존재가 된다. 그것 참! 기대되네!"

"모든 인간의 행복 추구는 평등하지만 그 실현은 엄청난 불평등이 도사리고 있다는 것을 모르는 게 우리에게 주어진 삶의 조건에 수반되는 과제이지요."

"인간사는 수많은 고통과 고난을 견디는 도전장이구나. 너는 죄 짓지 말고 천국으로 가거라. 영생할 수 있는 곳으로 말이다."

"나에게 주어진 운명의 기록을 프린트해 준다면 좋을 텐데요."

"그것은 내 소관이 아니야. 네가 주제를 꺼내면 우리는 알 수는 있지. 지금 가르쳐 줄 수도 있다만 임무를 수행하는데 지장을 주니 지금은 절대로 못 가르쳐준다. 미안하다. 너는 좋은 곳으로 갈 수 있을 거다! 안 되면 우리 부서로 오너라."

"천만에!"

……여기는 유동 인구가 백만 명이 넘는 부산 서면의 복개천 주변. 거리는 어둠이 짙어지면서 거리의 가로등과 높고 낮은 건물의 위치를 알리는 전광판과 네온사인 불빛으로 도심의 밤은 향락의 물결로 넘실댄다. 천우 장을 지나 우회전하여 대아호텔 뒤쪽의 작은 샘이란 간판이 이름에 걸맞지 않을 정도로 건물의 반을 커다랗게 차지하고 오가는 손님들을 유혹하고 있다.

올려다. 보아도 저쪽 위의 간판이 너무 커서 종말이는 어깨가 움츠러든다. 웨이터의 안내에 따라 계단을 밟고 내려가니 밖과는 달리 불그스레한 전구가 즐비하게 켜져 있고 잔잔한 음악소리가 울려나온다.

쭉 빠진 몸매에 치마인지 수영복인지 구분이 안 가는 옷을 입은 아가씨가 쪼르르 달려와서 팔짱을 끼며 코맹맹이 소리로 "어서 오세요, 싸장님! 언니야! 손님 몇 호실로 모실까요?" 안에다 대고 냅다 소리친다. "십 호실로 모셔라." 안에서 대답이 들린다. 그 사이 벌써 아가씨는 종말이 팔짱을 낀 채로 안으로 끌다시피 하며 가고 있다. 호실 수를 보아서 제법 큰 술집이다. 방 안에 들어서니 벌써 주안상이 마련되어 있다. 기다란 상에 하얀 노루 지를 깔고 양주잔 큰 컵과 물수건. 모둠 과일과 캔을 따서 담은 화채도 놓여 있다. 이곳에서 종말이의 땅은 부정과 결탁하면서 아울러 쩽! 하고 해 뜨는 역사적인 사업이 될 모양이다.

이곳으로 올 때까지 어느 정도 아니? 사실은 종말이 자신조차 소름이 끼칠 정도로 놀라운 사교 수단을 배운 탓에 큰 숨을 들이쉬며 마음을 다져보지만 은근히 걱정은 된다. 요정에서 영계로 날리다가 퇴계가 되어 변두리 술집의 작부가 된 망천 댁한테 공무원 구워삶는 요령을 배우느라 문지방이 닳도록 드나들면서 듣기 싫은 그녀의 신세타령을 귀가 아프게 들으면서 연수교육은 잘 받았지만…… 이번 일은 변두리 동사무소 직원에 비하면 엄청 높은 사람하고 해야 할 사업이기 때문이다.

가슴을 두드려 본다. 마음을 진정시키기 위해서였지만 속주머니에 들어 있는 2백 만 원짜리 수표가 든 봉투 다섯 개가 자신의 주먹질에 가슴을 더 뛰게 한다. 전화로 몇 번 읍소하며 부탁하며 술 한 잔 같이 마시고 싶다고 애걸복걸하였던 것이 효과가 있었던지 아니면 눈 먼 돈에 은근히 마음의 동요를 일으킨 것인지 모르지만 개발계획 팀이 전부 와 주었다.

그들은 모두 다섯 명으로 서로 인사를 끝내고 앉자 마중 나왔던 코맹맹이 아가씨가 귓가에 개털도 벗겨지지 않은 앳된 아가씨 다섯 명을 데리고 와서 다섯 명의 공무원 옆에 앉힌다. 그러고서는 "싸장님! 저는 잠시 뒤에 오겠어요"하더니 궁둥이를 살짝 치고 나간다. 아주 숙달된 모습이다!

첫 순서로 찹쌀에 전복을 넣어 끓인 죽이 나와서 먹고 나니 우유가 들어와 컵에 반쯤 부어 지고 그 위에 시바스리 갈이 부어진다. 사실 그 술은 별로 비싸지도 않은 술이었는데 대통령이 즐겨 마신 술이라는 것 때문에 너도 나도 마시는 바람에 한때는 시중에 동이 나기도 했다. 검은 승용차가 권력의 상징처럼 된 후에 졸부들도 덩달아 검은 승용차를 타는 것처럼 술이나 차도 유행이 있는 모양이다.

건강을 위하여 부라 보를 외치며 잔을 부딪쳤고 그 독한 술을 원 샷으로 마셔버리니 취하지 말라고 미리 먹어둔 술집 마담의 비법인 전복죽도 별 효험이 없는지 식도를 따라 내려간 술은 목구멍부터 위장 아래에까지 아련한 아픔을 느끼게 한다. 우유 먹 짠! 미친놈들! 그 독한 술을 마시면서 건강을 위해서라니…… 얼음이 담긴 통과 우유와 시바스리 갈을 꿀벌이 꿀 나르듯이 나르는 코맹맹이 아가씨는 들락날락거리느라 문지방이 다 닳을 지경이다. 거짓말을 좀 보태면 미닫이문에 달린 바퀴에 불 날 지경이다. 꼭 나갈 때는 언니! 안주! 언니! 우유! 언니! 술! 꼭 잊지 않은 말도 있다. 싸장님! 소변 보러 간다. 요실금에 걸리셨나!' 엉덩이로 어깨를 치면서 드나들지만 종말이는 아랑곳하지 않는다. 코맹맹이 아가씨의 행동에 신경 쓸 필요가 없다.

탁자 밑에 있는 조그마한 쓰레기통에 시중드는 아가씨들이 부어버린 비싼 술이 반통이나 차가는데도 그까짓 것 오늘 일만 잘 성사되면 땅 몇 십 평 팔면 충분할 터인데! 하며 애써 위안을 삼지만 그래도 노랭이 짓 하던 옛 근성이 살아 있어 술이 아깝다.

시중드는 아가씨 중에는 아르바이트 대학생도 있고 다방 아가씨도 있는데 주는 대로마시게 되면 아가씨는 손님 접대도 못할 만큼 취할 터이니 2차 갔을 때 잘못하여 시비라도 벌어지면 돈 들여 로비한 것이 쨍! 하고 해 뜨는 것이 아니라 시커먼 먹구름이 끼울 수도 있으므로 비싼 술을 버려도 모른 척하고 손님들에게 술만 열심히 권한다.

아가씨들은 아가씨들대로 코맹맹이 아가씨새끼마담 한테 "주는 대로마시면 몸 상하니 입에만 대 보고 쓰레기통이 각자 상 밑에 있으니 다른 아가씨가 우스갯소리와 몸짓을 하여 시선을 끌 동안 쓰레기통에다 쏟아라. 또 보리차도 큰 주전자에 같이 준비해 놓았으니 술하고 같이 섞어라"고 교육을 받은 상태다. 종말이도 이미 망천 댁에게 그에 대한 교육을 받은 터이고 아가씨들은 혹시 2차를 요구받을 때를 대비하여 최대한 손님들에게 술을 많이 권하라는 교육도 받았다. 술을 많이 팔아 매상을 올리려는 마담의 주문도 있지만……. 손님에게 술을 많이 권하면 2차를 가더라도 손님이 술이 떡이 되면 간단하게 밤의 행사를 끝내고 뻗을 테니 밤새 시달리지 않아 조금은 편하게 보낼 수 있다는 생각에서였다. 또 1차 팁은 종말이가 주지만 2차 팁은 손님이 주기 때문에 술 취하여 오락가락하는 놈이 아양을 떠는 아가씨에게 팁도 잘 주기 때문이다. 술집에는 소속된 아가씨가 있지만 그때. 그때 조달하여 쓰는 아가씨도 있다. 새끼마담이 연락처를 가지고 손님의 수준에 맞추어 호출한다. 고급 손님은 주로 앵계영계↔20세 아래 아가씨를 찾고 이런 거창한 술집 경험이 적은 부류에게는 닳아빠질 대로 닳아빠지고 깐깐하고 대가 찬 여자를 동석시킨다. 술집의 영업 형태는 이런 것이다.

어지간히 술좌석이 끝나고 나니 밴드마스타를 불러온다.

상은 한 쪽으로 치우고 서로 얼싸안고 노래를 부르며 블루스인지 씨름을 하는 건지 어느 팀은 쌍쌍이 끌어안고 춤을 추니 취기는 더욱 달아오른다. 난장판이 따로 없다. 술좌석이 처음에는 맥주 다음에 청주 마지막에 양주로 입가심한다고 하는데 그런 식으로 진행되면 먼저 먹은 맥주와 청주가 뒤섞여 있는데 양주가 둘 어가면 뽕~옹 가는 것이다.

난장판도 어지간히 지나가자 종말이는 가지고 왔던 봉투를 하나씩 돌리고는 먼저 나와 술값을 계산한다. 모두 3백 만원이다. 입이 딱 벌어지지만 허나 어쩌랴. 몇 십 배 몇 백 배로 뛸지 모르는 땅값을 개발지역에 포함시키기만 하면 튀밥 튀기듯 커지는 것이다. 아가씨들 팁은 별도로 1인당 5만원씩 주고 코맹맹이는 십 만원을 주었지만 아마 새끼마담이 아가씨들 팁에서 절반은 착취할 것이다. 이것이 그들의 생리다. 먹고 먹히는 먹이사슬이다. 종말이는 시중든 아가씨들을 별도로 불러서 특별 보너스로 2만원씩 더 주고 2차 가는 아가씨는 이십 만원을 주며 잘 모시라고 부탁하고 집에 갈 사람은 대리기사를 시켜 집에까지 모시게 하고 과일 한 박스도 잊지 말고 전하라하였다.

이제는 집으로 돌아가 교회에 나가 하느님에게 열심히 기도나 하며 2~3일이 지난 뒤 전화통화로 부탁할 말과 정보를 입수할 묘안을 짜면 된다. 술좌석에서는 일에 관한 부탁은 절대 하면 안 된다는 자기만의 독특한 로비 비법을 터득한 결과다. 술 먹고 취하였을 땐 모두 O.K라고 하지만 술 깨고 나면 모른다고 하는 것을 지난날에 실패했던 로비의 실패요인을 분석하여 얻은 결과물이다.

"아니? 난데없이 종말이가 교회를 왜 나가냐? 하는 짓을 보면 별로 좋은 놈은 아닐 텐데 그래도 선과 악은 조절할 줄 아는 모양이지!"

"씨잘데 없는 소리 마시요. 저놈은 폴쎄 끝난 놈이라. 교회 다닌다고 다 착한 놈인 줄 아시요?"

"대체적으로 착한 사람들 아니냐?"

"선한 사람 중에는 진짜 성경 말씀대로 교리를 지키는 인간도 있으나 종교적인 문제라 민감하기도 하지만 일평생 살아오면서 그런 사람은 한 번도 못 봤승깨."

"긍께로 너는 못된 신도들만 봤다는 말이냐?"

"우리 시골에 있을 때 못된 지집년 하나 있었는데 이년도 교회에 나가는 신자 였지라. 그런데 실성기가 있었는지 우쨌는지 즈그 씨엄씨와 씨압씨를 까끔으로 데려가서 줘 패는 걸 봤당께로. 긍께로 까끔에다 매장 시킬라고 했는지는 몰라뿌러도 그 못된 지집년 때문에 동네에서 한바탕 난리가 났으라."

"너. 말대로 그 18년이 부모도 몰라보고 씨 엄 씨와 씨 압 씨를 피 칠갑을 시켰다 이 말이구나. 근데 까끔이 뭐냐?"

"멀 갤차 주면 금방 그리 잊어 묵고 마요? 까끔은 동네 근처에 있는 산을 까끔이라 글제요. 경상도 말로 치면 삐 알이고요"

"교회 다니는 선한 사람으로 행세하면서 나쁜 짓을 많이 했구나!"

"그랬지라. 다들 교회 나가는 착한 메누리 보았다고 부러워했는디 씨엄씨가 제사를 안 지낸다고 나무라자 화풀이를 한 것이지라. 자기는 조상들의 제사상을 차릴 수 없고 절대 절도 안할 것이라고 땅깡을 부링께 씨엄씨가 혼을 내주었고 그에 대해 앙심을 품고 씨엄씨와 씨압씨를 삽으로 패 뿌렀지라."

"그걸 가만히 두었냐?"

"그걸 안 남편이 육철낫^{풀을 베는 도구}과 외 낫을 들고 가서 꽉! 해 뿌렀는디요 그러고도 분이 안 풀려 소시^{땅을 파는 도구}랑으로 찍어 뿌러갔고 숨 넘어 가기 직전에 동네 사람들이 말개 갔고 살인은 안 났지라. 생각해 보시요, 효자인 아들이 부모가 마누라 헌티 맞아서 얼굴에 피 칠갑을 해갖고 있으니 열불 안 날 사람 있겠소?"

"맞긴 맞다! 원래 기독교는 한 줄기였는데 왜 그렇게 되뿌렀다냐?"

"그 야그 할려면 한참 씹어야 허는디."

"그래도 일단 들어보자꾸나."

"당신은 땅 속에서 왔다갔다. 해 싸면서도 모른 갑네. 이! 기독교는 AD 30년경에 탄생하여 곧 기독교회 형성이 시작되었다고 해요."

"기독교가 분열된 과정을 더듬어 보거라."

"325년 니케아공의회↔예수의 신성^{神性}을 부정한 아리우스파를 이단으로 규정.

431년 에페 소 공회↔예수의 삼위일체설을 부정한 네스토리우스파를 이단으로 규정.

726년↔동로마황제 레오 3세의 우상파괴령성상숭배금지

1054년↔기독교가 가톨릭과 동방정교로 나뉘어졌고

1517년↔독일의 마르틴 루터가 95개조의 격문을 발표하면서 인간 구원 논쟁으로 종교개혁 시작되고 개신교는 별도로 분리. 이후 30년 전쟁1618~1648으로 나아감.

1534년↔영국의 헨리 8세 성공회 성립자신의 이혼에 반대하는 로마 교황청과 대립 후 영국만의 별도 교회 창립

이리하여 가톨릭 동방정교 개신교는 교리教理 해석이 달라 갈라섰대요. 우리의 남과 북이 한 핏줄인데도 우두머리들의 사상과 이념이 틀리다. 고 전쟁을 하여 수많은 인명이 희생된 것처럼 기독교도 수많은 전쟁을 하였지라."

"기독교를 믿는 자들이 사람을 죽여도 천당 가는 것을 보았능고? 살인을 하면 이유여하를 안 따지고 지옥행이야."

"하나님! 예수님! 성모마리아께서는 사람을 죽인 자들도 자기 자식인데 안 거두어 주는가요?"

"그런 말도 안 되는 소리하지 마! 전부 지옥행 열차를 다야 돼. 가톨릭 동방정교 개신교는 사촌형제 같은데 갈등이 심했던 모양이제? 좀 상세하게 야그해 보거라."

"예수 그리스도 이후 2천년 가까운 시간 동안 기독교는 교리를 둘러싼 분열을 거듭해 왔지라. 그 역사적인 기록을 보면 현재 가톨릭·동방정교회·개신교회로 크게 세 갈래로 나누어졌고 동방정교회와 개신교는 다시 국가별 민족별 또는 교리해석별로 다양한 종파로 갈려 있고 이밖에도 몇몇 소수종파도 있지라.

4세기와 5세기에는 그리스도의 본성本性을 둘러싼 교리의 논쟁으로 예수의 신성神性을 부정한 아리우스파와 삼위일체설을 부정한 네스토리우파, 이집트의 콥트교회가 이단으로 몰려 교단에서 물러났다요.

726년에는 동로마황제인 레오 3세는 성상聖像에 대한 숭배를 금지하는 우상파괴령을 내려 로마 교황청과 갈등을 빚었고 1054년에 이르러서는 비잔틴제국동로마 황제를 수장으로 하는 동방교회와 가톨릭은 서로 갈라 섰지라. 16세기의 종교개혁 이후 개신교가 가톨릭에서 갈라져 나오면서 두 종파는 전 유럽에 걸쳐 피비린내 나는 전쟁을 벌여 서로가 대량 살육을 저지르다가 결국 1648년 베스트팔렌조약으로 전쟁은 끝났으나 두 교회는 교리와 조직에 있어서 합치를 이루지 못했고 수시로 갈등을 빚으면서 계속 평행선을 걸어왔는데 1533년에는 영국의 헨리 8세가 로마 교황청과 결별을 하고 성공회를 별도로 설립하여 오늘에 이르고 있지라."

"복잡하구나! 저 그 머시냐 느그 나라도 종파 땜시 말썽이 많탐시롱?"

"우리나라라고 별일 없겠소. 이. 지난번에 만민교회 목사가 나쁜 짓 한다고 신도들이 방송국에 제보를 하여 방송국이 그걸 취재하여 방송하려다 난리가 났지라. 목사가 신도와 간음을 하고 지가 하나님을 만났다고 떠벌이며 설교하는데 금가루가 뿌려지는 장면을 연출하지를 않나 교세 확장을 위해 은행돈을 대출받느라고 신도들에게 빚보증을 서게 했지라. 어떤 신도는 10억을 보증서는 바람에 집안이 절단 나며 가족이 찢어지고 말았지라.

또 목사라는 사람이 라스베가스에 가서 도박을 하여 몇억을 탕진하였다고 하여 그런 비리를 방송하려는데 신도들이 동원되어 국가기관인 방송국을 점령하여 방송이 중단되는 그야말로 반국가적인 폭력을 휘둘렀지라.

그것뿐만이 아니라? 자기가 하느님 아들이고 자기가 예수라고 지가 태어난 곳에 있는 우물물을 먹으면 모든 병이 낫는다고 하여 그곳이 성지라고 떠벌렸지라."

"아그야! 내 말 좀 들어 보거라. 너 말할 때마다 게거품이 너무 많이 나온다. 숨 좀 쉬고 천천히 야그 계속 하거라. 근디 좀 물어보자. 이스라엘에서 예수가 태어났다고 하고 나는 모르겠다만 주어들은 이야기로는 유대교와 이슬람, 기독교 성지라고도 하며 이스라엘은 약속의 땅이고 평화의 땅이자 중동의 화약고라고 하던데 맞냐?

"그렇다고 허더문요."

"삐깍 하면 전쟁이 터지는 그곳에 만인곤지 만민교의 목사가 그곳에 가서 평화를 정착시키는 일을 하면 될 터인데 안 그러냐? 나 말이 어패가 있냐? 시방? 그런 기술. 아니 의술이 있으면 인간의 마음의 병도 고칠 수가 있겠다야."

"암믄."

"그러면 그런 일이나 하지 뭐 할라고 몰래 달러를 가지고 나가서 도박을 하다가 빈 털털이가 되어 망신을 당하느냐 말이다."

"누가 아요. 그 속을."

"아니. 예배당을 엄청 크게 지어놓고 자기가 하느님 아들이고 자기가 예수라는 사람이 도박을 하면 돈을 무지 딸 것 같은데 꼴 랑 도박장의 기계한테 돈을 잃다니 이해가 잘 안 되는구나! 혹시 머리가 돈 사람 아니냐?"

"도박 허고 하느님! 아들은 아무 상관이 없지라."

"너희 인간 사회도 높은 사람 핑계 대며 사기 치는 놈들이 많던데 이 목사도 그런 케이스 아니냐?"

"그렇게 보면 사기는 확실하게 친 것 같구먼요. 신도들이 돈도 바치고 몸도 바치고 했응께요."

"돈이 무슨 소용이 있다냐? 돈을 많이 가지면 머리가 돈다는데 그 목사는 돈이 많아 헤까닥 한 모양이구나! 그리고 설교할 때 금가루가 내렸다는데 매일 설교하면 금가루가 수북이 쌓여질 것이며 우물물이 만병통치약이라면 그것만 팔아도 엄청나서 돈을 쌓을 데가 없고 밑에 깔린 세종대왕님은 숨이 막혀 죽을 판인데도 목사가 돈 딸려고 도박을 해뿌쓰야?"

"그 내막을 나가 어째 알긋소?"

"그 교회에는 돈이 많아 돈에 그려져 있는 세종대왕 할아부지 혼났겠다야. 그런 걸 까발린다고 그 난리를 쳤으야?"

"미국까지 가지 말고 두 장 빼기로 끗발을 봐서 도박을 하였으면 될 터인데……. 우리나라 재벌이 가진 전 재산하고 교회가 가진 전 재산을 걸고 두 장 빼기로 해서 높은 점수 나는 놈이 다 먹기 하면 하느님을 위해 좋은 일이 되지 않을까요?"

"그렇게 하면 그 아들을 위하여 높은 끗발을 잡게 하지 않을 수 없는 것 아니냐?"

"안 그렇지라."

"네 말이 맞다. 맞아! 멀라고 비행기 타고 미국까지 가서 도박 하냐? 그랑께 그 신도들도 쬐끔 이상하다야!"

"그것뿐인 줄 아는 모양이제. 우리나라에는 일찌감치 시한부 종말론 예언자가 나타나서 그들의 예언이 발휘 되어지라. 그때가 60년대이지요. 왜 지금 여기에 있는가? 인간은 어데서 와서 어디로 가는가? 사후 세계는 있는가? 영혼은 존재하는가를 되묻고 사후세계는 분명히 있다. 하나님을 믿어야 사후 세계에서 편히 지낸다는 이런 내용을 포장하여……. 생각이나 느낌이나 계획이나 실천이나 도전도 못해 보고 용기도 없어 모험도 해보지 않는 나약한 사람들을 끌어 모아서 설교를 하였지라. 그 당시만 하여도 살기가 어렵고 힘들 때여서 그런 설교를 바탕으로 신앙촌이란 집단화된 마을이 형성되었지요. 서울의 신앙촌. 제2의 도시인 부산 근교 기장에서 생겼는데 전 재산을 교회에 바치고 공동체 생활을 하는 곳으로 신앙촌 간장이나 된장, 카시미론 이불, 옷, 양말 등 일상생활에 필요한 것을 생산하고 판매하여 묵고 살았지라."

"곧 하늘로 갈 낀데 공장이나 기업이 무슨 소용이 있냐?"

"그건 나도 모르겠고요 나중에는 결국 해체 되었지라. 또 있구먼요. 동방교회 노광공이란 사람도 방송에 보도되어 시끄러웠는데 자기는 세 살 때 대동강을 수영하여 건넜다고 하는 등 이상한 소리만 널어놓는데도 그것을 믿는 신자들을 보면 좀 모자라는 것 같았지라. 아무튼 우리나라에도 별의별 종교가 다 생겨 많은 사회적인 문제를 야기했지라. 황당한 종교가 또 있지라. 교주가 자기하고 섹스를 하면 영생한다고 하여 모인 신자 중에 최고학부인 대학을 다니는 여대생이 신자의 80%를 차지하는 그런 종교도 생겨났대요. 그러니 믿을 만한 종교가 어디 있습니까?"

"그래도 믿는 사람이 많은 것은 무엇 때문이냐?"

"우리처럼 나이 들어 돌아보면 오직 일밖에 모르고 달려온 황폐한 인생을 냉엄한 현실에서 운명을 이끌고 나의 특별한 소명은 무엇인가 언뜻언뜻 깨닫는 과정을 겪으면 살아온 게 허무하기도 하고. 멋지게 살아야 할 내가 왜 이 모양인가. 언론매체를 자주 접하여 보도된 성공한 사람의 사는 모습과 비교해 보면 나는 아직도 왜 이 모양인가. 마음이 약해져서 우울증과 질병 심지어는 자살까지 치닫게 하는 현대인의 스트레스 때문이지요. 심신이 나약해진 인간은 신을 찾게 됩니다."

"야. 이놈아! 똑같은 상황에서도 어떤 사람은 즐겁게 살지 않느냐?"

"그건 그 인간이 가진 의지에 다라 다르지라. 인간들은 깨달음이 각기 틀려요. 왜냐? 저는 제가 신입니다."

"귀신이냐? 삼위일체 신이냐?"

"신神 자를 쓰는 신이 아니고 신身 자를 쓰는 신이지라."

"시러비 헐 놈!"

"왜요? 신은 자기 자신이 신이지요. 내가 없으면 무슨 신이

필요있어요? 그랑께로 내가 신이지요. 삼위일체三位一體란 해
와 달과 내가 삼위일체입니다. 해와 달과 지구에 나를 세우고
줄을 그어 보세요. 삼각이 됩니다. 이 각을 벗어나면 우주는
끝입니다."

"왜냐?"

"같이 따라 공전하기 때문 이지라. 우리가 생각하건데 나는
한 곳에 머물러 있는 것으로 착각하는데 지구 달 해는 똑같은
방향으로 수십억 년을 돌지요. 만약 지구나 달이 거꾸로 돈다
면 균형이 깨어져 같이 공멸하고 말 것 아니요? 해와 달은
어디에서나 볼 수 있어요. 그래서 같이 도는 것이지요."

"정말이냐?"

"그거야 내 생각이지요."

"니가 그렇게 우주의 이치를 씹는데 주역이라도 읽었냐?"

"그걸 가르칠 선생이 없어요."

"주역은 역술 책이 아니던가?"

"맞지라. 사주관상이나 오늘의 운세. 묘 터와 집터. 등 헤아
릴 수 없을 정도로 우리 일상생활에 파고 들었지라."

"온갖 아는 척을 다 하는 걸 보니 아마 사서삼경도 읽은
모양이구나. 역술을 조금 안다고 하는 말이 아니고 네가 한
말은 나도 공감이 간다."

"그런 거는요 나도 들은 이야그도 있고 쬐끔만 생각해 보면
자기 나름대로 해석할 수 있는 대갈빡을 가지고 태어났기
때문이지요. 인간의 존재의 가장 핵심에 자리 잡고 있는 의식
은 우리에겐 아직도 수수께끼로 남아 있지요. 지난 10년 동안

학자들은 각종 기술을 이용해서_{책을 읽거나 과거의 기억을 떠올릴 때,} 음악을 들을 때 등 인간 뇌의 어떤 부분이 활성화 되는지를 밝혀 냈당께. 수학적인 계산에 간여하는 신경회로 역시 발견 했는데요 그러니께 인간의 원천은 약 1.4kg의 살덩어리에 불과한 뇌에서 나온다고 합디다. 이 살덩어리가 컴퓨터화 되어 있는디 자신이 살아있다는 것을 어디에서 인식하는 걸까를 생각하면 석가모니가 열반 들 때와 같은 무아지경으로 빠져드는 것이지요."

"그러니까 종말이 대그빡의 뇌라는 살덩어리에는 강 하구언에 모래 같은 퇴적물이 차곡차곡 쌓이듯이 못된 짓만 종말이 뇌 속에 각인되어 궁리하는 것이라고는 부정부패와 타협하여 자신의 실리만 찾으려고 하는구나."

"교회에 다니면서 못된 짓을 하는 것을 보면 하나님이 딴 세상에 가서 낮잠을 자는 건지! 삼위일체 신들이 보고를 제대로 못 받은 것인지 알아보려고 해도 나가 끼어들 자리가 없지라."

"요 앞전에 공무원과 일은 잘 처리되었겠지?"

"당근이 쥬!"

"웬 당근?"

"그러끄럼 씰데 없는 거를 시시콜콜 따지면 나 말 안 헐라요."

술집에서 공무원들과 걸쭉하게 걸치고 난 후 종말이는 오히려 느긋하게 기다렸는데도 소금 먹은 놈이 물켠다고 공무원들 쪽에서 종말이가 말해 준 지역을 공업지역으로 인가함

에 따라. 종말이의 땅값이 천정부지로 치솟는 바람에 종말이
는 거부가 될 수밖에 없었다. 그가 거부가 되었다고 해서 생명
까지 연장할 수는 없는 일이다. 있는 돈에 보신에 좋다는 약을
마구 먹어대며 주색잡기를 즐기다 보니 오히려 수명을 단축
시키고 말았다.

결국 열심히 잔머리 굴리며 모은 돈을 아들에게 물려주고
죽어버리니 아들이 그 아비를 별로 존경하지 않는 터라 조상
모시기를 뭐 같이 하였다.

오늘도 종말이는 지옥에서 저승사자에게 있는 구박. 없는
구박을 받으며 뇌물 액수 1원당 짜디 짠 소금 1mg을 삼키게
하는 벌도 받고 그것도 모자라 죄목 하나에 천 년씩이나 살리
니 종말이는 세상으로 환생은커녕 영원히 지옥을 떠날 수
없었다.

K시에서 일어난 일이다. K시에 한동안 떠돌던 소문은 K아
파트에 사는 인텔리 서울 여자들 몇 개 팀이 활동하면서 억대
거지가 수두룩한 K시의 토종 남정네들을 모조리 잡아먹으며
거덜 낸다는 것이었다.

"억대 거지라니? 억대가 넘는 돈을 가진 거지가 다 있냐?
대한민국은 엄청 잘 사는 나라인갑네."

"아이구! 골이야! 불쌍한 내 대그빡이여. 그런 뜻이 아니고
라……."

"그렇께. 너는 말을 비비 꼬우고 빼딱하게 말을 한께로 나
가 몰라서 물어보는 것이다."

……억대 거지란 우리나라가 고도성장을 이룩하면서 개발

지역에서 유행하던 말로서 시골에서 농사나 짓고 가축이나 키우며 살던 사람들이 개발 붐을 타고 땅값이 하늘 높은 줄 모르고 치솟으면서 농토에 대한 보상금이 수억에서 수십억씩 생겼지만 사는 것은 거지시골집이 원래 허름해서 붙여짐 같다고 억대 거지라 하는 것이다 이런 말이지라."

이들이 돈을 가지고 올바른 행동을 했으면 될 터인데 보상금 받은 농부들 중 일부는 졸부가 되었지만 본래 배운 것이 없어 무식한 놈들이 하는 짓거리라는 게 뻔하다. 여자가 갑자기 돈이 많아지면 쓸데없는 허영과 사치에 들뜨고, 남자가 그런 경우가 되면 하는 짓이라는 게 고작 주색잡기나 보신관광. 도박 같은 나쁜 짓이나 저지르는 보통이다. 오뉴월 땡볕에 밭고랑 사이에서 풀이나 뽑았으니 얼굴은 시커멓게 타서 아프리카 오지의 미개인 같고 소, 돼지 키운다고 온몸에서 동물의 똥냄새를 풍기는 이런 이들에게 갑자기 억대의 돈이 생겼으나 그 돈을 제대로 활용하지 못하고 사회문제를 일으키는 것이다.

"이런 썩은 수렁에 뭣이 모여 들겄으라?"

"그야 돈 냄새, 똥 냄새 맡은 파리 떼겠지."

"파리 중에서도 똥파리만 모여든다고요. 사정이 이렇게 생기는 것은 다방 술집 여관을 비롯한 유흥업소들이지라. 인구에 비해 유흥업소가 너무나 많이 생겨 그전에는 쌀을 많이 생산하는 이곳이 소비도시로 전락하고 말았지라."

"쉽게 생긴 돈은 쉽게 나가기 마련이지."

"일부 몰지각한 졸부. 졸 여 때문에 시 전체가 흙탕물처럼 되고 말았지요."

　그러면 남자들을 타지에서 온 여인네들에게 빼앗긴 토종 여인들은 어떻게 되었을까? 이 여인네들은 기득권 확보 차원에서 4~5명씩 그룹을 지어 골프의 ㄱ도 모르면서 골프를 치네, 사교춤을 배우네 하며 맞바람 작전을 펼쳐보았지만 요란하기만 했지 아무런 실속이 없었다.

　골프란 몸에 좋은 운동이지만 단순한 운동과는 달리 사업이나 정치에 관한 로비를 하기도 하고 사교를 위한 모임의 자리이기도 한데 갑가기 졸부가 된 그런 사람들의 골프장 출입은 골 빈 년과 골 빈 놈만 양산하는 데 그치고 말았다.

　"체력은 국력이라 하던데……."

　"그것이 좀 애매모호해서 일반 사람들과 인식하는 차이가 나요. 그런 자들이 어디서 모이기만 하면 골프! 골프! 라며 골프노래를 부릅니다."

　"골프가 아니라 골이 빈 놈들이구나! 그런 돈이 있으면 반만 떼어서 자선사업에 쓰면 복을 받을 텐데."

　"글쎄올시다."

　"너 이야그 끝났제? 빨랑 여관방으로 들어 가보자."

　"……."

　그 일행들은 마침 오는 도중에 비가 내려서 어디 갈 곳도 마땅찮으니 방이나 하나 잡아 고스톱이나 치며 한 잔 걸치기로 하였다. 시골 장급 여관의 가족방아주 큰방을 잡고 들어갔다.

"맨 날 남자들 꼬셔_{꼬아} 잘 얻어 처먹고 구경 잘하는 맛에 들린 골빈 여편네들이 오늘은 똥개가 넥타이 매고 보신탕 거리를 헤매는 꼴이 되겠네."

"똥개가 넥타이라니?"

"술집에서 키우는 똥개가 손님들을 물까봐 줄에 매놓고 술상에서 나온 음식찌꺼기_{술도 포함}를 먹이며 키우는데 개가 술도 먹으니 헤까닥 돌것 아니요? 술 먹은 놈이 제일하기 쉬운 망나니짓은 전봇대에 대고 쉬하기_{고성방가} 이유없이 짖어대는 개를 발로 차기 등 이지라. 재수없이 발길질을 당한 똥개가 도망가면서 줄까지 목에 걸고 보신탕 거리를 술 취한 체 헤매면 뻔하지라."

"개 줄이 넥타이다 이 말이냐? 쓰~으~벌 놈!"

"목에 줄을 매고 술 취한 개는 보신탕집 주인의 횡재지라."

"K시 이야기나 마저 해 보거라."

"알겠으라. 일의 전말은 이렇게 된 것 인디……."

K시 신도시의 주택가에 35~36세 되는 여인들 세 명이 짙은 화장을 하고 등에는 개나리 봇 짐_{신식으로 말하면 핸드백을 등짐으로 지는 쌕}지고 골목 모퉁이에서 재갈거리며 누군가를 기다리는 모습이다. 언뜻 보면 아가씨인지 미스인 지 구분이 안 가는 모습이다. 모두 짧은 미니스커트에다 근래 들어 유행하는 배꼽티를 입고서 배 꼭지를 내 놓은 것을 보니 저러다가 언젠가는 밑천을 보여주는 시대도 멀지 않았으리라 생각하니 유행이라면 너도나도 맹목적으로 받아들이는 풍조가 참으로 한심하다.

144

이윽고 백색 EQUUS 한 대가 그들 앞에 멈춘다. 에쿠스는 라틴어로 개선장군의 말천마를 뜻한다고 한다.

"개선장군이 하늘을 나는 천마를 타고 왔으니 세 명의 여자는 뽕~가겠구나."

"뽕~가긴 분명히 갈 것인데! 그건 둘째 치고 저 세 여자들 뒷조사를 해봉께로 썩어빠지고 구린 냄새나는 정신대가리를 가지고 대한민국 사회의 일원으로 살아가는 게 걱정스럽소. 대단히 큰 벌을 내려 할 것 같은데! 이 일은 사자님이 책임져야겠습니다."

"자네가 하면 안 되겠는가?"

"악역을 하는데 무슨 대타입니까? 나가 야구 천재 종범이도 아닌데. 멀라고 째려흘겨 보요, 그찮아도 눈이 고약하면서."

"빈 지갑 주은 놈처럼 궁시렁 거리지 말라. 내가 연출할 때마다 비오는 날 또~옹 마려운 강아지 모양 끙끙대는 네 모습에 내가 정신이 혼란해지니 너한테 시키는 것이다."

이 여자들 생활터전을 보면 그들의 일상생활을 낱낱이 꿰뚫어 볼 수 있다. 회사의 사택인 한 아파트에 사는 이들의 남편들은 조종사나 해외출장이 잦은 해운회사 직원들이다. 여자들이 그 나이쯤 되면 자식새끼 다 낳아서 초등학교나 유치원에 다닐 때이고 남편들은 해외 출장이 잦거나 또는 해외에서 장기 근무하는 사람들 일색이여서 아침먹고 아이들이 유치원이나 학교에 보내고 집안 좀 치우고 나면 할일이 없다. 무료한 시간을 백화점 문화센터에서 하는 강좌나 듣고 쇼핑이나 하면서 시간을 죽이다가 뭔가 좀 더 재미있는 일이 없을까 궁리하던 차에 큰 실수를 저질러 사회적 물의를 일으키는 것은 고사하고, 험난한 파도 위에서나 위험한 하늘과 남의 나라에서 혀 빠지게 일하는 남편과 외국에 나가 있는 아빠를 그리워하는 자식들에게 돌이킬 수 없는 상처를 주고 마는 악의 구렁텅이로 빠져들 줄 누가 알았겠는가.

선한 일은 하기 힘들어도 나쁜 일에 빠져드는 것은 쉽다더니 이 여자들이 수렁에 빠져드는 것을 보면 나 역시 답답하다. 처음에는 여자들끼리 분위기 좋은 찻집에서 차나 마시고 음악이나 듣다가 애들 귀가 시간에 맞추어 일찍, 일찍 돌아왔다. 그러던 것이 찻집에서 바닷가로, 강변으로 차츰 활동 범위를 넓히다 보니 나름대로 조금씩 다른 재미들이 생겼다. 우리 속담에 그릇은 내돌리면 깨어진다는 말이 있는데 이 여자들도 그런 경우였다.

발정 난 암캐처럼 쏘다니다 그것도 지겨워질 무렵 강변의 통나무 찻집에서 사업차 출장 왔다는 세 명의 남자와 만난 것이 화근이었다. 가랑비가 내리는 늦은 오후에 옆자리에 앉은 그들 중 한 명이 필기구를 빌려달라고 해서 빌려준 것이 이 여자들을 나락으로 굴러 떨어지게끔 만들 줄이야……

비 오는 날의 분위기는 여자나 남자 가릴 것 없이 사람을 좀 들뜨게 만든다.

"잘 썼습니다. 이건 제가 쓴 시인데 한번 읽어보시겠습니까."

낯 모르는 남자가 건네주는 A4용지에 써내려간 시는?

　　잃어버린 첫사랑!!!

나 따스한 당신의 손 놓아줄 때 안녕이란 말을 남기고 돌아서는 눈가에 작은 눈물 맺힘을 보았습니다. 고개 숙인 채 길가 작은 돌 걷어차며 걸어가는 뒷모습 봄비 맞은 병아리 날개처럼 두 어깨 축 늘어뜨리고 뒤돌아보지 채 신작로 길을 걸어간 뒤. 여러 날이 지난 후 꿈과 첫사랑은 이루어질 수 없어 더욱 아름답다는 말 거짓인 줄 알았어요. 이슬진 눈망울 따스하고 다정한 손길 떠오르는 선명한 얼굴 윤곽 나 죽기 전 결코 잊지 못할 모습 귓가에 잔 울림처럼 재잘거림 목소리도 이제 당신의 환상과 같이 지웠노라고 쓸쓸한 변명을 하였건만 가슴속 깊은 곳에 묻어둔 애절한 그리움이 기억 속에 홀연히 되살아나 굳게 닫은 내 마음속에 녹아내립니다. 잊으려, 잊으려고 애를 쓰건만 그리움은 암세포처럼 마음 한구석에서 증식해 나감을 어찌 하오리. 또 다른 변명과 모순을 이 애틋함과 슬픔으로 가득 찬 시린 가슴속에 그 아픈 첫사랑이 그리워져 옵니다.

……첫사랑! 남녀를 막론하고 이 시를 가슴속에 공감할 것이며 누구나 겪었던 첫사랑과 이별의 아픔이 평생 잊어지지 않은 채 머릿속에 각인되었을 법한시다. 자연스럽게 합석이 이루어졌다. 출장 온 남자들은 색다른 미모의 젊은 여인들에게 관심을 보였고 여자들 역시 남편이 아닌 다른 이성에 대해 어떤 설레는 기대감을 가졌다.

강변에, 그것도 비까지 내리는 주변 풍경에다가 분위기까지 그럴 듯 해 남녀 간의 미묘한 기대심리가 어우러지는 가운데 자리를 옮겨서 밥을 먹고 술집에 가서 양주로 입가심하고 노래방에 가서 외로움과 그리운 마음, 텅 빈 가슴 때문에 울분을 토하듯이 한 가락씩 뽑고 난 뒤 몸 풀이 한다고 디스코 막춤에 몸도 서로 부딪쳐보고는 자정이 되기 전에 다시 만나자는 약속을 뒤로 한 채 후줄근한 몸으로 곳 감 냄새를 풍기며 집으로 돌아왔다.

2차 3차를 가고 잘못하면 홍콩까지 갈 수도 있었지만……. 서울에서 일류대학은 아니더라도 4년제 대학을 나온 인텔리 출신이라고 자처하는 이들이 처음 보는 남의 남자 품에 호락 호락 안기지 않은 것은 그나마 조금은 지조가 남아 있다는 걸 의미한다. 재미있고. 스릴 넘치고. 잘 먹고 돈 안 들고. 게다가 스트레스까지 푸는 이런 재미에 중독이 된 여자들은 이제는 스스로 먹이가 되기는 싫어 사냥을 해야겠다는 발상을 하였다. 하기 쉬운 말로 간이 배 밖으로 튀어나온 것이다. 자기네들끼리 같은 상대를 절대 두 번 이상 만나지 않으며 홍콩이나 달나라 가는 것은 안 된다고 원칙을 정했다.

이런 사람과 저런 사람들을 자꾸 만나다 보니 이 여인네들에게도 나름대로 노하우가 생긴 모양이다. 오늘 이 고급차의 주인공도 이미 두 번을 만났지만……. 스스로가 정한 원칙을 어겨가며 세 번째 만나는 것이다. 세 번째 만나서 삼재수인가? 이들이 차로 한참을 달리다 도착한 곳은 시 외곽의 골짜기에 있는 여관이다. 인간이 재수 옴 붙은 날은 뒤로 넘어져도 코가 깨지고 재수 좋은 년은 넘어져도 가지 밭에 넘어진다는데……. 재수가 왕창 옴 붙은 세 여자가 세 번째 만나는 이들이 하필이면 천하에 없는 망나니들이라니….

"자. 잠깐만요. 사자님! 재수 좋은 년은 넘어져도 가지 밭에 넘어지다니요?"

"몰라서 묻느냐? 내 체면에 그런 난해한 얘기를 해야 쓰겠냐?"

"참말로 모르니 깨 물어보는 거 아니요?"

"육실 헐 놈! 야가 나랑 같이 다니다 인제는 지가 맛이 쫴깐 간 모양이네! 네놈 아랫도리를 봐라. 뭐가 달려 있냐? 나 정신 헷갈리게 하지 말거라."

"영 필이 안 오는디……."

"시끄랍다! 그렇게 필이 안 오면 잘났다는 네 반찬대가리 쎄혀가 빠지게 굴려 보거라."

이 여자들이 남자들을 꼬셔 빌붙어 먹는다는 소문이 K시에 자자했다. 다른 여자들은 그들은 은근 슬쩍 부러워하는 눈치였다.

"이들이 그동안 9개 팀을 갈아치우고 이번에 전을 편 팀이 열 번째 팀이야."

"그럼 삼재 수에다 재수 없는 아홉수까지 걸렸으니 거미줄에 잠자리 걸린 것처럼 꼼짝 말라는 뜻인디. 그 여자들 쪼깐 걱정되네요. 이."

"왜 젊은 여자들이라서 아깝냐? 네 희망사항은 아무짝에도 소용없고 저 여자들은 이 조직폭력배들한테 용코로 걸렸다. 시범케이스에 걸리면 좃된다는 거 논산훈련소에 가면 다 안다며?"

"너 말이 맞긴 맞는데 지금 저 여편네들 꼴이 그 꼴이다!"

여관방에서 남녀가 빙 둘러 앉아 화투판을 벌이고 있다. 남자 한 명은 술시중 든다며 맥주를 들여오고 부지런히 안주를 챙기는데 그 동안에도 게임은 계속된다. 여자들은 미니스커트 때문에 처음에는 방석으로 앞가림을 하였지만 비는 와서 후줄근하지. 방은 불을 때서 뜻~뜨~무리하지 좀 시간이 지나니 무릎을 가렸던 방석이 날아가고 취기가 오르자 윗도리도 벗어재낀다. 그런 자세에서 화투 패를 모으니 여자들이 입은 배꼽티가 배꼽만 드러나는 것이 아니라 가슴도 많이 파여서 생우유공장이 보일 듯 말듯. 가랑비에 옷 젖는 줄 모른다고 화투치며 홀짝홀짝 마신 술이 이제는 장난이 아니다. 술시중 드는 놈이 맥주에 러시아제 보드카를 섞어서 계속 부어주고 여자들은 그걸 맥주라고 여기며 자꾸 마셔댔다. 그리고는 점점 이성을 잃어갔다. 더운 방 안의 공기가 술을 더욱 취하게 만들었다. 술은 특히 여자들에게 치명적이다. 먹고 토한다고 하여도 이미 혈중에 알콜이 전달되어 상당 기간 영향을 준다. 행동이나 정신이 마비되는 것이다. 결국에 세여인 모두 뿅~가버렸다. 백마타고 온 왕자가 아닌 여인들이 기다리던 물주가 아닌 에쿠스 타고 온 망나니들에게 뿅 가버렸으니 이 일을 어쩔까요?

"관두어라. 저 여자들도 그동안 오뉴월 메뚜기 뛰듯이 그만큼 지랄을 떨었지 않느냐. 웃고 죽을 때가 있다더니 저들을 두고 하는 말이다."

"웃고 죽다니요?

"배를 쨴 수술 환자가 TV에서 코미디 하는 것을 보며 너무 웃다가 실밥이 터지는 바람에 죽었단다."

"참으로 썰렁하네!"

"꿰맨 곳이 터져 출혈과다로 죽었다니까."

"한가한 소리 자꾸 헐 거요? 그딴 소리 그만하고 어떤 식으로 연출할 것인지 그거나 말해 보씨시요. 이."

늦은 오후 세 명의 남자는 여자를 각기 한 명씩 끌어안고 자리를 옮겼다. 술에 취한 여자들은 모두 축 늘어져 있었다. 숨은 쉬니까 살아 있다는 증거이고 가끔씩 눈을 떠보려고 애를 쓰는데도 생각처럼 안 되고 맥없이 늘어진 게 아무런 저항 능력이 없다.

"저 정도면 꿈이지."

"악몽이 겠지라!."

남자들은 약속이나 한 듯 여자들의 옷을 벗기기 시작했다. 몇 가지 입지도 않아 여자들은 금방 전라가 된다. 그런 뒤 남자들은 여자들의 꽃밭에 물을 뿌리기 시작한다. 한 남자가 목욕탕에서 비누와 1회용 면도기를 들고 나와서는 여자들의 그곳에 비누칠을 하자 한 놈은 면도기를 들고서 중앙에 1cm 정도만 남기고 양쪽에 벌초를 시작한다. 여자들은 뭐라고 옹얼거리며 입맛을 다시지만 별다른 저항을 하지 못한다. 깎아놓은 모양을 보니 저절로 웃음이 터져 나온다. 옆에서 사자는 팔꿈치로 옆구리를 한 방 세게 갈긴다. 벌초가 끝난 뒤 각기 그 풀을 종이에 싸서 여자들 핸드백의 가장 깊숙한 곳에 집어넣고는 여자들을 상대로 육체의 향연을 벌인다. 외국의 포르노영화를 보는 기분이다. 그 다음에는 상대를 바꿔서 일을 벌이니 여자들은 그런 와중에도 남자를 끌어안기도 하고 남자에게 몸을 밀착시키기도 한다. 성의 본능은 참 묘하다. 일방적인 게임이 끝나고 난 뒤 담배를 한 대씩 피우던 이 천하에 나쁜 놈들은 자기들이 벌초한 자리의 세 군데를 담뱃불로

지지고 있다. 얼마나 녹초가 되었으면 그 아픔을 못 느끼고 그냥 있다. 담뱃불은 너무 뜨거워 살짝 데이기만 해도 흉터가 남는다. 흉악한 놈들치고 문신 자국이나 칼로 자해한 자리, 담뱃불 흉터는 반드시 있기 마련이다.

이 모든 행위를 마치고 난 뒤 여자들의 옷을 원 상태로 입혀주고 시간이 가기만 기다린다. 날이 어두워지자 여자들을 강제로 깨우고 차에 태워 시내로 들어온다. 여자들은 자기들의 가장 중요한 곳이 좀 따끔거리기는 하지만 술이 반쯤 깰 때여서 꽃밭이 절단난 줄 모르고 아니 어쩌면 약간 이상한 감을 잡았겠지만 모른 척하고 있다. 술이 반쯤 취했을 때나 반쯤 깰 때가 제일 기분이 좋은 상태여서 저들한테 옹달샘이 침범 당하였더라도 혼자 당한 게 아니고 셋 다 당하였으리니 생각하고 가는 중이다. 손이라도 한 번 팬티 속에 넣어보았으면 낭패는 덜 보았을 텐데. 아파트가 보이는 곳에서 여자들을 내려준 후 남자들은 자기들의 아지트로 돌아갔다.

재수 없는 년은 뒤로 넘어져도 코가 깨진다든가. 날씨가 궂어 비행기가 뜨지 않는 바람에 남편은 일찍 집으로 돌아와 있었다. 오전부터 내리던 비가 폭풍우로 변한 것이다. 술에 취한 채 집에 온 여자는 계모임에서 한 잔씩 하였다고 둘러대고 집안을 대충 정리하고 잠자리에 들어 곯아떨어졌다. 맥주와 보드카가 짬뽕이 된 데다가 술 빨리 깨라고 마신 탄산음료 때문에 술기운이 가중되어 버렸다. 멍청한 남편 놈들! 계모임에서 술을 마셨다면 여자들 몸에서 담배냄새가 나는 것은 무슨 까닭인지 생각을 해봤어야지. 이 여자들은 담배를 피우

152

지 않는데 그 독한 담배냄새를 못 맡다니. 아이구! 쪼다들! 후각이 그리들 둔하여서야!

"삐~리릭!"

저승사자의 호출인가? 아니다. 그 나쁜 놈들이 세 여자의 집에 동시에 전화를 한 것이다. 곤히 자는 마누라를 깨울까봐 일제히 남편들이 일어나서 수화기를 든다. 기분 나쁜 목소리의 남자가

"이 봐! 이 병신 같은 놈아! 니 마누라 빤쓰 한번 벗겨 봐. 밖에서 돈을 많이 벌면 뭐 하냐? 수많은 남자들 등쳐먹는 재미로 사는 마누라를 가진 놈아······."

처음에는 장난 전화인 줄 알고 끊으려 하니 남자는 끈질기게 붙잡고 늘어지며 온갖 욕을 다 퍼붓는다. 수화기를 내려놓으며 마누라 얼굴을 한 번 쳐다보았다. 속옷차림으로 꿈속을 헤매고 있는 마누라를 바라보며 혹시나 해서 똑바로 뉘인 뒤 불을 켜니 마누라는 그냥 자자고 중얼거린다. 그래도 궁금하여 팬티를 만져보니 팬티가 푹 젖어 있다. 술 처먹고 오줌 싼 것도 아닐 것이고 이상한 생각이 들어 팬티 속으로 살짝 손을 넣은 남편은 깜짝 놀랐다. 아니 평소와 느낌이 달랐다. 그래서 팬티를 내리고 아내의 거기를 내려다 보니 벌초를 당한 자리에 담뱃불로 지진 흔적까지 있으니 기가 찰 노릇이다. 마누라에게 자초지종을 물었지만 술에 취해 아무 것도 모르는 여자로서는 짐작이가는 일은 있지만······. 그걸 남편한테 말할 수는 없었다. 한사코 모른다고 도리질을 해대니 남편은 화가 나서 주먹을 휘둘렀다. 사정은 이 집이나 저 집이

나 마찬가지. 다음날 한 결 같이 짙은 선글라스와 모자로 얼굴의 대부분을 가린 세 여자는 제각기 트렁크 하나씩을 들고 택시에 몸을 실어 어디론가 사라졌다. 이 사건은 K시의 대단한 이야기 거리여서 한동안 사람들의 입에서 오르내렸고 못된 망아지처럼 날뛰며 재미로 사람을 갖고 놀던 이런 부류의 여자들에게 크나큰 경종을 울려주었다. 그렇지만 이런 일이 완전히 뿌리가 뽑힌 것은 아니라서 언젠가는 또 생길 것이다.

"어떠냐? 내 솜씨가. 천마라는 에쿠스는 너희 나라 초대형 차라고 하던데 큰 거 좋아하다 이런 변을 당하는 것이지. 에쿠스는 천마가 아니라 악마다!"

"그랑 깨 악마라는 것은 영락없이 사자님이구먼요. 근디 이번 일은 전개하는 방법이 전에 여수에서 있은 일하고 비스무리 허구먼! 어떤 경우에는 면도기로 벌초만 한 게 아니고 아예 라이터불로 꽃밭을 싸 그리 태워버리고 말았다는 일이 있었다고 허든디.. 이거 혹시 표절한 거 아니요?"

"골 싸맬 일이 또 생겼구먼. 야! 이 자슥아! 내가 심혈을 기울여 연출한 일에 대해 네가 감히 평가절하를 하냐? 사람을 갖고 놀던 못된 여자들이 남자들에게 놀림을 당하게 만든 일이 뭐 어떻다고 잔소리냐."

"그 망나니들은 가만둘 것이요? 워쩔 것이요?"

"그냥 두면 쓰나. 여태까지 온갖 못된 짓만 골라가며 저지르고 원조교제해서 어린 딸아이들이나 버려놓고 그것도 모자라 여자들 등 처먹고 해 꼬지나 하는 그런 놈들을 어떻게 그냥 두냐? 그동안 저지른 잘못에 대한 처리 방법을 생각하는 중이다. 짜잔한거우 입에 풀칠만 하며 사는 집 집구석에서 배운 것 없고 자라며 떡 대가 커지자 배고픈 유년시절을 보낸 놈들이 인간 사회의 좀인 밑바닥 인생을 거치는 동안 그 못된 짓으로 돈을 벌었으면 인제는 손을 씻고 뉘우치고 살면서 그동안 저지른 죄를 탕감하여야 할진데 어려서 못 먹고 못 배운 것을 사회의 탓으로 돌리며 계속해서 나쁜 짓이나 하고 그 나쁜 짓을 사회에 대한 복수이고 그런 일을 저지르고 나면 쾌감을 느끼는 저런 자들을 그냥 내버려둘 수 없지. 가난이 몰고 온 무기력과 수치심. 사회적인 모멸감과 소외감 등의 심리적 고통도 극빈자들에게 큰 짐이 되고 있다. 가난은 수치가 아니고 다만 불편할 뿐이라고 너는 말했지만 이 세상 인구의 56%는 가난과 고통에 시달리며 산다는 통계가 있다. 하루에 1달러우리 돈 1,100원로 생활하는 사람은 13억이나 되며 2달러 생활자는 28억이라는 숫자를 보더라도 지구상에는 너희 나라보다 못사는 나라가 훨씬 많다. 그러함에도 불구하고 저 쓰레기 같은 놈들은 하루에 얼마나 쓸고……. 그랑께 지구에 사는 인류는 종교적 갈등과 문화적인 갈등, 사상과 이념의 갈등, 종족간의 갈등 등으로 인해치고 받고 싸움박질을 하는데 거기에 빈부간의 격차까지 심화되면 이 문제를 어떻게 풀어나가야 할지 걱정이다."

"인신매매는 성을 팔고 사는데 따른 수요와 공급의 불균형에서 생겨난 것이지만 원조교제는 일본의 더러운 성문화라고 치부하였는데 이것이 우리나라로 건너와서 더욱 기승을 부리

지라. 이 추한 성문화는 여자를 영계병아리와 퇴계에 비유하는
데 병아리가 좋다고 그것만 찾는 골빈 놈들 때문에 우리사회
에서 어린 자녀를 가진 부모를 불안케 하고 어린 청소년들에
게 나쁜 영향을 미치게 하는 구먼이라. 얼마 전에 초등학생부
터 여고생까지 20여명을 농락한 40대 파렴치한의 얘기가 들
리더니 엊그제는 이 나라의 최고학부의 대학생들을 가르치는
대학교수까지 원조교제로 경찰서에 붙잡혀 왔다는 소식이 대
서특필 되었지라. 남의 나라 일로만 알았던 원조교제가 우리
나라에서도 독버섯처럼 빠르게 확산되고 있음을 알 수 있는
데 비밀리에 이루어지는 일이라서 얼마나 더 있을지 아무도
모르지라."

　"문제로구나! 원조교제한 10대 소녀가 자살한 사건도 있지
않았느냐?"

　"그랬지라. 병든 가족들에게 약을 사주기 위해 아르바이트
를 하고 싶었지만 나이가 어리다는 이유로 아무도 도와주지
않아 그 길로 나섰다면서 가족에게 실망도 피해도 주고 싶지
않다는 유서를 남기고 저승으로 갔지라."

　"병든 가족이 겪은 고통을 어떻게 헤아릴 수 있겠는가. 글
타고 청소년들의 빗나간 정신을 그냥 모르는 척 넘길 수도
없고……."

　"그걸 해결하는 방법은 청소년들이 옳고 그른 것을 가릴
줄 아는 분별력을 가지는 것과 자기가 저지른 일은 자신이
책임질 줄 아는 책임의식을 높여야만 하는 것이지라."

　"원조교제를 근절하기 위한 그 어떤 대책도 이 같은 책임의

156

식이 전제되지 않으면 성과를 거둘 수 없는 것 아니냐?"

"그랑 깨로 저 못된 조폭들에게 아주 따끔한 지옥의 맛을 확실하게 보여주자 이 말 아닙니까?"

"네가 할래?"

"난 손 땔라요."

"이를 갈고 치를 떨더니 왜 꽁무니를 빼냐?"

"죄 받을까! 겁나서 그라요."

"그거 안한다고 네가 죄 안 받을 줄 아느냐? 너도 언젠가는 죄 값을 치러야 한다."

"하느님을 믿어버리면 될 것 아니요?."

"하느님만 믿으면 죄 안 받을 수 있다고 누가 그러더냐?

"수도 없이 많이 듣고 길거리에서 보면 하느님 믿는 곳이 제일 잘 보이던데요."

"지랄하고 자빠졌네!"

"높은 탑이 있는 곳은 성당하고 교회 탑인데요……."

"너 이놈! 또 말의 방향을 바꾸는데 너는 삼천포로 잘 빠지는 게 병이다. 그런데 높게 지은 저 교회 탑은 무엇 때문에 저렇게 높게 만들었으며 십자가의 뜻은 무엇인가?"

"시험입니까?"

"잔소리 말고 해석해 보거라."

"그걸 모를 나가 아니지라. 서양의 중세시대부터 십자가의 탑이 높아졌지라. 프랑스 사르트르성당의 높은 탑도 높은 곳에 있는 하늘나라로 빨리가기 위해 만든 것인데요."

"그럴 것 같으면 아예 에베레스트 산의 정상에 지었으면 더 빨리 갈 수 있지 않겠는가.”

  “높은 곳에서 하늘나라에 빨리 가기는커녕 춥기만 억 수로 추워 불알이 달그락거리고 이빨이 딱딱 부딪혀 달그락거리지 하늘나라로 가기 위해 높은 산에 교회를 지었다면 등반가들이나 교회에 다니지 나 같은 숏 다리에 지구력이 없는 놈은 교회에 다니고 싶어도 못 가겠지라. 우리나라 사람들이 가장 비능률적이고 비생산적인 기관이 대한민국 국회라고 생각하는데 나는 종교 집단도 마찬가지라고 봐요. 어느 TV방송에선가 성찬예수 죽는 날 예배 보는 것을 봤는데 엄청나게 큰 대형 홀에서 수많은 성가대와 신도들을 모아놓고 예배를 보는데 건빵만한 떡 쪼가리 한 개와 포도주 작은 잔병아리 눈물만큼 작은 것을 먹이는데 떡은 예수의 살이고 포도주는 예수의 피라고 하면서 수백 명이 떡 한 개 먹고 포도주 한 잔을 마시고 아멘! 할렐루야! 라며 박수치고 어떤 이는 눈물까지 흘리더니 하느님께 바친다고 헌금을 하여 빨간 보자기를 씌우고 하느님께 바친다고 기도하는 것을 보았는데 일은 안하고 박수치고 노래하는 것을 보니 이상하더라고요. 특히 떡이 예수의 살이고 술이 피라면 식인종에다 드라큘라까지 에고 맙시다. 말아요. 종교인들이 이상한 것인지 나 대그빡이 이상한 건가?”

  “너 예수님! 성모마리아를 찾아도 단 한 번도 나타나지 않음은 그건 신이 없어서 잉께 죄란 자기가 생각하기 나름이니라.”

  “머시라고라?”

  “그래서 저런 조직폭력 집단이 사회에 기생하는 것이니 아무리 생각해도 나 대그빡 보다 좋은 네 머리빡을 굴려 저놈들을 벌하여 주라 이 말이다."

"자꾸 야그를 이상한 방향으로 끌고 갈려고 합니까?"

"내가 언제 그랬냐? 네가 항상 삐딱하게 나가지 않았느냐."

"그라고요 십자가는 사형수의 형틀로 쓰였지라. 예수가 십자가에 못 박혀 죽었잖아요. 그것을 예수의 상징적인 아니 교회의 심볼로 삼는 것은 우습지라. 만약 교수형으로 했다면……."

"관둬. 이놈아!"

한편 억대 거지들을 골려 먹다 남편에게 두들겨 맞고 도망 나온 난 세 여자가 극락으로 가고 있는 게 보인다. 이 여인들은 이혼을 당하고 난 뒤 자신들의 그동안의 생활이 후회가 되고. 아이들도 보고 싶고 달리 어떻게 생활할 방도도 없어 자살을 하고 말았다. 그렇지만 특별히 배려하여 인간으로 다시 점지되어 태어날 것이다. 그러나 이들은 모두 얼굴이나 몸에 검은 사마귀나 큰 붉은 점을 가지고 태어날 것인데 이것은 죄의 흔적이다. 남자들이 보기에 너무나 흉하여 아마 어떤 남자도 그녀들에게 접근하지 않을 것이다.

죄를 지으면 안 되는 줄은 알지만 세상에 태어나서 죄 안 지은 자가 누가 있는가? 예수님께서 말씀하셨다. 죄 없는 자가 저 여인을 돌로 치라고 그리고 그 여자들의 인생을 마감시킨 인간들에게도 그에 걸 맞는 벌이 주어진 것은 당연하지만 기록을 남기지 않겠다.

사람이 살아가면서 엄청나게 조심하는데도 불구하고 자기도 모르는 사이에 죄를 지을 수도 있다. 하지만 요즘의 사회는 죄가 되는 줄 뻔히 알면서도 자기 기분에 맞지 않는다고 때로는 아무 이유도 없이 사람을 죽여보고 싶다는 생각만으로 살인을 저지르는 황당한 경우도 있다.

특히 청소년들 사이에 그런 경향이 날로 퍼지고 있다하니 참으로 문제다. 눈에 보이는 마땅한 해결책도 없고 마냥 인성에 기대어야 하는 이런 세상을 보면서 신神 무슨 생각을 하고 계시요?

6부

"이곳이 공동묘지 입구입니다."

"나도 안다. 수 천 수만 번 셀 수도 없이 다녀 본 곳이다, 쫄 사자 시절에. 지금은 왕고참이라서 잘 안 다니지만."

"저기 지금 매장하는 곳이 있는데 다른 사람들보다 더 찡하게 슬피 우네요잉. 무슨 사연이 많아 저러 끄롬 울고 있을까. 이."

오뉴월 뙤약볕도 아닌데 모든 사람이 땀이 범벅되어 구덩이를 보고 울고 옆 사람을 붙잡고 울고 있다.

"그 무슨 사연 때문에 저리도 슬피 우나? 자주 접하는 일이다만 나도 쪼깐 눈물이 내려올라고 해 뿌러 코끝이 다 찡하다야. 망자의 과거로 들어가 보자꾸나. 망자의 영혼을 찾아 기록된 뇌의 재생장치를 가져와 재생기에 넣어라."

"나한테는 없는 디. 그건 저승사자님의 임무 잉께 빨리 찾아오더라고요."

"씨부렁거리지 말고 네가 하면 안 되냐?"

"머 땀시 나한테 성질 부리요?"

"너 자꾸 그라면 귀 좃귀에서 고름이 나도록 터진다. 얼어터지고 그럴 줄 몰랐네, 야속하네 하지 말고 얼러능 재생시켜."

"아니, 기관차 대그빡을 삶아 묵었소? 소리를 지르기는."

"자꾸 궁시렁 거릴꺼여?"

"자! 보더라고요 재생이 되었다."

화면에는 그림과 같은 마을 풍경이 전개된다. 죽은 노파는 경남 밀양의 변두리에 있는 시골에서는 부자 집이라고 일컬어지는 집에 열네 살 어린 몸으로 시집을 갔다. 마을 뒤는 밀양강 상류의 물줄기가 있어 맑은 물이 사시장철 흐르고 마을 앞 정자나무 밑으로 물방앗간이 있어 물방아를 돌리기 위하여 끌어들인 물은 조그마한 실개천을 이루어 마을 아낙네들의 공동 빨래터가 되어 있는 아름다운 마을이다. 어려서 시집 와서 많이도 울고 시 머니의 혹독한 시집살이에 허리 한 번 제대로 펴지 못하고 살았다. 신랑은 한 살이 많다지만 철없기는 마찬가지였다.

철모르는 신랑신부는 소 곱 친구처럼 그런대로 정을 쌓으며 살아서 첫딸, 둘째딸을 출산하였는데 아들을 못 낳는다고 시부모 구박은 점점 심해지다가 급기야는 씨받이를 위하여 작은 마누라를 얻기에 이르렀다. 손자 보려는 욕심에 늙은 시아버지는 줄줄이 딸을 출산하는 종가집 장손 며느리가 차츰 미워지기 시작하여 결국은 행복해야 할 가정을 어려서 시집와 고생한 며느리를 눈엣가시처럼 여기기 시작한 것이다. 미련하고 고지식한 늙은이들은 아들딸을 마음대로 낳을 수 없는 시절인데도 딸 낳는 걸 순전히 며느리 탓으로 돌렸고

162

어느덧 세월은 흘러 딸은 셋이나 되었다.

그동안 작은댁은 아들을 출산하여서······. 큰댁이 뼈 빠지게 일하여 수확해 두면 남편은 작은집으로 남김없이 다 가져가서 큰댁은 너무나도 어렵고 힘든 세월을 살아왔다. 그러다 시아버지가 일찍 세상을 뜨고 시어머니는 노환으로 노망이 들어 똥오줌을 벽에 떡칠을 하고 있으니 그 병 수발하랴. 농사지으랴. 자식 키우랴 정신없이 바쁘고 험난한 세상을 살았다고 한다. 그래도 남편이 큰집과 작은집 사이를 양다리 걸치는 바람에 큰댁도 마침내 아들을 출산하였는데 그 자식은 나중에 커 가면서 효자 노릇을 톡톡히 하였다.

노망 든 시어머니 구박 안 하고 노인네 병수발을 4년 동안 정성껏 하였기에 시어머니 초상 때는 많이도 울었다. 노망 든 환자를 1년만 간호하여 보면 효녀 효자가 없다는데 4년 동안이나 병수발을 하면서도 큰댁은 업보려니 생각하고 잘 모시다가 저 세상으로 보냈다.

세월이 흘러 영감은 작은댁에 머물고 본가는 할머니 혼자 농사지으며 세 딸을 시집보내고 아들 하나를 훌륭하게 키우고 가르쳐서 손자까지 보았다.

올해 나이 79세. 60년이 넘는 세월 동안 척박한 땅을 여자 혼자 몸으로 일구어 내었으니 육체의 뼈마디가 온전할 리가 있나. 7년 전부터 뼈마디가 욱신거리고 팔다리가 저려오는 관절염을 앓고 있었으나 오리 길2㎞ 떨어진 읍내에 있는 작은댁에 사는 영감은 병들어 있는 본부인 소식을 알면서도 약 한 첩 사들고 찾아온 적이 한 번도 없었다.

너무 어린 나이에 시집와서 사랑이라는 게 무엇인지 모르고 그저 부끄러웠다고 말은 하였지만 잠 뱅반바지차림으로 지게를 지고 머리에 수건을 동여매고 땔감나무를 해올 때면 부삭부엌에서 불을 때다가 문틈으로 그 모습을 보고 사발국그릇에 시원한 냉수 한 그릇을 갖다 주고 싶어도 시부모 눈치 보느라 못하였다고 주름진 얼굴에 잔잔한 미소를 짓는 것을 보니 그래도 애틋한 사랑을 하면서 소꼽장난 같은 신혼을 즐겼던 것 같다.

할머니의 넋두리는 이어졌다. 살아 있는 남편을 두고 이 고생을 하여 지 놈의 피붙이를 잘 키워 시집 장가보냈는데……. 할머니는 먼 산을 바라보며 지난날을 회상하면서 빼앗긴 그 세월 속에 인간적인 고뇌는 있었지만 지난 시절은 그래도 소꼽친구처럼 다정하게 살았던 기억이 있어 지아비를 뺏긴 아픔은 잊을 수 있었단다. 말은 그렇게 하지만 허공을 바라보는 할머니의 눈빛에서, 햇볕에 타서 구릿빛이 되어버린 얼굴에서는 그 아름답던 사랑의 추억을 회상하는 마음이 남편을 그리워하는 마음을 읽을 수가 있었다.

한때 할머니는 죽음을 생각했었단다. 자신의 인내도 한계에 도달해서 이기적이고 나눌 줄 모르는 이 시대가 주는 불안과 초조한 허세와 탐욕으로부터 죽으면 자유로워지고 평화로운 마음을 얻을 수 있겠다는 생각에서 할머니는 절벽 가까이에 와서 뛰어내려야겠다고 생각했지만……. 그 절벽에서 돌아설 수밖에 없었다. 어린 자식이 넷이나 있고 삶은 꿈꾸는 자만이 지혜를 찾을 수 있다는 보편적인 생각이 머리에 스쳐

절벽에서 치마를 뒤집어쓰는 짓 즉 천륜의 끈을 끊지 않으며 모질게 살아오다가 이제야 이승의 업보를 털고 가는 길이다. 죽기 전 할머니는 동구 밖 정자나무 아래 실개천의 빨래터에 모여 있는 친구들에게 칠 년을 관절염으로 고생하고 있는데 영감이 병든 것을 알고도 약 한 첩 보내오지 않는다고 한탄하였다.

지난날의 미움도 원망도 가슴 한구석에 멍울진 분노도 혼자 몸으로 사 남매 키우면서 고생한 기억도. 남편이 돌아오길 동지섣달 긴긴 밤을 뜬눈으로 지새우거나 외롭고 쓸쓸함을 눈물로 지낸 밤도, 이제 한 많은 이승을 떠날 때가 다 되었는데 "할멈 지난날은 미안했소."라고 용서를 빈다는 말보다 아픈 몸에 약이 아닌 밀가루를 들고 와서 "이게 약이요"하고 남편이 한 번이라도 방문하였으면 모든 것을 잊고 용서하고 떠나고 싶다는 말을 수없이 반복하고 길 가는 나그네한테까지 자기가 살아온 통한의 세월을 이야기했다고 한다.

"우리 어머니들이 한의 세월을 살아온 단면을 보여주는 것에 불과하지요. 텃밭은 아무 죄가 없으라. 씨앗이 뿌린 대로 싹이 트지 어찌하여 남자 여자를 마음대로 할 수 있어요? 공장에서 원료가 사용하는 대로 물건이 생산되듯이……

"그라니 여인의 칠거지악七去之惡의 으뜸이란 자식 생산은 마음과 뜻대로 되지 않는 법. 혹시 삼신할미한테 잘못 보인 것 아니냐? 그랑깨 딸만 줄줄이 낳다가 너무 핍박을 받으니 아들을 효자로 점지해 준 것 아니여? 어머니 혼자서 너무 고생하며 살다 가난의 세월을 자식들이 알고 저리 슬피 우는

구나."

그런 사연을 듣고 보니 내 눈에서도 눈물이 내려오려고
한다.

"슬픈 인생 이었구나! 이 노인네는 극락으로 보내 환생시
키자. 좋은 집안에서 태어나 행복하게 살고 다시 돌아오게
하자."

"멀라고요? 천국으로 보내 아기천사들을 돌보게 합시다.
현세에서 어린 자식을 키우느라 얼마나 고생 하였겠소? 천상
에 살게 하고 유택도 좋은 자리가 되게 하시시요. 이."

"그건 내가 책임지고 좋은 자리로 하게 하마. 좋은 자리는
물이 잘 빠지고 삼색 토황토·백토·사모래 땅이면 최고이니라."

"그럼 지금 잡고 있는 터는 별로 인거 같은 디!"

"암반이 나오게 하면 다른 곳으로 가게하자. 그곳이 바로
명당이니라."

"명당이란 자리가 진짜 있기는 있습니까?"

"명당은 없다."

"명당 소린 누가 먼저 꺼내놓고 없다 카요? 묘 잘쓰면은
대통령 나오고 장관이 나오고 하는 자리가 있다고 하던
디……."

"그건 나중에 얘기하고 공동묘지를 한 번 둘러 보거라. 무
엇을 느끼느냐? 참! 깜빡 잊을 뻔하였다. 너도 어머니를 만나
봐야겠구나."

"아버지는 어려서 당신이 데려갔고 어머니는 저저 지난해
에 나처럼 경고도 없이 데려가 버려 놓고 이제 와서 선심

쓴 당께!"

"그러냐? 무슨 연유인지 한 번 알아봐야겠네. 이제 저 여인은 천사들을 돌보는 곳으로 갈 것인데. 너희 어머니도 남편없이 10남매를 실수 안 하고 모두 잘 키웠으니 천사들의 교육장으로 보내졌을 것 같네. 네 어머니는 지옥에 갈 일이 없지. 그리고 흙으로 돌아가는 저 노인네를 고생시키고 돌보지 않은 영감 놈과 남의 남편을 가로챈 작은댁에게는 벌을 크게 주어야겠다. 다시는 그런 짓을 못하게 따끔하게 벌을 주어 어느 누구도 조강지처의 자리를 넘보다가는 곤욕을 치른다. 는 교훈으로 삼게 해야겠다."

"어떤 벌을 생각합니까?"

"좀 더 생각해 보자꾸나. 우선 저 여인을 극락에 보내지 말고 병 없이 한 세상을 더 살도록 삼신할미께 부탁하여 환생케 하자. 어떠냐?"

"무병장수는 인간들의 원초적 본능이지요. 그런 기회를 준다면 할미는 대단히 기쁘게 생각할까요? 때로는 인간들도 빨리 죽고 싶어 하기도 한다는데."

"그런 맘도 갖고 있다냐?"

"생각 해 보슈? 옛날에 도인들은 몇 백 년을 살면서 할 짓이 없은께 날마다 저자거리 나가 앉아서 온종일 사람사는 걸 구경만 했다가 해거름이 되면 숲으로 돌아간다는데. 그게 하루 이틀도 아니고 몇 백 년이라면 나라도 빨리 죽겠다는 생각이 들 거 아니우? 참 무슨 재미로 사는 가 몰라. 그런데 18세기 후반부터 시작된 산업사회의 발달로 인하여 인간의 평균수명이 연장되기 시작하였으며, 이제는 천형이란 병들을 물리치고 암과 에이즈가 정복되는 시기가 환상적인 일이 아님이 차츰 드러나면서 인류의 수명 연장으로 식량 부족에 물 부족으로 큰 사회 문제가 될 것 같아 걱정이지라."

"유전 공학 연구로 식량을 해결하면 안 될까?"

"유전자 변형으로 식량들이 대량생산 된다고 하지만 이런 식량들은 아직 검정되지 못했기 때문에 학자들 간에도 유해하다. 아니다 공방이 계속되고요 나라에 따라서는 유전자 변형 식량을 수입금지하는 나라가 있으니 그 문제도 어렵지요. 그러니 고령 인구가 기하급수적으로 불어나 노후 대책도 사회 환경과 연관시켜야 하는데 그런 기반보다 생명 연장에만 몰두하고 있으니 그 문제도 큰 문제가 될 것입니다. 게다가 고령 인구가 늘어남에 따라 인간 사회의 기본틀이 깨어졌어라."

"무엇 때문에?"

"핵가족이란 단어 알아요?"

"갈가리 찢어진다는 뜻 아니냐? 그렇께 늙은 부모를 안 모신다는 이 말이구나!"

"알기는 아는구면요. 농경사회 시절의 가족이란 한 울타리 안에서 3~4대가 같이 살았는데 산업사회에서는 젊은 사람들이 도시로 몰려드는 바람에 핵가족이란 이름으로 따로 따로 살았고 지금의 지식사회 내지는 정보화 사회에서는 마누라는 마누라대로 남편은 남편대로 생활하니 문제라고요."

"그건 뭔 소리냐?"

"사무실에서 먹고 자고 골 싸매고 일을 하는 올빼미 족이 생겨나고 그러다가 과로하여 숟가락 내려놓는 자도 더러 있어요."

"숟가락? 웬 숟가락?"

"숟가락 놓으면 죽은 거지 뭐요."

"자슥이! 말을 돌려하기는. 거 봐라. 너무 세상이 발달하여도 부작용이 나타나지 않느냐? 해와 달 그리고 생명. 밀물과 썰물이 그렇듯이. 우기와 건기는 그 누구도 못 막는다. 해가 뜨고 달이 뜨고 태어나는 생명을 누가 막을 것이며 밀물과 썰물 때문에 생명의 근원인 바다 속에서 아미노산이 생성되었다고 씨부렁거렸으면서 비가 오고 안 오는 것을 인간의 과학으로 해결할 수 없지 않는가. 늙어 죽는 것을 누가 막을 것이냐? 창조주는 흙·물·불·공기 4원소로 인간을 창조하였다고 성경에 기록되었고 과학자들은 약 30억 년 전에 생명의 근원체인 단세포 생명체가 바다물에서 탄생하였다고 주장하지 않는가?"

"그래서 저 역시 긴가 민가 헷갈려 미치겠으라! 으미 씨~이."

"씨는 무슨 씨? 씨발하고 욕하려고 하였지?"

"언제요?"

"씨~ 하고 발을 쳐다보았으니 씨 + 발 = 씨발욕이지 임!."

"멀라고 찌뿌때꼬집어 뿌요? 얼마나 쎄게 찌뿌때 뿐지. 달구똥닭똥 같은 눈물이 안 나와뿌요."

"그렇게 아프냐?"

부

"곱게 찌뿌때 뿔지 찌뿌 때면서 비틀어 뿐께 그렇지요."

"긴가 민가라는 말이 이해가 안 되어서 살짝 꼬집었다."

"인간을 만들 때 배터리처럼 약이 다 되면 그 자리에서 꼴 깎가게 만들었다면 공평할 것인디……."

"그 무슨 염생염소이 물똥 싸는 소리냐? 70살이든지 80살이든지 정해 놓고 살면서 아프지도 않고 70세나 80세가 되면 누구든지 죽어라 이 말이 제. 썩을 놈! 하는 연구라는 게."

"공평하지요. 얼마나 깨끗허요."

"조물주 귀 간지럽겠다!"

"구약성경 **창세기** 제 5장을 보면 하나님이 남자와 여자를 창조해 좋사람 좋이라 일컫기 시작하였을 때 그 수명壽命은 9백년 안팎으로 기록되어 있는데. 아담이 930년을 살았고 형 카인에게 살해 된 아벨 대신 태어난 셋은 912년을 살았다고 해요. 그 후의 자손들이 모두 9백년 안팎을 살았으며 아담의 7대손인 므두셀라에 이르러서는 969년이라는 최고의 수명을 살았다고 기록된 것을 보면 성경의 작가나 번역가의 대그빡이 쪼깐 맛이 간 것 같으라!"

"나도 몰라. 나 저승사자도 그때는 존재하지 않았승께로."

"어련 하시려고요. 인류가 창조됐을 때 본래 조물주로부터 점지 받은 수명은 그 정도였다는 뜻인데 그러나 '카인의 저주'로부터 인류의 비극은 아담의 자손들이 장수長壽를 즐기며 번성하면서 악과 타락의 길로 치닫는 양상으로 야그는 전개되는데 이 부분에서 작가나 번역가가 큰 실수를 하였지라."

"너 입가에서 게거품 나오는 것을 보니 성경에 무척 잘못된 부분이 있구나."

"두말하면 잔소리고 세말하면 숨 가쁘지라. 에덴의 동산에 아담과 이브라는 남과 여, 한 쌍만 흙으로 인간을 맹글었는디 ^{만들었다} 그 자손들은 누구하고 결혼했을까요?"

"나도 모르겠다. 그것 참 이상하다! 형제끼리는 결혼을 못 하였을 것 아니냐?"

"진짜 난해한 질문이지라?"

"허기야 이 정도니까 상제께서도 대답을 못하는 게 당연하겠지."

"우리나라 같으면 어림 반 푼어치도 없는 소리지라. 난 아직까지 형제끼리 결혼했다는 이야기는 못 들었승께."

"너 지금 긴가 민가 꿈인가 생신가 비몽사몽간이구나. 악몽을 꾸고 있다고 생각하거라."

"인류 문화에 관한 기록 어디를 뒤져보아도 형제끼리의 혼인은 없다."

"또한 인류의 창조를 후회한 하나님이 노아 일가만 남겨 놓고 인류를 멸망시킨 뒤에도 노아의 후손들은 또다시 악에 물들어 타락하기 시작하였으나, 노아는 950년을 살고 죽은 후에 인간의 수명은 갈수록 줄어들었다는 것은 참으로 흥미로운 일이지라. 이것은 인간이 악에 물들어 타락의 정도가 심해질수록 상대적으로 인간의 수명은 줄어들었다고 구약성경은 강조하고 있는 것이지라.

19세로 기록되고 있는 고대 그리스 인들의 평균수명은 아마도 창세기가 암시하는 인간 수명의 하한선일 것인데 그 기록이 사실이라면 지금의 인간 수명은 평균 몇 세로 정의할 것인가?"

"너 그러다가 종교인들한테 혼나겠다야."

"나가 헛소리 안 했지라. 성경에 있는 기록을 보고 이야그한 것인데 불만이 있으면 명확하게 설명을 해주어야 내가 신을 믿을 수 있제. 그랑께로 과학의 발달과 함께 인류의 타락과 수명은 반비례하기 시작하여 현대에 이르러 인류의 타락의 극치는 그 끝이 보이지 않을 지경에 도달하였는데도 수명 연장을 향한 인간의 꿈은 착실하게 영글어 가고 있음을 그 누가 부인하겠어요.

인체세포에다가 전자회로로 결합시킨 생체 칩이 이미 개발되어 버렸으니 인간의 수명 연장의 꿈은 현실로 돌아섰지라.

이 생체 칩Bionic Chip은 미국 버클리 소재 캘리포니아 대학의 보리스 루비스키 교수팀에 의해 개발됐다고 하니 머지않은 장래에 인간의 뇌를 들어내고 생체 칩으로 대체하면 무병장수의 길이 열릴 것이라고 하는데 20~30년 후면 120세까지는 살 수 있으며, 21세기가 가기 전에 150세까지. 지구가 멸망하지 않는 한 어느 때인가는 400세까지 살 수 있다고 하니 미국의 냉동 창고에 냉동되어 있는 불치병 환자들의 선택이 잘되었다고 말할 수 있지 않을까요? 과학의 힘이 하늘의 섭리를 확실하게 뒤엎는 셈이니 모든 가치관이 전도되고 마비될 가능성도 배제할 수 없는 것이지라."

"인간의 연구로 불을 만들어 낮과 밤을 정복한 만큼 위대한 업적이구나. 허참! 난감한지고."

172

사자는 할미의 장례식을 보면서 골똘히 생각하다가

"오래 살 사람은 살고 죽은 자는 섧고. 죽은 저 할머니의 남편은 첫 사랑이었고 첫 남자였는데. 어려서 시집와서 고생고생하여 지 놈 피붙이를 키워 시집 장가보내 주었는데 지 놈은 젊은 색시와 놀면서 뼈 빠지게 지어 논곡식까지 갖다 쳐 먹었으니 저 두 년 놈을……."

"사자님! 열 단단히 받았구면요!"

"난 지금 가짜 약이나 밀가루를 가지고 약이라고 거짓말해도 좋으니 당신 약을 지어왔다고 관심을 가져주면 60평생에 엉어리 진 한을 풀고 눈을 감을 수 있다는 저 늙은 여인의 한스런 희망을 안 풀어준 영감을 어떻게 처리할까 생각이 안 난다."

"단 한 번만이라도 약을 들고 대문을 들어서 달라는 망자의 바램, 저 여인을 1백년 후에 태어나게 하여 400살까지 무병장수하게 살 수 있는 기회를 준다면서요? 글 카면 안돼지라 정신이 헤까닥 하면 몰라도 수명 연장, 게놈 프로젝트 사업을 진척시키지 못하게 하기 위하여 특파된 귀신이 하는 소리라는 게……. 절절이 한이 맺힌 저 할머니를 어떻게 달래 줄꺼요?"

"두 늙은이를 다시 젊은 과거로 돌려 여자로 하여금 자식 12명을 출산시키는 거다. 그것도 모두 아들로 말이다. 이 아들들을 꽤 씸 한 남편의 눈앞에서 하나 둘 죽이는 벌이야. 벽에 잘 걸어둔 쇠 시랑이 무단히 떨어져 아이가 죽거나 우물에 빠져 죽게 하고 마을을 돌아다니는 똥개를 건드려 오히려 물려 죽게 하는 것 등으로 말이다."

"잔인한 것인지 아닌지! 구분이 안가뿌리네."

내 말에 사자는 어깨를 들썩해 보일 뿐이다. 어쩌면 저승사자의 임무가 그렇게 잔인한 것인지 모른다. 그리고 사자는 그렇게 일을 처리하기 시작하였고 나는 열심히 기록을 남겼다. 그 일이 다 끝났을 때 서쪽 하늘에 노을이 깔리기 시작했다. 나는 노을져가는 하늘을 보면서 저승 어디에 있을 어머니를 찾아봐야겠다고 생각했다. 장례식을 보니 어머니가 보고 싶고 어디에 계신지 꼭 알아보고야 말리라.

쓸쓸한 고향길 **어머님!** 현세에 없는 어머니 당신의 이름을 불러 봅니다.

영혼의 이름을. 객지를 떠돌다 어쩌다 명절 때면 어머니를 찾았습니다. 그러나 올해는 발걸음이 무겁습니다. 이맘이때면 어머니는 객지로 훌훌히 흩어 날라 간 민들레 씨앗처럼……. 어머니의 품을 떠난 자식이 자신들의 태어난 모태를 찾아오리라는 믿음의 확신으로 세월의 햇볕에 타버린 구리빛 같은 얼굴로 어머니 씨앗들을 동구 밖 정자나무 밑에서 하염없이 기다렸지요. 머~언 발치에서도 어머니도 나도 천륜의 끈을 알아볼 수 있었습니다. 어머님의 구리 빛 얼굴과 이마의 주름살은 세월의 무게를 느끼게 하였습니다.

차에서 내리는 손자 녀석의 손을 덥석 잡고 앉으면서 어머니는 손자 앞에 등을 갖다 댑니다. 뚱보 손자도 하나도 무겁지 않은 모양입니다! 애야! 오느라고 수고 많았다. 항시 반기시

는 어머님의 얼굴은 만월이었습니다. 추석 한가위 달처럼 밝
아 보였습니다. 나는 어머니의 거칠어진 손을 잡고 가슴 속
저 아래에서 저리는 아픔을 느끼곤 했습니다. 가슴 한구석에
서 밀려오는 눈물 한 방울 잠시 감추려고 애써 눈을 껌벅거렸
습니다. 거치러진 손과 땀과 때에 절인 머리 수건을 머리에
동여맨 어머니의 두 손을 움켜잡은 저의 손에는 어머니 당신
의 모정이 전해 왔습니다. 거칠어진 손바닥은 세월의 두께가
각인되어 있었습니다. 천륜! 연줄인 손자를 등에 업고 앞서
걸으며 마냥 반가워하고 즐거워하였습니다.

　……모처럼 온 자식에게 무엇을 해 줄까. 밤새 생각하느라
어머니는 잠 못 이루고 뒤척였지요. 저 아이는 어렸을 적 무엇
을 좋아했지? 옳지 싱싱한 낙지와 회를 좋아했지. 어머니의
생각은 끝난 모양입니다! 시공을 가르는 시계 초침소리 속에
어머니의 고른 숨소리는 나 어릴 적 자장가였습니다! 얘야!
일어 나 거라. 어머니의 목소리에 저는 잠에서 깨어났습니다.
창문을 여니 아침 해는 먼~산머리 끝에 얼굴을 내밀고 아침
인사를 합니다. 찬란한 빛이었습니다. 어머니의 얼굴이었지
요! 자식 위해 아침 일찍 뒤 텃밭에서 쪽파 몇 단, 시금치
몇 단, 고들빼기 몇 단을 함지박 다라 이 야에 가득이나 채워
정수리가 내려앉을 만큼의 무게인 그것을 머리에 이고 이른
아침 시골 기차역 광장에서 잠시 잠깐 형성되는 번개장터에
서 머리에 이고 간 농산물 판돈을 손에 꼭 쥐고 어물전을
돌아다녀 싱싱한 횟감과 낙지 몇 마리를 사들고 집에 돌아옵
니다. 행여 생선이 상할까 발걸음을 재촉합니다. 혹여 생선이

상할까봐 어머니 두 발에는 바람개비를 달고 왔을 것입니다.

……올망졸망 앉아 있는 손자들과 다 큰 자식들을 바라보며 흡족한 미소를 짓습니다. 이 한 세상 살면서 남겨 놓은 어머니의 흔적은 아들 딸 손자 손녀뿐입니다 같이 먹자고 하는데도? 나는 늙어 이빨이 안 좋아 못 먹으니 식기 전에 싱싱할 때 빨리 먹으라고 재촉입니다. 사실은 어머니도 좋아하는 음식인데도. 어머니의 마음을 이 자식은 알고 있습니다. 바쁘게 움직이는 자식들의 손놀림을 보고 절구통 옆에 서서 흐뭇한 마음으로 세월의 흔적인 주름살을 이마에 새기면서 웃고 있었지요. 그러하신 어머니는 오늘 이 자리에 없습니다. 먹일 것 걱정, 입힐 것 걱정, 어머님은 태산을 짊어지고 이 한 세상을 사셨습니다. 아~ 어머니의 모정은 잊을 수 없습니다. 자식과 남편을 위하여 희생의 긴 세월을 살다 가신 당신의 생애는 인고의 세월이었습니다.

그러한 어머님의 마음은 진주 빛 찬란하고 햇빛 받은 아침 이슬보다 맑았습니다. 떠나올 때 동구 밖 공터에서 자식 며느리가 쥐어주는 용돈 받기가 쑥스러워! 애야! 나는 괜찮다. 새끼들 키우는 데 돈 많이 든다. 시내서는 물도 사먹는다면서? 애써 안 받으려는 용돈을 억지로 맡기고 돌아서면 마지못해 받는 어머니는? 참깨 한 웅큼, 고추, 된장, 고추장, 참기름 조금 올망졸망 보자기에 싸서 아기야! 며느리를 부릅니다. 올해는 농사를 못 지었다. 괜스레 미안해하면서 내년에 잘 지으마. 큰형과 큰형수 눈치 보며 귓속말로 속삭입니다. 그럴 때면 형님과 형수님에게 미안하였습니다. 차 창문 밖으로 머리 내밀며 큰소리로 엄니! 시내 가면 다 있는데 집에서 먹지 않고요 그것 모를 어머니가 아니지요. 어머니 자식 사랑의 흔적이다. 어머니는 초봄부터 뜨거운 오뉴월 염천 뙤약볕 아래서 자식 위해 호미 들고 지열에 헐떡이며 구리 빛 얼굴에 미소를 지으며 농사를 지었으리라. 일 그만 하시고 저희가 준 용돈으로 관광도 다니시고 좋아하는 막걸리도 사드세요 내년에 꼭 올게요.

소불알, 돼지불알, 사과만큼도 하고, 배만큼도 하고, 수박만 한 된장 통, 고추장 뭉치, 필요 없는 늙은 호박까지 트렁크에 실어주는 어머니 정을 듬뿍 실고 돌아오곤 하였습니다. 해가 바뀌어 명절마다 동구 밖 공터에서 있었던 추억이 서려 있던 곳이 올해 명절에 돌아오는 길은 너무나 쓸쓸하였습니다. 좁은 골목길을 나올 때 여느 때나 똑같이 귀뚜라미도 여치도 따라 웁니다. 이름 모를 풀벌레 울음소리가 들려오는 실개천을 돌아 구비 구비 재 넘고 산 넘어 성황당을 지나 뒤돌아보니 뒤 차창에는 만월이 걸려 있었습니다.

푸르른 창공에 떠있는 달님은 어머님 얼굴로 보였습니다! 애야! 천천히 조심해 가거라! 창공에는 별똥별이 서쪽으로 사라집니다. 어머님 눈물로 보였습니다! 어머니! 투박한 손과 주름진 얼굴이 그립습니다. 어쩐지 코끝이 찡하여. 원터치 차 창문 스위치를 눌러봅니다. 쌩~하는 아스팔트 마찰음과 고향의 흙냄새와 풀냄새가 코끝을 자극합니다. 어머니 젖무덤의 젖 냄새 같은 고향의 냄새와 흙냄새…… 나의 육신의 모태를 뒤로 하고 차는 어둠 속으로 빨려들어 갑니다. 쓸쓸한 귀향

177

길……. 어머님 얼굴을 지난 세월의 정들을 가슴 깊은 곳에 싣고 갑니다.

　　회상回想 지나간 저 지난해 논에서 논갈이 하는 큰아들 새참을 싸들고 가시다 늙으신 어머니는 고혈압으로 일평생 엎드려 일하여 자식들을 먹여 살렸던 삶의 한 터전인 그 터전의 귀퉁이에서 자식들에게 유언 한 마디 못하시고 저 세상 하늘 나라로 가셨습니다. 소식 듣고 달려온 저는 어머님 죽음 앞에 통곡하였습니다. 남들은 하기 좋은 말로 호상好喪↔오래 동안 아프지 않고 죽음이라 하였지만……. 자식으로 태어나 부모님 병수발 한 번 못하게 해놓고 한도 많고 원도 많은 이 세상의 업보를 훌훌 털고 홀연히 이승을 떠났습니다. 유품을 정리하면서 우리 자식들은 어머니의 큰 사랑에 또 한 번 통곡하였습니다. 큰누나의 울부짖음은 더더욱 폐까지 도려내는 아픔의 절규였습니다. 좋아하는 술도 참고, 자식들이 사준 고운 옷도 아껴두고. 무엇하시려고 돈을 모아두었느냐고 누나는 어머니 시신이 담긴 관을 끌어안고 울어댔습니다. 속옷 주머니에 구겨진 천 원짜리 몇 장. 허리춤에 동여맨 때에 절어 버린! 양단으로 만든 주머니에는 이십 오만원의 돈이 밖으로 나올까봐! 주머니 입구를 바늘로 꿰매두었고 어머니 시집 올 때 가져온 반닫이 밑바닥에는 적금통장 두 개. 매달 꼬박꼬박 10만원씩 넣어서 두 달 만기를 남겨둔 250만 원짜리와 만기가 된 삼백만원짜리 통장……. 초등학교 공책 반쪽에 어머니의 짧은 유언이 쓰여 있었습니다. 연필에 침 발라 쓴 듯 투박한 글씨체로 "큰

애야! 나 죽거든 하나는 초상비로 하나는 아직 결혼식도 안 하고 사는 넷째 딸 식이라도 올려 주거라."농촌에서는 힘들게 사는 큰아들한테 조금이라도 도움을 주려고 다른 자식들이 명절 때 찾아뵙고 준 용돈을 행여나 남들이 눈치 챌까봐 자식 모르게 모아둔 유산이었습니다.

그 돈 일부는 자신의 핏줄인 손자 손녀들에게 꼬깃꼬깃 접어서 손에 쥐어주었을 것입니다! 어머니의 큰 사랑 바다같 이 넓은 품을 나이 들어 어머니 떠난 뒤 이제 서야 알았습니 다. 명절 때 객지의 자식들이 와서 용돈이라도 주면 어머니는 동네방네 다니시며 인천 막둥이 구례 사위 부산 며느리 김해 작은 아들 등 자식 며느리 사위 딸 모두가 효자고 부자여서 용돈 많이 주었다고 자식 자랑 노래를 불렀답니다. 어쩌다 일 년에 한두 번 오는 자식들인데 자식 자랑은 어머님의 유행 가이었답니다. 그럴 때면? 평생을 모신 큰형과 형수는 섭섭했 답니다. 이제야 형님! 형수님은 어머님 자식 자랑은 편견과 편애의 차별이 아니었다고 울었습니다. 큰형은 소리 없이 도 살장에 끌려가는 누렁이 황소처럼 눈을 깜빡일 때마다 청포 도 같고 산머루 같은 눈물방울을 떨구면서 지금 세상에 초상 치는데 부조금이 남아서 빚지는 일은 없는데…… 형님은 섭 섭한 감정을 삭이는 듯 중얼거립니다. 이 세상 그 누가 어머니 의 바다 같이 넓고 깊은 사랑을 헤아릴 수 있겠느냐고 지금은 떠나고 계시지 않는 어머님의 은혜를 갚을 길이 없는 이아들 마음 한구석에는 눈물방울을 떨구옵니다. 생전에 못 다한 효 를 이 글로써 하늘나라 어머니의 안식처에 보내드립니다. 추석날 귀향길에……

가끔씩. 사람들은 딴 생각으로 현재의 자기 처지를 잊고자 하는 경향이 있다. 내가 지금 비록 저승사자와 함께 이승과 저승을 오락가락 하며 임무를 수행하고 있지만 아직 인성을 버릴 만큼 죽음에 익숙하지는 않다. 문득 떠오른 어머니의 생각이 우리나라 옛 어머님들의 생활방식이 생각나서 다시 글을 하나 써 둔 게 있어 여기 올린다. 말 그대로 잡문이다. 군대 생활 중에 특수부대에 근무할 때 쓴 글이다. 어머니! 제일 어렵고 힘들고 괴롭고 아프고 급할 때는 누구나 어머니부터 부른다. "아이고 엄니!"하지 "아이고 아버지!"하는 병사는 본 적이 없다. 수류탄 부비트랩이 터져 창자가 나오고 끙끙대면서 위생병을 먼저 불러야 할 터인데 "아이구 어머니! 나 죽겠네"하는 것이다. 나의 육신의 고향. 모태인 어머니 뱃속. 어머니란 자녀를 둔 여인을 일컫는 명칭이다. 따라서 여인일지라도 자녀를 출산하지 않았거나 입양시킨 자식이라도 슬하에 두지 않고는 어머니란 칭호를 쓰지 않는다. 그러나 어머니란 칭호는 내포하는 의미가 크고 깊은 만큼 상징적인 의미로 쓰이는 것이다. 예를 들어 어머니는 새로운 생명을 탄생시키는 점에서 모든 사물의 시원을 상징하는 뜻으로 쓰이기도 한다. 자녀를 위하여 언제나 헌신하고 자애를 베푸는 점에서나 인간관계에서의 너그럽고 인자함의 상징으로 쓰이기도 하는 것이다. 우리나라의 오랜 역사를 통하여 드러나는 어머니의 모습은 부드러우면서도 강하고 엄하면서도 끝없이 자애로

왔다. 가정에서의 어머니 역할은 자식들을 훌륭히 기르고 가르치는 책임이외에도 부과된 임무가 많았다.

우선 한 가정의 주부로서 살림을 책임지고 남편을 내조하고 가족관계를 원활히 이끄는 역할까지 해야 했다. 그러나 무엇보다도 우리의 어머니는 자녀를 기르고 가르치는 것을 가장 소중히 생각하였으며 자신의 희생을 보람으로 여겨왔다. 먼저 우리나라의 역사를 보면 모권의 중심사회가 있었던 듯도 하다. 그러나 부족사회로 들어서면서 가부장제도로 인하여 부권이 확립되기 시작했다. 그로 인하여 오늘날까지 여성들은 남성 우위의 사회 제도 아래서 살아야 했던 것이다. 그리고 어머니는 종속적인 제도 아래서도 묵묵히 막중한 자신들의 의무만을 성실히 수행하는 것을 천직처럼 생각해 왔다.

우리나라의 경우 조선시대의 유교가 자리를 굳히면서 여성의 지위는 삼종지의에三從之宜 묶이게 되었는데 출가결혼 전에는 아버지를……. 출가 후에는 남편을……. 남편이 죽은 뒤에는 아들을 좇아야 했다. 그리하여 종속적인 관계에 묶여 숨을 죽이며 살아야 하는 것이 여인들의 입장이었으나 그러한 가운데서도 어머니로서의 위치는 절대적이었음을 알 수 있다. 어머니 스스로의 권리를 주장한 적은 없으나 어머니의 존재는 모든 제도를 초월하여 존경과 사랑을 받아왔던 것이다. 오늘날 조선시대를 살았던 사람들의 수많은 작품에 들어 있는 시문이나 전기들을 보더라도 어머니를 그리는 정을 가득 담은 사연들이 그러한 사실을 대변하여 주고 있지 않은가!

여인은 부잣집에 시집가서 잘 살면서 시부모를 봉양하고

자식을 많이 출산하여 주는 것을 최고 덕목으로 생각하던 시대에 살았던 분들이 우리의 어머니 세대였다. 남편과 사별하였어도 일부종사一夫宗師↔혼자 살면서 아이들을 기르며 가르치는 것하여 열녀문이 세워지면 그 집안의 경사로 하던 조선조 유교사상이 그대로 답습되던 때였으니 말이다.

그러나 근대기로 접어들면서 여성 제도에도 서서히 변화의 바람이 일기 시작하여 1894년 4월에 팔도 시민평등市民平等의 윤음允音을 내려 남녀 인권평등을 선포하였으며 이어서 그해 6월에는 **갑오개혁령**을 내려 국법으로 조혼을 금지시키고 과부의 재혼을 허락하기에 이르렀으며 그 후의 여성계에 온 가장 큰 변화의 한 가지는 개방적인 교육이 실시되어 종래 가정 단위로 **아버지와 어머니** 이루어졌던 여성들의 폐쇄된 교육이 밖으로 열린사회에서 집단으로 이루어졌던 것이다.

우리나라 최초의 여성교육 집단터인 이화학당이화여대의 전신이 1886년 미국인 스크랜턴 부인에 의해 세워짐으로서 근대적인 여성 교육의 문을 열었고 그 뒤로 여기저기 여학교가 생겨나게 되었지만 우리 어머니는 시골에서 십남매를 남편 없이 기르면서 그 어려운 보릿고개 시절을 넘겨야 했다. 많은 자식을 기르면서도 힘든 내색을 자식들에게 보이지 않은 것이다.

특히 개화되지 않은 가정에서 유교적 전통을 이어받은 가정에서 여인들의 임무는 더욱 막중하였으며 모든 희생이 어머니의 미덕이란 이름으로 생각하였다. 그 시절의 농사라는 것이 지금처럼 과학적인 영농을 하지 못하고 년래행사처럼 빠지지 않는 보릿고개 시절에 자기 배는 등에 붙어도 찬출로 배를 채우며 먹을 것은 자식들에게 나눠 먹였다. 간혹 소고기 국이라도 끓이면 남편과 자식에게 국을 나누어 주다 보면 맨 나중에는 멀 국이고 밥도 맨 마지막에 먹기 때문에 물바가지에 누룽지뿐이었다.

지금 시절이야 돼지고기는 지천에 있어 쉽게 먹고 쉽게 구하나 그 당시는 명절이 되어야 돈 내고 도축하여 나누어 먹던 귀한 고기였다. 1년에 한두 번 정도였을까. 모처럼 시장에 가서 한 근이라도 사서 국을 끓이면 온 동네에 냄새가 진동하여 그 냄새를 맡은 이웃이 찾아들면 물 한 바가지 더 넣고 끓여야 했던 고급음식이었다. 잘 먹으면 본전이요 잘못 먹으면 손해난다는 돼지고기_{보리밥에 나물만 먹던 시절이니 뱃속에 기름기가 없어 돼지기름이 들어가면 위장이 놀래 설사를 하기 십상이어서 손해 본다는 뜻} 지금 신세대들에겐 꿈같은 이야기일지도 모르겠다. 기성세대는 아마 쓴 웃음을 지을 것이다. 우리 가정은 아버지가 돌아가시기 전에는 많은 노력을 하여 동네에선 제일 부농이었다. 보릿고개는 당해보지도 않았지만 형님도 군대 가고 없고 둘째 아들놈인 나 역시 뜻하지 않은 군 생활로 힘든 일은 어머니가 직접 하시었으니 그것이 마음에 항상 걸렸었다. 어머니의 생가는 승주군 외서면에선 제일 부잣집 장녀였는데 외삼촌이 공군소령이었고 여성 교육도 받은 개화된 집안이었다. 그러나 그때는 여성이 혼기에 이르러 출가하면 새로운 가정에서 두 번째 단계의 새 삶을 시작하게 된다. 출가하면 남편의 부모를 모시게 되고 그 가문의 법도에 따라 생활하게 되며, 아이를 가지게 되면 비로소 어머니가 된다. 한 여성이 어머니가 된다는 사실은 여성에게 주어진 임무를 어쩔 수 없이 떠맡는 것을 의미하지는 않는다. 그것은 자녀에 대한 절대적인 사랑과 숭고한 자기 회생의 정신이 싹트기 시작함을 의미한다. 그만큼 여성은 어머니가 되는 과정에서 헌신적인 자세를 갖추어야 한다. 여성은 아이가 태중에 있을 때부터 기거와 동작을 함부로 하지 않는다. 그리고 음식도 태아의 성장에 영향을 미칠 것을 고려해 절제하여 먹는다. 이처럼 출산 전 태아에 관한 교육에 크게 관심을 가지는 것은 우리의 오랜 전통이기도 하다.

송시열은 그의 저서 『**계녀서**』에서 "자식을 배었을 때 잡된 음식을 먹지 않으며 기울어진 자리에 눕지 마라."고 하였다.

태아가 달이 차서 출산하게 되면 어머니의 책임은 더욱 무거워진다. 그것은 유아가 성장함에 따라서 독자적 개성을 가지게 되고, 그 형성된 인성은 가정과 사회에 바로 커다란 영향을 미치기 때문이다. 따라서 어머니는 자녀를 유아 때부터 건강하게 길러야 함은 물론이고 한 삶의 인격을 갖출 수 있도록 계속 지켜 자녀 교육에 힘써야 한다. 자녀 교육에 대한 막중한 책임을 감안하여 과거에는 아버지와 분담하기도 하였다. 송시열은 **계녀서**에서 "딸자식은 어머니가 가르치고 아들자식은 아버지가 가르친다."라고 하였다. 그러나 그도 자녀 교육에 있어서의 어머니의 비중이 크다는 사실을 부인하지는 않았다. "아들자식도 글을 배우기 전에는 어머니에게 있으니 어렸을 때부터 속이지 말고, 너무 때리지 말고, 글을 배울 때도 순서이 권하지 말고, 하루 세 번씩 권하여 읽히고, 잡된 장난을 못하게 하고, 보는 데에서 드러눕지 말게 하고, 친구와 언약하였다고 하거든 시행하여 남과 실언하지 말게 하고, 잡된 사람과 사귀지 못하게 하고, 일가 제사에 참례하게 하고, 온갖 행실을 옛 사람의 행적을 본받게 하고, 15세가 넘거든 아버지에게 전하여 잘 가르치게 하여 백사를 한 결같이 가르치면 자연히 단정하고 어진 선비가 되느니라."라고 하였다.

자녀가 성장하여 혼인 연령에 이르면 어머니는 그 자녀의 장래를 위하여 다양한 역할을 하게 된다. 자녀의 배우자 선택에 있어서는 서로의 인격과 취미와 개성의 조화를 생각하여야 되고, 자녀들의 장래와 가문에 미칠 영향을 생각하여야 한다. 자녀가 혼인하여 가정을 이루게 되면 독립된 한 세대를 이루는 것이지만, 자녀가 한 세대로 독립이 되었다고 하여 어머니의 역할이 다 끝난 것은 아니다. 어머니는 새 세대의 건전한 출발을 위하여 끊임없이 보살피고 또한 그것을 의무라고 여기기도 한다. 그리고 자녀들이 아이를 출산하게 되면 그 손자들에게도 똑같은 모정으로 애정을 쏟는다.

예로부터 한 사람의 자녀를 길러내는 데 있어 어머니가 감당하여야 할 임무는 이렇게 다양하고도 큰 것이었다. 이러한 어머니의 역할은 오늘날에도 근본적으로는 별로 달라진 바 없으나? 여성의 사회적 지위와 기능이 변화함에 따라 그 외부적 양상은 많이 바뀌었다. 전통 사회의 오랜 생활의식은 갑오경장 이후 변화를 거듭하여 오다가 일제 치하에서 벗어나 광복을 맞으면서 큰 변화를 겪게 되었다. 새로운 사조와 문화를 받아들였으며……. 그에 따라서 산업사회로 나아가게 되었으며 민주주의의 대두를 보게 되었다.

이러한 변화 과정에서 여성들에게도 사회 진출의 문이 열리기 시작하였으며, 이에 따라 여성들의 임무와 어머니의 역할도 조금씩 변화하게 되었다. 과거의 여성들이 제한된 가정의 테두리 안에서 희생과 봉사의 일생을 보냈다면, 현대 여성들은 개방적 활동의 자유가 주어진 대신 이중의 임무를 감당해야 하는 무거운 짐을 지고 있다. 그러나 현대 여성들은 가정의 살림을 책임지는 의무 외에도 왕성한 의욕을 가지고 사회의 일원으로 일하기를 원하고 있다. 이중의 임무를 진다는 것은 힘이 드는 일이지만……. 여성들 스스로 그 길을 택함으로써 보다 큰 삶의 보람을 찾고자 한다. 현대의 달라진 사회 여건 속에서도 어머니의 역할은 지극히 큰 비중을 차지하고 있다. 과거의 어머니들이 다산의 고통을 겪고, 여러 자녀를 키우는데 노력하였다면? 현대의 어머니들은 산아제한 속에 적은 수의 자녀를 잘 가르쳐야 하는 임무를 안고 있다. 게다가 현대의 어머니는 자녀의 교육 과정을 전적으로 책임지는 입장에 있기 때문에 더 한층 책임이 무거워지고 있다. 치열한 사회경쟁에서 늠름하게 살아갈 수 있는 사람을 만들기 위하여. 어머니들은 유아교육으로부터 최고학부에 이르기까지 힘을 다하여 정성을 쏟는다. 우리나라의 역사를 상고하여 보면 훌륭한 역사적 인물들의 뒤에는 반드시 어머니의 큰 힘이 뒷받침하고 있었음을 알 수 있다. 삼국통일의 위업을 달성하였던 신라의 장수 김유신의 뒤에는 남달리 자녀교육에 관심을 기울였던 어머니가 있었고 고려말 절개를 지켜 만인의 귀감이 된 정몽주의 뒤에도 그의 어머니 이씨 부인의 가르침이 있었다. 이처럼 훌륭하였던 어머니들은 어느 시대에도 있었다.

조선시대를 대표하는 큰 학자인 **이이**가 있기까지는 그의 어머니 〈신사임당〉과 외할머니 이씨 부인의 가르침이 있었던 것이다. 이이의 외할머니는 병약하였던 남편 신씨를 위하여 헌신적인 노력을 하였고 딸 사임당을 출중하게 키워낸 어머니였다. 그리고 이이를 학자로 대성시키는데 있어서도 큰 역할을 하였다.

이이는 주로 외가에서 성장하였기 때문에 자연히 외할머니의 훈도를 받게 되었다. 게다가 이씨 부인은 90세까지 장수하여 딸 사임당보다 18년이나 오래 살았기 때문에, 사임당 사후에는 이이의 어머니 역할까지 해냈던 것이다. 사임당이 별세할 때 이이는 나이가 16세인 소년이었다. 마음의 기둥인 어머니를 잃은 그에게 외할머니는 애정을 쏟아 그 빈자리를 채워주고자 헌신하였다. 뒷날 그러한 외할머니의 사랑을 못 잊어 여러 차례 관직을 사양하고 노후의 외할머니의 봉양을 자원하였던 것이다.

이이를 길러낸 사임당은 그림과 글씨 그리고 수예와 시문. 거기다가 높은 교양과 부덕을 쌓은 사람이었다. 아내로서는 남편인 이원수를 잘 받들어서 그로 하여금 학문에 정진하게 함으로서 관직에 나아갈 길을 열게 하였고 항상 현명한 조언

187

으로 남편의 사회생활을 도왔다. 사임당은 또한 어머니로서도 4남 3녀의 일곱 자녀를 훌륭하게 가르쳐 이이와 같은 큰 학자와 매창 같은 현숙한 예술가이고 그리고 이우와 같은 인물을 길러낸 것이다.

이이가 이루어놓은 학문적 경지의 밑바탕에는 일곱 살 때부터 논어·맹자 등을 가르쳐 준 사임당의 교육의 힘이 깊게 깔려 있었다. 그리고 딸 매창의 부덕과 학문·시·서·화·수예 등에 능하였던 예술적 경지나, 이들 <이우>의 학문과 시·서·화의 높은 수준은 모두 어머니 사임당의 영향이 결정적인 힘이 되었던 것이다. 사임당은 딸로서도 어머니 이씨 부인에게 효성을 다하였고 아내와 어머니로서도 임무를 훌륭히 이루어냈다. 학문과 시·서·화·수예 등에서 이룬 그의 대가적 경지는 오늘에 전하는 그의 예술적인 작품에서 계속 그 가치를 발하고 있다. 우리의 훌륭하였던 어머니들의 행적은 그 이야기의 끝을 찾기 어렵다.

그 중에는 김만기와 김만중 두 형제를 혼자 힘으로 길러낸 윤씨 부인의 경우는 손녀를 또한 잘 가르쳐 왕후의 자리에 오르게 하였다. 윤씨 부인은 전형적인 삶을 산 어진 어머니로서 문중과 인근의 존경을 한 몸에 받던 분이다. 윤씨 부인은 영의정을 지낸 윤두수의 고손으로 명문가에서 출생하여 높은 교양을 쌓았고, 예의범절에 벗어남이 없었다. 그는 어릴 때부터 총명하여 할머니 정혜옹주가 슬하에 두고 길렀으며 『소학』을 외워 가르치면 문득 깨달아 막힘이 없었다. 성장하여 김익겸에게 출가하였는데 남편은 병자호란 때 강화도에서 화약을 물고 〈김상용〉과 절사하였다. 이로써 윤씨 부인은 남편과 사별하게 되었는데, 그때 슬하에 5세가 된 맏아들 만기가 있었고 둘째아들 만중은 태어나기도 전이었다. 뜻하지 않은 남편의 죽음으로 인하여 윤씨 부인은 혼자서 집안 살림을 해 나가며 두 형제를 키워야 했다. 그때의 생활상에 대하여 김만중은 '정경부인 윤씨 행장에서 "집안이 더 곤하여 몸소 방적하여 조석에 공급하되 항상 태연하여 근심하는 얼굴이 없고, 또한 불초형제로 알게 아니하시니 대개 일찍 이 집안 세무에 골몰하여 서책공부에 방해로 울까 염려하심이라."라고 하였다.

윤씨 부인이 힘겹게 빈곤한 삶을 살아가면서……. 성장기에 있던 자녀들을 출중하게 가르치고자 하는 일념으로, 어떻게 정성을 쏟으며 인고의 날들을 보냈는가가 윗글에서 선연하게 드러난다. 윤씨 부인은 두 자녀의 어린 시절의 교육은 스스로 맡았다. 이 일에 대하여 **정경부인 윤씨 행장**에서는 형제 어려서 스승이 없이 소학·사략·당시의 유를 대부인이 가르치시니 자애 비록 과하시나 재조와 학식이 남보다 한층 더하여야 한다고 가르치시고 사람이 행실이 없는 자를 꾸짖으며 말하기를 반드시 과부의 자식이라 하나니. 너는 마땅히 각골하라. 하시며 불초형제 허물 있으면 반드시 손수 매를 잡고 울며 이르시되 너의 부친이 너의 형제를 내게 부탁하였거늘 너의 들이 이렇듯 하니 내 지하에 가 무슨 낯이 있으리오. 학문은 아니 하고 삶이 죽음만 같지 못하다. 라고 하였다.

이렇듯 윤씨 부인은 몸소 엄한 스승이 되기도 하였고, 가르치고 배우는 일에 대하여는 온갖 헌신을 다하였다. 또? 난이 갓 지나 서책을 얻기 어려운지라. 맹자·중용·같은 책을 대부인이 곡식으로 바꾸고 좌전을 파는 자가 있으니. 선형이 심히 사랑 되 오되 권수가 많음으로 감히 값을 묻지 못하니 대부인이 베틀가운데 명주를 내어 그 값을 갚으니……. 또 사람을 인하여 옥당에 사서와 서전 언해를 빌려다가 손수 베끼시니 자획이 정제하여 구슬을 꿴듯하고 한 구도 구차함이 없더라. 의 기록에서 보는 바와 같이 윤씨 부인의 자녀를 위한 이러한 정성은? 김만기를 광 성 부원군과 보사공신에 이르게 하였으며……. 김만중을 대제학과 판서의 관직에 오르게 하였다. 한편, 김만중은 어머님을 기쁘게 할 목적으로 『**구운몽**』을 지었으며 이 작품들은 우리 문학사에서 길이 빛나고 있다. 끝없는 자애와 헌신으로 자녀를 위하여 일생을 보내시는 어머니의 모습은, 시간과 공간을 초월하여 여러 문학 작품에 나타나 있다 그 나타난 양상들을 보면 하나는 자녀를 위하여 다 하지 못한 모정을 드러낸 작품들이고, 다른 하나는 끝없는 어머니의 사람에 대한 사모의 정을 읊은 작품들이 있다. 어느 작품이나 모두 순수하고 고귀한 심중에서 이루어졌기 때문에 읽는 이들에게 무한한 감동을 준다. 아! 내가 이 세상을 떠날 때도 어머니를 찾을까?

"그래 알았다. 우리 한 번 자네 어머니를 찾아보자 꾸나. 아우님의 그 한 편의 시는 내가 들어도 눈물이 날려고 한다. 그 아름다운 아니 네가 생각한 어머니를 그리워하는 시와 어머니가 지켜야 할 본분을 읽어 보니 너는 불효는 안하였구나! 너희 어머니 세대는 정말로 여인으로 어머니로 아내로 막중한 임무를 성실히 수행하였는데 지금의 어머니들은 문제가 있구나. 참으로 개탄할 일이다. 너희 어머니는 참으로 훌륭하다. 이 사자가 인정하지. 암!"

"그런 소리 마시요, 갑자기 아우님! 허니께 어지럽네요. 글구 인정사정없이 혼을 빼가는 사자에게 눈물이 있다는 건 말이 안 되뿌리지!"

어머니 생각에 울적해진 맘을 사자에게 생짜를 부려서라도 풀어야 했다.

"나도 한때는 인간이었다는 사실을 왜 그리 싸가지 없이 잘 잊어버리는 거냐? 그리고 봐라. 내가 어디 살아 있는 놈 프랑스의 단두대 칼날 같은 걸로 싹둑 베어 죽이느냐? 난 죽어가는 순간에 나타나 그 영혼만 데리고 갈 뿐인데. 아무리 일러줘도 말도 안 되는 소리만 널어놓고."

"그거야 사자 입장잉깨로. 아! 혼을 데불고 가버리면 영영 죽는다는 걸 사람들이 아니 그라지라. 누구는 관 속에 들어갔다가 매장하는 순간에 되살아났다면서요?"

"아! 그건 신참 사자들이 동명이인으로 착각한 것이거나 신상명세서 오타 때문이야. 나가 즉시 안 데려가면 잡귀들이 데려간깨로 불평 말그라."

"하이고! 잘도 둘러댄다. 아무리 그렇게 죽은 자의 영혼만 데리고 간다고혀도 사람들이 안 믿지. 저승사자 상판때기얼굴 보는 순간 기절 내지 사망하는 게 인간들이 랑께."

"이러니 우리 직업이 천상의 인간들에게는 인기가 없단 말이야."

"암요. 서로 안할라 할 거는 뻔하지만! 사자님! 그 야무딱진 상판떼기 땀씨 사자 노릇 면하기는 글렀소!"

"참으로 싸가지 없는 놈이구나! 우리가 이렇게 매일 투닥 거리는 걸 위에서 보시면 꽤 마음 졸일 것인데."

"상제님! 염려 붙들어매시기요. 우린 또 다른 임무 수행하 러 갑니다."

우리가 머물고 있는 공동묘지에는 수만 기의 봉분이 질서 정연하게 조성되어 있다. 양지쪽 묘들은 봉분의 규모가 크거 니와 하단 부를 사각형이나 연꽃모양 대리석으로 조성하여 뼈까 뻔쩍하고 상석도 대형 탁자만큼 넓어 엔간한 집 교자상 만 하다. 비석도 무슨 공적비나 되는지 넓고 높은데 상단에는 우아하게 조각장식까지 하였다.

"사자님! 비석이 저리 크면 묻힌 시체가 빨리 흙이 될까요? 아니면 늦게 흙이 될까 그 대게 궁금하네요?"

"죽은 자는 빨리 흙으로 돌아가야 하니 아마 저렇게 혀 놓으면 썩지 않을꺼다."

"저 무덤 임자들은 살아서 권세가였거나 아니면 돈 많은 인간이었을 것이고, 살아서는 무소불위의 권력을 휘둘러 살 기 어렵고 힘 드는 서민들. 돈 없어 소외된 이웃에게는 눈 한번 거들떠보지도 않았고 온갖 못된 짓 하여 번 돈으로 지 배때기 채워 넣어 똥배가 되고 비계 덩어리 흔들고 살다가 죽어서도 넓은 땅 차지하고 눕는구먼."

음지쪽 봉분들은 하나같이 자그마하다. 글쎄 봉분을 초라

하다고 말해도 되는지 모르겠다. 후손이 자주 들러 손질 잘해 준 봉분을 초라하다고는 표현할 수는 없는 거 아닌가. 그러나 대부분의 묘는 잡초가 무성하여 돌봐주는 후손이 없거나 아니면 못 올 정도로 삶에 허덕이고 있는지 모르겠다. 저 중에는 어쩌면 구천을 떠도는 원귀도 있을 것 같다!

"참으로 죽으면 공평해 진다고 하더니 눈에 보이는 건 각각 이네요."

"그래도 관 들어갈 구덩이 크기는 똑같고 관 덮은 흙도 똑같다."

"그럼에도 불구하고 호화분묘가 이리도 유행하는 걸 보면 우리나라 매장 문화 참 문제입니다."

"그래 화장시켜 납골당에 안치시키면 얼마나 국토가 효율적이겠느냐만 이 문제는 저승사자도 해결 못하지."

"여태까지는 호화분묘 임자의 혼이 저승에 가서 어떤 대우를 받았는지 모르겠지만, 사자님은 그거 알고 있지라?"

"저 많은 걸 어찌 내가 알 수 있느냐?"

"저승에는 슈퍼컴퓨터 없나?"

"야가 또 열 받게 하는구나! 인간 세상에서 감히 저승을 갖고 놀다니?"

"슈퍼컴퓨터에 왜 열을 받지라? 그것이 대개 이상하다."

"그래 저승에는 너희와 다른 개념의 컴퓨터가 있다. 왜? 난 지금 이런 경우, 즉 우리가 벌을 주어야 할 인간들은 지금 현재 살아서 못된 짓 하는 인간들인데 이렇게 죽어 묻혀 있는 자들의 영혼을 벌주지 못해 헤드가 터져나갈 것 같다."

"해뜨가 뭐당가?"

"말 시키지 마라. 내 머리통 정수리에서 김 나오는 게 아니 보이느냐?"

"아니요. 민둥산 대머리 만 뺀질 거리 한다."

"썩을 놈아! 화나고 뿔따구 나면 열 받지야. 열은 위로 상승 하잖냐? 그래서 머리통 정수리에 땀나면 머리털이 뽑힌다. 닭 잡아 뜨거운 물에 푹 담갔다 끄집어내서 털을 뽑는 이치가 그거다. 그래서 내 머리가 이렇게 털이 다 빠지고 대머리가 되었다 말이다."

"푸~하~하 히~히힛! 배꼽지가 웃어 뽈라고 쌜록 거리다 말고 빠져나올라 하네!"

"새끼!, 날라 가는 기러기 보잠지성기를보았냐 싱겁게 웃기는!"

"그러유. 우리 지금이라도 저 무덤 임자 영혼들 벌 더 주면 안 되나여?"

"넌 일사부재리의 원칙도 모른당가?"

"뭣이라 일사? 일사가 뭐당가?"

"한 번 판결한 범죄에 대해 그 판정을 다시 번복할 수 없다 는 거 말이다. 그래서 내가 열을 받은 거다."

"그 문제는 나중에 의논해 보든지 해야지 살아 있는 작자가 죽는 순간까지 제 무덤 설계는 아니 할 테이구. 그러면……."

"아 그렇구나, 우리 이 근처에서 제일 호화로운 무덤에 한 번 가보자. 어디 있더라?"

저승사자가 곧 바로 그 자의 기록 판을 염두에 올리더

니…….

"음 가까운 곳에 있구나. 자! 우리 공간 이동이다. 얏!"

어느새 우리는 또 다른 곳으로 옮겨졌다. 그곳은 산세가 완만한 곳이었는데 눈앞에 무슨 고분을 복원해 놓은 듯 으리으리한 묘지가 눈앞에 확 펼쳐졌다.

"우와! 사자님! 여긴 무슨 제 지내는 제단 같아요! 계단까지 있네요."

"그래. 그것도 대리석이구나. 참으로 고급스럽다. 어디서 구했을까?"

"저건 이태리제 대리석입니다. 수입한 거죠."

"자식 돈푼께나 있었구나. 땅에다 그 비싼 대리석을 깔았으니."

"죽은 그 새끼가 한 짓이 아니라 대그빡에 쇠똥도 안 벗겨진 아들놈이 한 짓이겠지요."

"쇠똥도 안 벗겨졌다면 갓난아기 아니냐? 그런 애가 무슨 새근賽根이 있다고 이런 공사를 하느냐?"

"아땀시. 말 좀 새겨들어요."

"세기라니. 말도 도장 새기나?"

"아이고! 인자는 내 골이 빠개질려고 허네! 원래 그 말은 나이 어린 사람을 빗대어 부르는 말이지요. 군대 가면 고참들이 졸병들에게 쓰는 말이 있지요. 기록카드에 잉크도 안 마른 녀석이 하듯이요. 비석을 보니 아들 나이가 얼마 되지 않아서 그러요."

"그래 알것다. 이 호적에 먹물도 안 마른 녀석아!"

옥신각신하기 싫어 그 호화분묘를 찬찬히 둘러보았다. 계단이 아홉 개다.

"아홉수이군."

저승사자가 한마디 내뱉는다.

"아홉수는 재수 없다면서요? 뭐 또 다른 뜻도 있남여?"

"숫자를 하나 둘 하고 세다 보면 아홉 다음에 열 하는데 사실 열이라기 보단 제로 영이 옳다. 동그라미의 의미는 공이다. 그래서 아홉수 다음을 조심하라는 것이지. 그러나 다른 해석도 있을 수 있다. 9는 끝이라는 뜻인데 9를 끝으로 생각하면 끝이란 다시 시작하는 의미로 생각하면 아홉수를 재수 없는 수라고 할 수는 없다. 너희는 9를 끝이라고 생각해서 나이를 먹을 때 아홉수를 재수 없다고 하지만 말이다."

"그런가요. 그럼 1999년 9월 9일 9시가 길일이 아니어서 그런 난리가 났나요?"

"무슨 난리가 어디서 났단 말이냐?"

"대한민국 전체에서요 이사·결혼·묘사·기일·모르는 조상 제사 등 모두 이 날에 치른다. 고 예식장은 6개월 전에 예약이 끝났다 했고요. 참? 그날 첫날밤 치른 신혼부부 사이에 얼마나 많은 아이들이 태어날 것인지 삼신할매한테 물어 봐야 겠네."

"그날 삼신할매 고생했겠다."

"고생은 무슨 고생요? 돌아다니면서 첫날밤 행사 치루는 것 실컷 봤을 건데. 그 삼신할매 직업도 꽤 괜찮네!"

"인간들이란 참 이상하다. 새천년에 태어나게 하려고 지랄

염병을 떨더니 아홉수가 많은 게 길일이라고 난리더냐? 새천
년에 태어날 애들보다 1999년 12월 31일 0시 이전에 태어난
아기가 훨씬 복 받았지."

"그 무슨 뚱딴지같은 소리를 하요? 쪼깐 돈 거 아니지라?"

"야가 시방 해뜨머리가 고장 났나?"

"그랑께로 천 살을 더 살았다 이 말이군요."

"하여튼 너 필 한번 끝내준다! 영점 몇 초 차이로 천 살을
먹으니 행운이지?"

"영 모르겠네."

"이놈아! 삼신할매 너무 부러워 마라. 그럼 너는 산부인과
의사도 부럽겠다."

"그 하루 종일 오징어냄새 나는 그거만 들여다보는 거 좋은
일 아니지라."

"흐흠 이제 보니 그런 생각도 해 보았군."

"야! 내가 한 거가 아니고 우리 중학교 때 선상이 해 준
말이지라. 그건 그렇고 산부인과 얘기 나왔으니까 하는 말인
데 여자가 어머니 되는 고통과 기쁨을 어떻게 평가해야 될지
모르겠네요."

"여자로 태어나서 어머니가 되지 못하는 경우도 있다."

"예. 그게 여자 잘못으로 돌린 옛날에는 칠거지악이라 해갖
구 소박맞아 째께나부렸는디이혼하거나 친정으로 쫓겨 가는 것 요새
는 암시랑토아무일도 안응깨그냥 그대로 살고 있어요."

"의학이 발전하여 불임 원인을 찾았기 때문이 아니겠느냐.
그래서 서로 이해하고 살겠지."

"그리고 어떻게 해서라도 아이를 갖겠다는 여인들의 집념도 대단하더라고요. 그래서 출산을 하는 여인을 보면 세상에서 가장 아름답고 주위 사람들에게 꿈과 희망을 전해주는 숭고함까지 봅니다. 물론 정상적으로 출산하는 여성들도 마찬가지지만요. 그런디 울 엄니 말 들어 봉께로 출산할 때 고통은 말로 표현 못한다고 합디다."

그랬다. 울 엄니는 출산을 하기 위해 방으로 들어가면서 고무신을 거꾸로 뜰방_{토방}에 놓고 "이 신을 다시 신을 수 있도록 삼신할매한테 빌고 또 빌었다"고 한다. 그래서 아들 딸 한 장오씩다섯↔5명 장오를 낳았으니 삼신할매가 잘 돌보아준 모양이었다. 한문 날생生 글자는 소우牛 글자 밑에 외줄인 한 일一 글자를 합하면 牛 + 一 = 生 글자이다. 아기를 출산하는데 소가 통나무다리를 건너가는 것처럼 어렵고 힘들다는 것이다.

"사실 출산에는 고통은 수반되지만……. 행복과 성취의 기쁨도 따르지요. 그래서 우리의 어머니들은 자식이라면 목숨을 걸었는데 요새 젊은 것들은 병원에서 출산하고 삐깎하면 배 째고 출산하는 무통분만을 선호하는데 이러니 지 새끼 잘 챙긴답시고. 실제로는 젖가슴 늘어나는 걸 막으려고 어미 젖도 주지 않고 소젖을 먹여 뿐께로 새끼들도 어미 아비를 소 보듯 하니 효孝 자를 알 리가 있나 인성 다 베려뿌렀소!"

"젖가슴 늘어나면 죽기나 하나? 그라고 소젖을 먹이면 송아지처럼 '음메'하고 우냐? 또 있다. 유방은 남에게 보여주지 않는 물건인데 늘어나든 말든 무슨 상관이 있더냐?"

"에그! 사자님도 물정 모를 소릴랑 하지를 마소. 옛날 여인네들은 젖통이 보일까봐 치마끈으로 꼭꼭 감추고 불끈 동여매었는데 지금 시대에는 젖통을 키우려고 축 늘어진 젖통에다가 파라핀왁스를 집어넣고 난리라요.

또 요새 미시 엄마들은 유방 늘어지면 스트레스 엄청 받는다요. 아가씨 때처럼 탱글탱글하게 유지해야 어느 날 남편과 무슨 사유로 이혼을 해도 다시 결혼하기가 쉽지요. 처녀 젖가슴과 애기 젖 먹인 젖가슴은 틀립니다요.

그래서 가슴 성형을 하는데 해 놓은 걸 보면 비 온 뒤에 진흙 밟아 놓은 것처럼 울퉁불퉁하여 보기 싫을 뿐만 아니라 부작용으로 암이 되어 목숨을 잃은 경우도 있어요. 요즘은 실리콘인가 하는 물질을 개발하여 실제 피부와 같다는데 ……."

"야 이놈아! 유방 크게 하면 예뻐지냐? 생긴 대로 살면 그만이지."

"우린 둘 다 남자잉께 암시랑토아무러치도 않지만은 여자들은 유방을 제2의 얼굴이라고 혀요. 얼굴이야 화장을 하여 예쁘게 보일 수도 있어요."

"예끼. 이놈아! 내 말 좀 들어 보거라. 첫날밤에 침대에서 일을 치르려고 기다리던 신랑이 목간에서 나오는 신부를 보고 도망갔다는 말 못 들어봤냐?"

"머 땀시요?"

"자세히 보니 자기 신부는 신부인데 얼굴에 주근깨가 바글바글하고 얼룩소 반점도 있어서 기겁을 한 거지. 여태까지는 화장품으로 칠갑을 하여 그걸 카바 했는데 신혼여행을 와서 목욕탕에서 화장을 지워버렸으니 전혀 다른 얼굴이 나타난 것이지. 그러니 신랑이 어쨌겠냐?"

"놀라! 자빠지겠지라!"

"그러니까 생긴 대로 살란 말이다. 민둥산 찌찌통이라고 해서 시집 못 가고 자식새끼를 출산을 못하냐?"

"그거야 소젖 먹이면 되는지 모르겠지만 유방이 작으면 여자 몸매의 곡선이 살아나지 않아요."

"워째서?"

"옛날 우리 어머니들이 펑퍼짐한 옷을 입고 치마끈으로 젖통을 꼭꼭 동여매었지만 지금의 의복은 달라요."

"야. 이놈아! 그러면 멀라꼬 젖 마개를 하냐? 노 젖마개로 다니지. 남들에게 보여주지도 않을 물건을. 즈그 신랑허고 새끼들 헌테나 보여줄 물건을 멀라고 키우고 난리냐?"

"그렇게 궁금허면 여자들한테 물어 보슈?"

"찌찌 잘못 간수한 년 때문에 아버지와 아들이 피 터지게 싸웠는데 아버지가 아들한테 오지게 얻어터져서 나가 아들놈을 빙신으로 만든 사건이 있다."

"먼 일이라요?"

"며느리가 미용사인데 시아부지 머리를 깎아주고 있었단다. 며느리는 니튼가 뭔가 하는 옷을 입고 허리를 굽혀 가위질을 하니 노브라인 며느리 젖이 밖으로 튀어나왔는데 시아버지가 그걸 그만 빨아버리고 말았지. 며느리는 아까부터 옆에서 과자 사 달라고 조르는 아들 녀석이 그러는 줄 알고 묵묵히 머리 깎는 데만 열중하고 있었는데 바깥에서 볼일 보고 오던 남편이 이 광경을 본 것이제. 아들놈 눈깔이 휘까닥 돌아버렸지. 그래서 싸움이 벌어졌는데 아버지 왈ᄆᆞᆯ씀 "너는 임마! 내 와이프 젖을 1년 넘게 빨고 만지고 했으면서 내가 너 마누라 찌찌 한 번 빨아본 걸 가지고 뭘 그리 난리냐?"라고 했더니 가만히 듣고 있던 며느리가? "여보! 참아요. 아버님! 말씀 듣고 보니 당신이 훨씬 많이 만지고 빨았네! 뭐."라고 했단다. 그래도 씩씩거리며 분을 참지 못하는 아들을 보고 아버지가 "너가 너무 많이 빨아서 내 마누라가 지금은 껍데기밖에 안 남았다."고 일갈했는데 그래도 아들은 아버지를 용서하지 않고 오지게 줘 패서 내가 그놈을 빙신으로 만들어버린 일이 있다."

"하이고 참! 사자님도 먼 그깐 일로 사람을 빙신으로 맹글어뿌린다요?"

"너도 임마! 입장을 바꿔놓고 생각을 해봐."

저승사자의 흥분을 가라앉히려고 나는 딴전을 피운다.

"아니! 또 출산에서 모유와 우유로 가다가 유방 학까지 가뿌렸소. 이. 긍께 우유 먹고 큰 그 새끼가 이렇게 호화분묘를 맹글었으니 이놈아 부터 처리하고 우리 다른 야그 합시다."

"이제사 철이 드는구나! 참으로 죽은 게 아깝다. 살아 있었으면 인간 세상에서 할 일이 참으로 많을 텐데 말이다."

"시방지금 나가 죽었다고 약 올리는 거 아닙니다. 그 문제는 나중에 따지기로 하고 지금은 하여튼 임무나 수행합시다."

"어떻게 할 것인가?"

"아 부친 산소 크게 지었다고 효도한 것도 아니고! 그렇게 원도 없이 유택 크게 지었다고 해외 관광 가버려서 제 부모 제사 못 모신 죄를 따져야지요."

"그래 따져 보거라. 워낙 따지기 좋아하는 놈이니 마구 따져 보거라."

우리는 호화분묘만 지어 놓으면 자식된 도리 다 했다고 제 멋대로 구는 그 망나니를 찾아갔다. 참으로 사자들은 이동이 편하다. 이건 에너지 고갈되어 공간 이동의 위험성이 있던 스타트랙의 이동보다 더 편하다. 마음만 이동! 하면 바로 그곳으로 갈 수도 있고 아니면 공중을 흐늘흐늘 노닐면서 갈 수도 있다.

……그리도 허전 하더이까? 나에게는 아무 일도 아닌 것을! 서로의 존재 의미를 알았더이까? 당신의 삶에 또 하나 작은 흔적을 남기었듯이 인생은 어차피 이별의 연속이 아니던가요? 만남과 헤어짐을 뭐 그리도 슬퍼만 합니까. 동틀 무렵 잠시 손잡았다가 해 질 녘 잡았던 손 놓고서 그냥 돌아서는 게 인생人生 인 것을……. 지내온 시간들이 아쉽고 짧았다고 그리도 애달피 웁니까. 삶의 한 모퉁이에 지친 발걸음 잠시 멈춰 섰다가 떠나는 게 인생인데! 그리도 슬프게도 작은 어깨 들썩이며 혼자서 우는가요. 당신과 나의 만남과 헤어짐은 인연인 것을 언제인가 등 돌리고 돌아설 길에서는 아름답던 추억들을 작은 가슴 깊은 곳에 심어두고 잡았던 손 잠시 놓고 물 같은 세월 따라 그리. 그리 가렵니다. 그게 우리들의 인연因

緣 인 걸. 어찌 하오리까 만남과 헤어짐을⋯⋯ .

그 망나니는 서울에 살고 있었다. 한때 도둑 촌이라 불렸던
강남의 으리으리한 저택만 있던 곳에 그도 살고 있었다. 우리
는 이제 그 집의 규모에 대해 말할 필요성을 못 느낀다. 하여
튼 그 자의 방 안으로 들어가 보니 한잔 술에 깊이 잠들어
있다. 우선 이 자의 잠을 이용하였다.

그는 지금 친구 두 명과 함께 미인들에게 둘러싸여 비싼
양주를 먹는 중이였다. 제 아비가 온갖 수단 방법 가리지 않고
쌓아둔 재력이 그가 어지간히 낭비하였어도 별로 축 나지
않았다. 오히려 부동산 임대 수입이 있고 정기적금 등은 IMF
로 월등히 높아진 금리 때문에 수입이 더 증가하여 제 아비가
물려준 것의 두 배가량으로 재산을 불려 놓았다.

그의 취미라고는 돈 많은 부자들이 건강을 생각하여 남들
처럼 골프를 즐기는 것이 아니라 매일 밤 주지육림酒池肉林에
빠지는 것뿐이었기에 그날도 그렇게 퍼 마시고 있는 중이였
다. 이제 술은 거의 끝났고 아가씨들 테이블을 차져 주고 계산
끝내고 그냥 가느냐? 아니면 옆자리에 앉혀두고 계속 주물러
대던 미시 송이를 데리고 가느냐를 선택할 일만 남았다.

그런데? 그곳에 갑자기 그의 아버지가 나타났다. 아버지는
흙물이 배인 수의를 남루하게 걸치고 옆구리를 한 손으로
바쳐가며 절뚝거리며 나타났다. 그 바람에 아가씨들이 비명
을 지르면서 기절해 버린다. 그의 친구 둘은 너무 놀라서 밖
으로 도망가 버렸다.

6
부

"아니. 아버님이 여기 웬일이세요?"

"이놈아! 형국이 이놈아! 너 하나 편하려고 묘 자리를 그렇게 잡았단 말이냐? 내 무덤 크게 짓는다고 내가 편히 쉴 줄 알았느냐?"

"아니 그게 무슨 말씀이세요. 아버님 편하시면 저희들이 걱정 안하는 것이고 자식된 도리로 유택은 잘 지어드려야 되는 거 아닌가요?"

"그래 날 편하게 하려고 계단을 만들어 날로 하여금 떨어져 이렇게 허리를 다치게 하는 거냐? 등산길에 계단 만들면 더 걷기 힘이 든다는 사실을 너는 몰랐더냐? 그리고 흙만 덮고 있어도 무거운데 왜 무거운 대리석으로 날 눌려 잠도 제대로 못 자게 하는 거냐. 또 있다. 기왕 묘자리 쓸려면 사람들 왕래가 뜸한 곳에 써야지 하필이면 등산로 옆에 두어 오가는 등산객들에게 욕을 듣게 하느냐."

"등산객들이 왜 욕을 해요? 저는 사람들이 아버지 묘소를 볼 때마다 참 좋은 유택에서 쉬는구나 하면서 부러워할 줄 알았는데요."

"이놈아! 묘가 크면 도굴되는 역사적 사실이야 제쳐놓자. 이렇게 살기가 힘든 요즘에 몇 억을 들여서 공사해 놓는다고 거기서 이익금이 생기나? 이자가 붙냐? 내가 내 무덤 크게 하려고 그렇게 기를 써서 돈을 모았겠느냐. 그리고 이놈아! 내가 저승에서 무슨 벌을 받는지 알기나 아느냐? 내 묘지가 호화롭다고 나는 날마다 끌려가서 진흙탕 속에서 생활한다 말이다. 그것도 거머리가 득실득실 하는 곳에서 매일 피를 빨리는 형극을 당하고 있는데 너는 팔자 좋게 여기서 양주나 마시고 있느냐. 어디 남은 것 있으면 한 잔다오. 허리가 결려서 서 있기도 힘들다. 그리고 네가 내 무덤을 이장하지 않으면 너에게도 좋지 않은 일이 일어날 것이라 내 경고 차 온 것이다.”

구두쇠 아비는 양주 한 잔을 홀짝홀짝 마시더니…….

“이렇게 맛이 있는 걸 평생에 못 먹어 본 것이 후회가 되네. 귀신 사회에서 술 마시다 들키면 치도곤이 맞는다. 하여튼 나는 네가 알아서 해 줄 것이라 믿고 간다.”

그렇게 애비는 다리를 절면서 룸 밖으로 나갔다. 형국이란 자식 놈은 잘 가시라 인사도 못하고 멍하니 서 있다. 방금 일어난 일이 꿈인지 생시인지 몰라 볼을 꼬집어 봤지만 아픈지 아프지 않는지 모르겠다. 술이 너무 취해서 헛것을 보았나! 주위를 돌아보니 그가 있는 장소가 어느새 바뀌어 아버지의 무덤 앞이다. 밤에 보는 무덤은 으~시시하다. 계단을 올라가니 무덤을 에워싼 담을 따라 향나무가 도열해 있는데 그 향나무가 갑자기 꿈틀거리더니 슬금슬금 그를 에워싼다. 향나무의 모습이 흐물흐물 변하더니 머리에 뿔이 하나 솟고 입이 길게 찢어진 시커먼 몸체에 털이 숭숭하게 돋아 있다. 도깨비형상이다. 그들이 형국이를 번쩍 들고 봉분 꼭대기로 올라가더니 무덤 속으로 쑥 들어간다. 무덤 안에는 커다란 공간이고 바닥에 관이 하나 달랑 놓여 있는데 도깨비 한 녀석이 관 뚜껑을 열어 제치니 해골이 된 그의 아비가 벌떡 일어서면서 **뼈**만 남은 손가락으로 그의 목을 꽉 움켜진다. 형국은 악! 비명을 지르며 정신을 잃어버린다.

"여보! 정신 차려요."

마누라가 그를 마구 흔들어 깨운다.

"헉!"

깨어 보니 마누라가 걱정스러운 눈으로 그를 내려다보고 있다.

"여긴 어디야?"

"어디긴요, 집이지요. 무슨 꿈을 꾸었어요? 애~그 머니나 온몸이 땀에 젖었네요. 도대체 무슨 꿈을 꾼 거예요?"

그는 일어나 앉아 마누라가 주는 수건으로 얼굴을 닦으며 담배를 한 대 피워 문다.

"휴 ~ 혼이 났네! 그런데 왜 그런 꿈을 꾸었을까?"

그가 중얼거리는 것을 보고 있던 우리는 서로를 돌아보면서 의견을 나누었다.

"사자님! 저 친구 이장을 할까요?"

"나는 안하는 데 걸었다. 겨우 꿈. 그것도 진도가 낮은 꿈으로 저 친구에게 먹혀들 것이라 생각했냐? 참으로 순진한 방법이다."

"아니 지라. 계속 속편을 꾸게 해야 지라."

"그러다 날 새겠다! 데리고 올라가서 지 애비 벌 받는 장면을 보여주자. 부부를 함께 초대할거나?"

사자는 싱글싱글 웃고 있다. 사실 이번 문제는 사회적으로 있는 자들에게만 일어나는 일로 남을 해치는 것도 아니요 제돈 들여 제 조상 무덤 가꾸는 것이니 그리 탓할 것 까지는

206

없다. 단지 국토의 상당 부분을 무덤이 잠식하고 있는 우리나라의 매장을 선호하는 문화 탓이다.

"그렇게 합시다. 근데 저렇게 시퍼렇게 눈 뜨고 있는데 데불고데리고 갈 거요?"

"그래야 더 믿지. 자 현신하라. 뿅!"

형국이 마누라가 재차 질문을 하려는데 갑자기 TV가 삐~이 전자음을 내면서 켜진다. 그리고 화면이 몇 차례 떨리더니 전설의 고향에서 자주 보이던 저승사자의 싱긋이 웃는 모습이 나타난다.

"에그 머니나! 저게 뭐야?"

마누라가 자지러진다. 형국이 얼굴이 저승사자 얼굴보다 더 창백해진다.

"여보! 꺼라. 꺼?"

그 소리에 마누라가 잽싸게 버튼을 눌러봤지만 반응이 없다. 오히려 화면 속에서 빙그레 웃고 있던 저승사자가 형국이 마누라 손가락을 재미있다는 표정으로 눈길을 따라가면서 본다. 형국이 마누라가 곧 기절할 판이다. 형국이 역시 눈앞이 아득하다.

"오늘 별 꼴을 다 보는구나! 김형국이. 킬 킬 킬."

사자의 음성이 등골이 오싹할 만큼 싸늘하다. 그 소리에 마누라는 기어이 기절해 버리고 만다.

"저저. 저어 용서해 주십시오. 제발 용서를 해주시고 살려 주세요."

죄 지은 인간인 형국이는 저승사자 앞에서 그저 싹싹 비는 것이 제일인양 그저 빌고 또 빈다. 그런 인간을 보니 죄를 지으면 인간의 심성도 약해 지는가보다.

"뭘 잘못했다고 살려달라는 거냐? 너희 부부는 지금부터 나를 따라 가야 된다. 빌어도 소용이 없다."

"누구십니까? 가자니? 어디로 가자는 겁니까?"

"나는 저승사자. 갈 곳은 물론 저승이지. 바쁘다. 곧장 황천으로 가야 한다."

"그길 왜 갑니까? 우리 부부가 왜 가야 됩니까? 예 사자님!"

"가 보면 아느니라. 자. 이리 들어오너라."

두 손을 모니터 안쪽에서 바깥으로 쑤욱 내밀어 형국이의 머리를 잡아당기자 희미한 형체의 그의 영혼이 모니터로 빨려들어간다. 그의 마누라의 영혼도 같이 빨려들어간다.

"여. 여기가 어딥니까?"

마누라가 주위를 돌아보더니 여전히 자기 집 안방인데 저희 부부 두 육신이 TV 앞에 쓰러져 있는 게 보인다.

"아이고 여보! 우리 지금 죽은 건가요? 우리가 이렇게 죽으면 환이랑 선이는 어떻게 삽니까?"

그 광경에 여자가 대성통곡을 한다.

"이보시오! 사람 사는 게 다 그런 거 아니오. 댁들은 글쎄…… 어째 좋게 될 꺼랑께."

내가 옆에서 한마디 하니까 나를 이리저리 살펴본다. 그들 눈에도 내 행색이 무슨 종자인지 구분이 아니 가는 것 같다.

"뭘 따질 것 없이 그냥 가자."

저승사자는 두 영혼을 데리고 허공으로 훌쩍 오른다. 나도 이제는 그의 도움 없이 공간 이동을 자유자재로 한다. 저승사자가 그들을 데리고 가는 곳은 황폐한 산이 겹겹이 뻗어나가는 험악한 봉오리이다. 그 봉오리 위에 무수히 많은 무덤들이 많은 사람들에 의해 만들어지고 있었다. 우리가 그 봉우리에 도착하자 후끈한 열기가 사방에서 몰려 왔다. 그 열기는 산 아래 계곡마다 용암이 천천히 흘러가며 열기를 내뿜었고 절벽에 뚫린 동굴 입구에서 불꽃이 확! 확! 뿜어져 공기를 더욱 달구고 있었다.

그곳에서 사람들은 그 더위에 지쳐 땀을 비 오듯 흘리면서 무덤을 쌓고 있는 중이였다. 그런데 그 무덤이 예사 무덤이 아니었다. 무덤 한 기에 한 명씩 배치되어 혼자 끙끙거리며 쌓는데 모든 무덤이 호화롭기 그지없다.

"형국이! 너는 너의 아버지를 찾아라."

저승사자도 나처럼 형국이 아버지 얼굴을 모른다.

"제 아버지가 여기에 계신단 말씀인가요?"

형국의 얼굴에 반신반의하는 표정이 떠오른다. 그의 마누라는 벌써 사람들 틈새에 들어가 있다. 마누라의 눈에 몹시 낯익은 무덤이 보였다. 시아버지의 무덤과 똑같은 것이 그것도 열을 지어 열 개가 넘는다. 그 무덤의 열 마지막 무덤의 허리에 대리석을 둘러싸는 작업을 하는 사람이 시아버지이다.

"여보! 저기 아버님이 계셔요."

마누라가 가르치는 곳을 보니 살아생전과 똑같은 아버지가 땀을 뻘뻘 흘리며 나이 들어 굽어진 등판에 대리석을 지고 나르는 모습이 보였다.

"아버지! 이게 웬일입니까?"

아들과 며느리가 다가가자 그 사람은 깜짝 놀라 등에 진 대리석판을 떨어뜨린다.

"너희가. 너희가 여기에 어떻게 왔느냐? 그것도 둘이 같이 온 걸 보니 무슨 사고를 당한 거냐?"

아들이 보니 아버지의 몰골이 말이 아니다. 장례식 때 입혔던 수의는 다 떨어져 누들. 누들 한데다 누렇게 황토색으로 변색된 것이 꿈에서 본 것과 같고 뼈만 앙상하게 남은 얼굴은 새까맣게 그을려 주름이 너무 깊어 차마 쳐다보기 힘들다.

"저승사자님! 우리 아버님께선 평생에 남에게 나쁜 짓 한 번도 안하셨는데 왜 이런 고생을 하십니까? 악착같이 사셨는데! 왜 이런 형벌을 주십니까?"

"너는 아직도 사태 파악을 못하고 있구나. 모든 일의 결과는 원인이 있다. 나쁜 것도 좋은 것도 목적이 있지 않은가. 너희가 하는 일도 목적이 있을 것이며 내가 지금 너희를 벌하는 것도 나쁜 일의 결과를 보기 위함이다. 원인 제공은 너희가 하지 않았는가? 세상에는 어리석은 자가 가질 수 없는? 이룰 수 없는 많은 꿈을 꾼다더니 네가 그 짝이 아니던가. 둘러보아라. 여기서 무덤만 쌓는 망자들은 자신의 호화로운 무덤을 제 손으로 쌓는 벌을 받고 있는 거다. 알겠느냐? 네 딴에는 아비의 묘를 웅장하게 지어주면 후대가 복을 받는다고 그렇게 돈을 쳐 발랐지만…… 자식이 아비를 팔아 후대에 잘될 것이라 믿어 묘지를 호화롭게 꾸민 죄를 아비가 대신받는 것이다. 보아라. 너희 아비는 죽은 지 얼마 안 되어 고작 열 개 정도 쌓았지만 다른 사람은 셀 수 없이 많이 쌓은 게 보이지 않느냐?"

저승사자가 아들을 향해 차근차근하게 설명을 해 준다. 드디어 납득이 간 아들이 사자 앞에 무릎 꿇고 절을 하며 빈다.

"사자님! 저희 아버지를 풀어주십시오. 저 벌은 제가 대신 받겠사오니 저희 아버지를 쉬게 해 주십시오. 기왕에 지어 논 아버지 무덤을 제가 죽지만 않았다면 이장하겠으나 이렇게 저승까지 온 몸으로 어떻게 하겠습니까. 저희가 잘못 생각 하였으니 저희가 벌을 받겠습니다."

형국이 마누라도 덩달아 무릎 꿇고 두 손을 싹싹 비빈다.

"그렇다면 좋다. 지금 너희 아비가 쌓아둔 묘지를 너희가 다 허물면 너희 아비를 편한 곳으로 보내주마. 그렇게 하겠느 냐?"

부부는 생각보다 효심이 깊었다. 남편은 당장에 아버지 곁 에 떨어져 있는 대리석판을 짊어지고 원래 있던 곳으로 가져 가고 마누라는 맨손으로 봉분을 허문다. 사자는 나를 보고 고개를 끄덕이고는 '자! 영감님은 착한 아들을 두었으니 이제 좀 쉬십시오.' 하니 아비는 '아닙니다. 나도 도와서 저걸 빨리 허물어야 애들 고생이 덜할 것 아닙니까'라며 자기 무덤을 허물기 시작했다.

"이제가세 아우님!"

"어디로 갑니까? 이 넓은 터에다 호화분묘를 만들고 자연 환경을 파괴한 놈에게 벌이 너무 약한 것 같은데 저 정도에서 용서를 해요?"

"저 노인네는 살아생전에 좋은 일을 많이 하였다."

"그래도 뽀도시겨우↔아주 적게. 간신히 봉분을 맹글었는디요."

"천 개 중 열 개가 적긴 하다만 그냥 끝내고 가자."

우리는 다시 형국이의 방으로 돌아왔다. 형국이와 마누라는 여전히 TV 앞에 쓰러져 있었는데 두 사람 다 손 갈퀴로 뭔가를 열심히 파고 있는 중이었다.

"사자님! 저 아들 부부가 진정으로 뉘우치고 애비가 물려준 재산으로 이룩한 편히 살아온 세월을 쉽게 잊을까요? 지금은 IMF 여파로 빈부격차가 갈수록 심해지고 있으며 일부 사람들이 이러한 격차를 좁혀보려고 노력하지만 기득권을 가진 세력들은 자신의 부를 지키는데 혈안이 되어 있지라."

"그랑께로 이번에 통치자를 잘 선택하여 그로 하여금 기득권 세력과의 대 전쟁을 시작하게 만들어야지."

"어려울 겁니다! 기득권 세력들이 허벌나게 욕을 얻어 처먹으며 옴팡지게 모은 돈을 쉽게 내놓을까요?"

"그러면 뭐 하냐? 뒈지면 그만인데 1원짜리 하나도 못 가지고 가는데 왜 그런 염병을 떠냐? 에고~ 에고 불쌍한 인간들! 너는 없다고 불평하지 말라. 생활이 고달프면 그 고달픔도 때로는 살아가는데 밑천이 된다. 원래 사는 것 자체가 고달픈 것이나 희망이라는 존재가 있다. 돈을 많이 모아 자식에게 남겨주면 그것이 자식의 인생에 무슨 도움이 되겠느냐?

인성人性이 문제다. 저 영감 아들을 보아라. 아버지 제사를 제 날짜에 안 지내는 놈이 아니더냐. 좋은 교훈이 되었으면 하지만 이제는 그들의 선택이다. 그만 가자. 할일이 태산이다."

이제 그들은 날이 새면 꿈에서 깨어날 것이고 그러면 둘이 밤새 겪은 악몽이 가르쳐준 것이 무엇인지 깨달을 것이다. 세상에는 자신의 힘으로 막지 못할 많은 일이 일어난다. 그러나 피하고 등지고 살지 말라는 교훈을 준 것으로 잠시 카오스 혼돈↔混沌 세계의 맛을 보았겠지!

"자식에게 있어 아버지란 어떤 존재이고 아버지에게는 자식이 어떤 존재인가를 보여주는 얘깃거리가 있승께 한번 들어 보시셔. 이."

"어디 한 번 들어보자꾸나. 게거품 많이 뿜지 말고 읊어 보거라."

우리나라의 전통적인 가족제도를 보면 아버지와 어머니 중 한 가족의 가장 중심이 되는 인물은 아버지이다. 남성 우위의 부계친족사회에서 가정의 우두머리인 가장은 부인에게는 남편이요, 자녀에게는 바로 아버지이다.

가계의 존속을 강조하는 우리의 가족제도에서 현재의 가족의 우두머리인 가장은 시조에서부터 수많은 세대의 조상들을 거쳐서 대대로 이어져온 가계를 물려받는 사람이고. 또한 이 가계를 단절 없이 후세에게 이어주어야 할 의무가 있는 사람이기도 하다.

이렇게 본다면 어느 가족에게나 아버지는 먼 가계에서 시작되어 미래로 연결되는 가계의 연결고리라고도 말할 수 있겠다.

사실 가계 계승이라는 측면에서 본다면……. 자식 특히 아들을 가계의 대를 물 줄만한 인물로 키우는 것이 바로 아버지에게 달렸다고 할 정도로 그의 임무는 막중한 것이다. 아버지가 가족의 중심적인 인물이기에 전통사회에서는 친족 호칭에 있어서도 아버지를 지칭하는 용어가 극히 다양하며 이 많은 용어들 중 맥락에 따라서 얼마나 적절히 구사할 수 있느냐는 것이 개인의 학식과 품위를 가늠하는 한 중요한 지표로 간주되기도 하였다.

아버지를 면전에서 직접적으로 부를 때에 사용하는 직접호칭은 아빠! 아버지! 그리고 아버님! 등 세 가지에 불과하다. 그러나 아버지를 간접적으로 지칭하는 관계지시 호칭은? 우리나라의 각종 친족 원 중에서도 가장 다양하여 최재석의 **한국가족연구**에 실린 **친족호칭일람표**에는 다음과 같이 무려 39개의 종류가 나타나 있다. 즉? 아버지·아버님·아비·아범·애비·어른·어르신네·부·부친·부주·부왕·현고·가친·가군·엄친·가엄·가대인·가 군부·노친·선고·선친·선인·존당·춘당·당장·춘부장·대정춘장·춘부대인·존대인·춘정·영존·선대인·선장·선고장·선구군·대인 등이다. 각 도별, 팔도 사투리를 쓰면 몇 가지가 더 추가된다.

그러나 이 모두는 분명히 **아버지**를 지칭하는 용어이기는 하지만! 그것을 사용하는 맥락이 다르기 때문에 이것을 고려하지 않고 혼동한다는 것은 중대한 실수를 범할 소지가 있다. 예컨대 다른 사람의 생존하고 있는 아버지를 지칭한다는 것이 사거한 아버지를 지칭하는 용어를 대신 사용하는 실수를 범한다는 것은 용서받기 힘든 중대한 잘못이라고 하지 않을 수 없다.

위의 관계지시호칭들이 사용되는 맥락을 체계화하기는 힘들지만! 여기에서는 간단히 쉽게 확인될 수 있는 몇 가지의 측면만을 지적해 보면 다음과 같다.

첫째로 말하는 사람과 듣는 사람. 그리고 인용되는 사람아버지이 모두 친족관계에 있는 경우에는 친족조직 내에서의 연령 및 항렬로 따져서 신분의 차이에 따라 다른 호칭을 사용한다. 즉? "애비 왔느냐?"와 같이 자기보다 신분이 낮은 사람에게 말할 때에는 듣는 사람의 입장에서의 호칭을 사용하지만 윗사람인 경우에는 "아버님 오셨습니까?"와 같이 자기의 입장에서의 호칭을 사용한다.

둘째로 다른 사람에게 자기의 아버지를 인용할 때에는 아버지가 생존하는지 사거한 사람인지에 따라서 각기 '가친'과 '선친'으로 구분된다.

셋째로 타인의 아버지에게도 마찬가지여서 생존할 때에는 '춘부장'으로 지칭되지만! 사거한 사람이라면 '선조장' 이라는 용어를 사용한다.

넷째로. 단지 기록에 올리기 위한 관계지시호칭으로 문서에서 사용되는 문어체로는 '부'로 쓰지만……. 구어체로는 '아버지'라는 용어가 그대로 사용된다. 이상은 관계지시호칭만을 문제 삼았지만, 아버지를 호칭하는 경우에도 상황에 따라 달라진다는 점이 지적 되어여만 하겠다. 즉 면전에서 직접 아버지를 부르는 경우 어려서는 '아빠'라고 하였다가 커서는

'아버지' '아버님'이라는 호칭을 사용한다. 그러나 편지에서는 대체로 '아버님'이라는 용어를 흔히 사용하지만. 옛날에는 '부주' '부주전'으로 표현하는 것이 더 일반적이었다.

다섯째로. 아버지가 죽은 뒤 제사를 지낼 때는 축문에서는 '현고'라는 용어를 사용하는 등 직접적인 호칭의 경우에도 그리 간단하지만은 않았다. '아버지'라는 호칭 그 자체가 '자식들의 아버지' 이기에 우리의 가족제도에서 아버지가 어떤 위치를 차지하고 있는지를 파악하기 위해서는 부자관계의 성격을 이해할 필요가 있다. 부자관계란 부모와 자식 간의 관계를 말하는 것이기는 하지만, 부모 중에서도 우리의 부계 위주의 가족제도에서는 아버지가 중심적인 인물이기 때문에 아버지와 아들 간의 관계로 좁혀서 생각해도 좋겠다.

우리의 전통적인 가족제도에서 부자관계는 가족 내에서 이루어지는 모든 인간관계 중에서도 가장 으뜸이 되는 것으로 간주되었고, 이의 기초가 된 것이 바로 효孝 또는 '효도孝道'였다.

효는 부모와 자식 간의 관계 전반에 관한 것이라기보다는 자식의 부모에 관한 태도 및 행위 규범이다. '효'는 간단히 말해서 부모를 섬기는 일이다. 자신을 낳아주고 또한 길러주었다는 사실만으로도 자식은 부모로부터 **하늘보다 높고 바다보다 깊은 은혜를** 입은 것으로 간주되었다.

우리의 전통사회에서 부모를 섬긴다는 것은 단지 부모를 모시고 산다거나, 부모의 마음을 기쁘게 한다거나 편안하게 하는 것만을 의미하지 않는다.

자식의 모든 행위 일체가 이 효도와 관련되어 설명되었다.

우리나라에서 근대적인 교육기관이 설립되기 이전에는 공식적인 교육이 서당·향교·사학·성균관 등에서 이루어졌다. 이들 교육기관에서 교재로 사용하였던 주요한 서적들은 우리의 정통적인 가치의식을 굳히는 데에 크게 기여했다.

이 대부분은 성현들의 말에서 따온 것이었고 특히 조선시대를 거쳐 오면서 그 내용들은 가족의 이상적인 가치의식으로 우리 문화에 뿌리를 깊이 내렸다. **천자문, 동몽선습, 격몽요결, 소학, 논어, 맹자, 중용, 대학, 명심보감, 효경, 예기** 등은 이들 정통적인 교육기관의 대표적인 교재였다. 이런 교재들에는 효도에 대한 구체적인 가르침들이 빠짐없이 들어 있었고……. 공식적인 교육과정을 통해 끊임없이 반복적으로 주입되었다. 자식의 어떤 행동이 효도하는 것으로 간주되는 행동인지에 관해서는 위의 문헌들에 잘 나타나 있지만 이는 부모를 존경하고. 항상 부모의 곁에 있으면서 시중을 잘 들 것이며, 부모를 잘 봉양하고, 부모의 마음을 편안하고 즐겁게 하는 일, 그리고 부모의 뜻을 받드는 일 등으로 크게 나누어질 수 있다.

이런 것은 모두 부모에 대한 자식 된 도리에 해당하는 것이고, 이를 위해서는 자식은 일상생활에서 항상 부모를 섬기는 일과 관련지어서 행동하고 생각할 것이 요구되었다. 거기에다가 부모가 죽은 뒤에도 연장되는 것으로 파악되었다. 물론 이 효도는 아버지에 국한된 것이 아니라 부모에 관한 것임이 틀림없다. 그러나 우리의 전통적인 가족제도가 부계제이고 가족생활의 중심이 아버지였다는 점을 고려한다면, 이런 효도의 관념이 가족생활에서 아버지의 위치를 규정짓고 그의

부

권위를 뒷받침하는 바탕이 되었다는 점을 쉽게 이해할 수 있다. 특히 우리의 전통사회에서 강력한 가부장제家父長制는 효도관념의 뒷받침 없이는 생각할 수도 없는 일이다.

이것은 우리의 가족제도가 먼 조상으로부터 부계로 이어져 현재까지 이르렀고. 또 앞으로도 영원히 이어질 가계존속家計尊屬을 하나의 이상으로 삼고 있기에 아버지를 중심으로 한 강력한 가부장제는 영속적인 가계의 유지와 존속을 위한 효과적인 수단이었다고 생각한다. 즉? 아버지의 권위는 거가정 생활에서 질서를 유지하는 데에 기여하였고 화합과 통합의 구심점이었다.

우리의 가족은 서구의 핵가족에서와 같이 남과 여 두 사람간의 결혼으로 새로운 가족이 창설되고……. 이 두 사람의 죽음과 함께 끝나는 것이 아니라, 과거의 조상으로부터 미래의 자손들에게로 이어지는 가계의 연속선상에 놓여 있는 한 지점에 불과하다. 가장인 아버지는 대대로 이어온 가계를 잘 운영하여 다음의 세대로 이을 의무를 지고 있다. 아버지에게 자식 특히 아들은 자기의 대를 이어서 가계를 물려받는 후보자이기에. 앞으로 자신의 가계의 성쇠가 곧 아들을 후계자로 잘 키우는지의 여부에 달려 있는 것으로 인식하게 된다. 그러기에 자식들에게 아버지는 엄격한 훈육담당자로서의 역할도 하였다. 우리의 전통적인 가족의식에서 엄한 **아버지**의 이미지는 우리의 가족제도의 소산이라고 해도 과언이 아니다. **무서운 아버지**나 **엄격한 아버지**는 가족구성원들을 통솔하고……. 가족을 하나의 사회집단으로 운영하며 존속시키는 효과적인 수단이기도 하였다. 우리의 옛 속담에 "그 아버지를 알고 싶거든 먼저 그 아들을 보라"든가 "그 아버지가 그 아들을 길러낸다"는 말이 있다. 이것은 아버지와 아들 간에는 모습이나 행동에서 닮은 데가 많아서 아들만 봐도 그 아버지가 어떤 사람인지를 대충 짐작할 수 있다는 뜻이다.

아버지가 자신의 가계를 이을 후계자로서 자식에게 그만큼 관심을 가지고 훈육에 임한다는 점을 고려한다면 아버지의 행동으로 미루어보아 자식이 어떤 사람인지를 짐작하고, 또한 자식의 행동을 통해서 그 아버지가 어떤 사람인지를 추측하기란 별로 어렵지 않다는 것이다.

전통사회의 가족에서 "엄한 아버지"의 이미지는 오늘날에도 뿌리깊이 남아 있다는 것은 사실이지만 그것은 어머니에 비해 상대적일 뿐이고, 이와는 반대로 전통적인 아버지의 권위는 훨씬 약화되었거나 아예 상실되고 말았다고 지적하는 사람도 적지 않다. 아마도 이것은 현대산업사회로 들어서면서 아버지가 가정 밖에서 벌어지는 일에 더 많은 관심과 시간을 할애하는 경향으로 바뀐 것과도 결코 무관하지 않다고 생각한다. 또한? 현대에는 **적게 낳아 잘 기르자.** 는 말과 같이 자녀의 수는 적어졌고 또 부모가 못 이룬 꿈을 자식이 대신하여 이루어주도록 기대하면서 자식들을 너무 귀하게 여기는 풍조가 형성되기도 하였다. 이런 풍조는 결국 자식들을 과보호하는 현상으로 연장되었고, 아버지를 무서운 권위주의적인 존재로 간주하는 전통적인 가치의식은 이제 상당히 완화된 것 같다.

위의 기술과 같이 아버지는 후대를 위한 임무도 임무지만 자식의 모범이 되어야 함에도 불구하고 자식을 제물삼아 인륜을 저버린 행동을 서슴치 않는 실태를 보면 경악을 금치 못한다. 지금처럼 IMF시대에 금전 때문에 자식은 내 것이니 내 마음대로 한다는 어리석은 인간들이 이 세상을 떠들썩하게 만든다. 자식의 손가락을 절단하는가 하면 얄팍한 보험금을 노리고 아들에게 독극물을 먹게 하여 아까운 생명을 앗아가는 금수만도 못한 애비들이 생겨났으니 아들의 죽은 목숨으로 보험금을 타서 자기는 편히 살 수 있을까? 자기가 낳았다고 하여 마음대로 자식의 목숨을 함부로 하여야만 하는가?

이런 것들을 본 아들들이 아버지를 죽이고 심지어 병든 아버지를 방에 가두고 굶어주게 하는 자식들이 생겨났으니 이 모든 것은 우리 아버지들의 잘못이 아닌가. 왠지 이 세대 아버지로서 공동의 책임을 느껴본다. 언제 전쟁이 일어나면 자신의 가족들을 위해 목숨 걸고 싸워서 가족의 생명을 보호해야 되는 아버지가 자기 가족의 목숨을 자신이 죽이다니……. 동서양을 불문하고 부자지간의 정은 같은 모양이다. 특히 우리나라에서는 자식은 부를 계승하는 연결고리로 생각하기 때문에 요즘처럼 태아감별을 통해 아들을 얻고자 하는 이들이 많아서 사회의 큰 논쟁거리로 등장하기도 한다. 해외 영화인 **데스퍼레이드** 의 장면에 나오는 내용을 보면 앤디 가르시아가 백혈병에 걸려 죽어가는 아들을 위하여 사형수와 큰 거래를 하는 장면이 나온다. 흉악범이 자신의 아들 혈청과 같은 이유로 이 자의 골수만이 아들을 살릴 수가 있는 유일한 선택이기 때문이다. 탈옥에만 몰두하고 있는 자와 거래를 하는 내용이지만 결국 이 범죄자도 자식을 사랑하는 부모의 집념 때문에 골수를 기증하게 된다는 아버지의 자식 사랑에 초점을 맞추고 있다.

실화를 토대로 한 영화 "도니 브래스코"에 알 파치노가 나온다. 뉴욕 암흑가의 쫄다구_{졸병↔부하}인 그는 냉혹한 암흑가에서 일하면서 언제 부름_{잘못하면 불려가 죽음을 당한다} 받을지 모르는 생활 속에서 불안한 나날을 보내며 살아간다. 이들의 일망타진을 노리는 FBI요원 죠니 뎁이 알 파치노의 정보요원으로 들어간다. 가족은 돌보지 않고 암흑세계에서 살아온 아버지이지만 자식이 마약을 하며 죽음 직전까지 간 사실을 알고는 걱정한다. 병원 복도에서 자식을 걱정하며 보트 한 대만 있으면 아들과 함께 아무도 간섭하지 않는 곳으로 가고 싶다는 아버지의 고뇌에 찬 흐느낌을 들은 죠니 뎁은 이들 부자를 구해주고 싶어 하지만……. 결국 이들을 구하지 못하고 알 파치노의 하수인이 FBI요원이라는 사실을 안 조직에서는 알 파치노를 부름식에 부른다. 자기 정보요원인 죠니 뎁이 FBI요원이라는 사실을 안 알 파치노는 망연자실하지만 부인에게 죠니 뎁이 좋았다며 누구라 하더라도 좋아했을 것이라고 전하라는 부탁을 하고 오랫동안 보지 못할 거라며 부인에게 작별인사를 하고 방으로 들어가는 부인의 모습을 확인하고는 서재에 들어가 자신의 시계와 반지. 라이타와 목걸이, 자동차 열쇠. 유일하게 가졌던 100달러 지폐를 두고 부름의 장소로 가는 것으로 영화는 끝이 난다.

죠니 뎁은 명예퇴직을 하고 아무도 모르는 곳에 가족과 살고 있으며 알 파치노의 가족을 구하지 못했다는 자책감과 어울러 함께한 장면들을 가슴에 안고서 살고 있다고 했다. 알 파치노는 물론 냉혹한 암흑세계에서 사람을 죽이는 등 나쁜 일들을 하지만 자식을 위해 눈물을 흘리는 것을 보면 아버지가 자식을 위해 무엇이든지 할 수 있다는 것은 세계 공통임을 알 수 있다.

마지막 부분의 자신의 물건들을 가족이 쓸 수 있도록 물려 주는 장면에서는 자신이 할 수 있는 최대한의 것을 가족에게 주고 가려는 모습을 볼 수 있다. 아버지란 가장 힘든 짐을. 가장으로서 책임을 떨쳐버리고 총알을 맞으러 가는 알 파치 노의 덤덤한 모습이 마음속 깊이 각인된다.

"듣고 보니 어떻소?"

"코끝이 찡해진다!"

"동서양을 막론하고 자식을 위하는 부모의 마음은 똑같은 것이지라. 따지고 보면 부자지간의 연결고리는 우리의 사회를 지탱해 주는 한 축이라고 생각하면 될 것이지라. 그래서 자식을 보호하는 아비의 본능은 나대신 나의 뒤를 이어준다는 믿음이 있기 때문 이지라. 그게 우리의 아버지 상입니다."

"대삼아! 너만 아버지냐? 이놈아, 나도 한때는 누구의 아들이었고 내 아들의 아버지였으니 폼 고만 재거라."

"머 땀시때문에 그런 소리에 발끈하요?"

"날이 갈수록 네놈의 척! 하는 소리가 지겨워서 그렇다."

말이 떨어짐과 동시에 사자는 나에게서 좀 떨어지는 시늉

을 한다. 수백 년 된 사자도 하는 짓은 어린아이와 별반 다를
게 없는 것 같아 갑갑할 때도 있지만 어쩌냐? 인간성 좋은
대삼이가 사자를 달래야지!!!.

7부

"사자님! 천국으로 가는 계단이 있당가요?"

"있지! 아우는 못 봤겠지만!"

"나는 머 땀시 못 본 것이지라?"

"우린 노상 관계 인사들만 출입하는 전용 문을 썼응께."

"그럼 비 관계자들이 다니는 곳에는 계단이 있다는 말씀이
라우?"

"저승에 처음 오면 볼거리가 있어야 하지 않겠어? 그래서
계단도 높게. 입구의 문도 큼직하게 만들어 불려오는 영혼들
에게 위압감을 준다. 이런 말씀이야."

"그 계단은 몇 계단이지요?"

"김대삼이 좋아하는 9천 9백 9십 9계단이다."

"젠장! 하늘도 무슨 갑오허요? 줄줄이 9이게."

"갑오라니? 60갑자의 갑오에는 9가 상관없는데! 그거 신新
↔새로운 말 용어냐?"

"아니지라. 허긴 사자님! 시절에는 없던 용어지라. 우리나
라가 한때 일본 쪽바리들 한테 강점당한 적이 있었지라. 그때

224

이 쪽바리들이 마을의 화합을 깨고 민중들의 노동력을 무력화시키자고 화투라는 것을 풀어 났지라. 이 화투가 무슨 마약처럼 끊기가 힘든 인성이 강해 한 번 잡았다 하면 놓지를 못해요. 이걸로 노름을 하게 되면 그 재미가 보통이 아닝깨 너도 나도 농사는 안 짓고 화투판에서만 사는디. 그 놀이가 다양하여 민화투. 육백에다가 두 장만 가지고 끗발 쪼우는 요게 쪼이라 불리기도 하고 두 장 뺑이라고 하는디. 두 장을 합친 수가 9가 되면 이 숫자가 제일 높은 갑오지라.”

“그 갑오 한번 복잡하게 설명하는구나! 그럼 그 갑오의 9는 좋은 뜻을 갖고 있구나?”

“당근이지요. 우리나라에서 제일 높은 빌딩 63빌딩이 있는디 6 더하기 3은 9. 그래서 갑오지요.”

“그럼 그 주인은 갑오 끗발로 돈 끌어모았겠구나.”

“야. 한때는 그랬지라. 근데 이 화상의 욕심이 끝이 없어서 더 많이 벌려고 머리 쓰다가 영창 가버렸지라. 그런데 그 화상의 마누라가 남편을 우째 구제해 보려고 고관들 부인과 그 말도 많았던 밍크코트를 가지고 물귀신 놀이하다가 세기말 대한민국 신문과 TV화면에 온통 도배를 했지라. 역시 로비는 해 본 놈이 잘 하는데 말일시! 그담에 또 우리나라에서 화투 잘 하는 서울시장이 남산을 개발하면서 돌계단을 만들었는데 그 계단 수가 727계단이라요.”

“서울에 있는 남산의 계단이 정말로 727계단이란 말이제?”

“여태 거짓말만 듣고 살았나! 내 말은 정말이랑께. 부산에 45층 건물이 있는데 그것도 합하면 9 갑오요.”

"화투는 잘 치겠구나. 혹시 이 자들 노름꾼 아니냐? 두 장 빼기 쪼아가지고 돈 번 거 아니여? 왔따메! 필이 왔다."

"머시라고라?"

"대삼!, 쩌그 거시기 말이다. 너희들 통일 때문에 고민이제?"

"그라문요, 우리 민족의 절대 절명의 과제이지라."

"내 말인즉슨……."

"머요? 뜸들이지 말고 후딱 말해 보시요. 이."

"북한에 있는 김정일 씨하고 너그 대통령이 단지 안에다가 화투를 집어넣고 두 장씩 꺼내서 끗발을 봐가지고 끗발 높은 분이 통일 대통령 하고 낮은 분이 부통령 하면 안 될까? 나가 쩨끔 미친 것 같냐?"

"에고고! 나가 시방 정신이 휘까닥 헐라고 혀요! 소경이 개천이 있는 것을 탓하겠소! 나가 저승사자님과 일하는 것을 후회 하것소!. 내 말뜻을 모르겠소?"

"알제. 알고. 말고. 그놈의 자슥 참으로 청산유수고 눈밭에 썰매로구나. 어찌 고로코롬 아는 게 많다냐? 그러면 먹을 것도 더 많이 생기능가?"

"이걸 바로 잡학에 강하다는 것이지라. 긍께 차출되어 요러콤 세상 구석구석을 헤비고 다니지라."

"그래 727은 어떻게 9이 되나? 내가 셈하니 여섯 끗발인데."

"그건 그래유? 이 경우는 가운데 2와 앞뒤의 7을 더하는 놀이라 앞으로도 9, 뒤로도 9니 앞뒤가 구구 81로 이 둘을 더해도 8+1=9이니 구구구는 영구永 길 영. 오래 구. 久 하니 시장 자리 오래 해 먹을라고 그 숫자로 계단을 만들었답니다."

"그 말 되네! 그 요새 인간 세상은 옛날에 비하면 참 재미있는 구석이 많다. 이번 임무 끝내고 나면 나도 한 번 환생시켜 달라고 해야 되겠다."

"아니. 웬 환생? 사자님은 그 상판으로는 저승사자가 딱 체질이라 했거늘. 딴 생각 하덜 마소이. 그건 글코 우찌 그 계단은 9999가 됐지라?"

"한 단만 더 있으면 어떻겠냐? 그러니 9999계단이고 이 계단은 에스컬레이터도 없어 사자死者 들은 걸어서 올라가게 되어 있지."

"팔공산 계단 올라가는 것도 아니고 무지무지 힘들 것 당께."

"물론이지. 그리고 자기가 살아 있는 동안 지었던 죄를 모두 등에 짊어지고 올라가야 하니 그 보따리 무게도 솔찮타."

하늘의 계단. 천계의 생활은 영혼 불멸의 세계로 가기 위하여 9999계단을 오르려면 죄 안 지은 자는 맨몸으로……. 죄 지은 자는 지은 죄의 목록으로 등짐을 지고 오르니 반도 못 오르고 전부 실패하여 지옥으로 떨어진다.

"죄란 것은 질량이 없잖습니까?"

"물론 없지. 그러나 인간 사회 재판에서 형을 무겁게 준다는 말이 존재하듯이 천계로 갈 때는 무게로 환산하여 준다네. 심리적 무게라고 이름을 주었다네."

"흠, 심적 부담을 심리적 무게라 정의한다. 고거이그것이 고

227

로코롬 되아 뿌렸구만."

"죄가 만다면 만을 수록 무게가 더 나가니 그 고통 아마 말로 표현 못할 게다."

"살인을 한 막가파 같은 놈들은 무거워서 못 올라가겠다고 개기겠다."

"저승에서 개기는 놈은 그 자리에서 계단 아래로 쳐 박아 버린다네."

"계단이 끝나면 뭐가 나옵니까?"

"사자의 길이 나오지."

"거기서 사후의 생활이 시작되겠네요. 물론 심판을 받아 발령을 받겠지만요."

"그래. 그곳도 사회적 동물들이 사는 곳이지. 조직이 있고 업무가 있고, 놀면서 먹는 경우는 없지."

"그곳에서 영생한다는 성경 말씀대로라면 이 지구의 인간들은 찰나적으로 살다 가는구나! 잠시 지구에 머물렀다고 해야 되나! 아니면 좀 쉬었다 간다고 할까?"

"난 그 말에 대답해 주어야 할 의무가 없고 너 역시 그걸 들어야 할 권리가 없다."

"야! 알겠당께. 사후세계도 알 수 없고 천계도 알 수 없는 인간이기에 신을 믿었다. 라는 생각이 든당께."

"역시 똑똑한 거는 알아주어야겠다. 인간은 한 없이 약한 존재라는 걸 스스로 안다. 말일시."

"고건 맞지 라! 근데 아무리 머리를 굴려도 믿을 만한 신이 없다는 사실을 사자님은 아시나이까?"

"난 모른다. 못 믿을 신이 있는지는. 인간들은 신을 자기가 선택할 수 있지 않느냐. 그러니 골라 믿는 재미가 있을 텐데!"

"실없는 소리 작작 하소. 신이 무슨 아이스크림이요? 믿을 만한 신이 없어 인간들은 더 불안하다 말입니다. 세기말의 1999년과 새로운 천 년인 2000년은 인간들에게 불안과 희망을 안겨주는 연도인데요, 희망은 유전 공학 발달로 게놈 프로젝트가 완성되면 무병장수하는 것이고, 불안은 1999년 12월 31일 또는 2000년 1월 1일에 지구가 종말을 맞을 것이라는 시원찮은 점쟁이예언가 들의 점괘로예언 안 그래도 그동안 컴퓨터 연도인식오류인 Y2K문제와 맞물려 인간들의 불안감을 자극 하였지라."

"어떤 점쟁이가 그딴 소리 했냐? 그라면 푸닥거리라도 하면 될 것 아니냐?"

"푸닥거리 해갖고 될 것 같으면 못할 것 없지라! 점쟁이 모두 골통이 텅 비고 헤 까닥 하였지. 미국에서는 종말을 피하기 위하여 사막과 같은 외딴 곳으로 이주해 집단생활을 하고 있는 종교 그룹도 생겨났고 지구 멸망에 관한 『뒤에 남은 것↔Left Behind』이라는 책은 1.000만부 이상 팔렸대요."

"아니 그러면 그자는 성경책 작가냐? 번역가냐? 잘못 번역한 책 때문에 인류 문화에 지대한 영향을 끼쳤다고 말하지 않았느냐?"

"읽어보지 않았승께. 나도 모르겠소."

"너도 잘 기록 하거라."

"씰데 없는 소리 마시요. 이. 종말이 임박하여도 예언가들은 자신들의 예언을 믿고 있는지 몰라도 21세기 들어 아무 일이 없으면 시대를 거슬러 올라가 보아도 그랬듯이 멸망의 시점을 연기하거나 자신의 예언에서 아마도May be라고 한 부분을 강조하거나 그런 말을 한 적이 없다고 부인하는 등 다양한 변명으로 일관하겠지요."

"그런디! 왜? 지가 신도 아니면서 그런 거짓말을 한다냐?"

"책을 쓴 자는 책을 많이 팔기 위한 것일 테고 종교계에서는 불안에 떠는 사람들을 자기들 종교에 끌어 모아 세 확장을 하기 위해서요."

"세 확장이라니?"

"신도가 많아야 종파 싸움에서도 유리하고 행세깨나 할 수 있지요."

"아니 사막으로 가는 종파에게 사막은 심판 안 내리냐?"

"지금은 노아의 방주 때보다 더 큰 배도 있고 잠수함이라고 하는 물속을 다닐 수 있는 배도 있고요 아니면 우주왕복선 타고 달나라로 피신하였다 조용해지면 돌아오면 되지요. **밀레니엄 붕괴** 의 저자 그랜드 제프리는 "꼭 1월에 지구 종말이 일어난다고 한 것은 아니다"라면서 "3월이나 4월 또는 5월에 이후일 수도 있다"고 후퇴했다지요."

"그 자식 책을 읽은 놈들 아니 독자들 돈이 아까워 어쩐다냐?"

"성경도 이런 작가들이 쓰면 문제가 있지요. 순 엉터리이니까요!"

"그래 내 말이 그 말이다. 왜 사이비 종교에 빠져서 신을 욕을 하냐? 신이 인간들에게 헤고 지 한 것도 아니고 재산 강요한 것도 아니란 말씀이야."

"맞소이다. 부처님을 믿으려니 부처님 말씀을 가르쳐야 할 스님들이 맨 날 쌈박 질이요, 하느님을 믿으려니 종말론이니 휴거를 내세우지 않나 내실을 기하여야 마땅함에도 무슨 재벌 교회 짓는다고 매머드 호화판 교회 빌딩을 짓지 않나! 그들 주장대로 되는 것이 하나도 없자 종말론은 하느님이 중생을 어여삐 여겨 작전을 취소한 것이고 휴거는 날자 계산이 잘못 됐다고 변명이나 하는 그런 엉터리 종교인들이 득세를 하여 신앙 판을 개판으로 만들지 않나. 성경 작가들도 문제가 있어요. 작가들마다 성경 해석에 문제가 있거든요."

"그 무신 말이냐?"

"책이 많이 팔려야 돈이 되는 것 아닙니까. 책이 출판되어도 사 보는 사람이 없으면 출판사와 작가는 망하는 것이지요. 구약성서의 이야기나 시. 기도. 등이 처음 기록되기 시작할 때는 기원전 1000년 경이였는데 그 후 기록이 계속 쌓여서 기원전 100년경에 마지막 권이 집필되었고 60억 권이 팔려 베스트셀러로 기록되었고 2,000개 이상의 언어로 번역되어 지금도 계속 번역을 하고 있는데 19세기까지 성경은 기독교의 역사책이기도 하지만 과학책으로 여겨지기도 했는데 창조에 관한 성경 속의 이야기세상과 세상의 모든 것을 하느님이 엿새 만에 창조하셨다는 과학적인 사실로 생각했는데 뜬금없이 찰스 다윈이 진화론과생물들이 환경에 적응하면서 서서히 변해 왔다는 학설 그 증거들을 들고 나오자 큰 소동이 일어났었지요. 그러자 성경 작가들은 더 많은 책들을 썼고 번역도 하였는데 너도 나도 책 팔기와 돈에 집착하다 보니 여기저기서 번역되면서 어처구니 없는 실수를 저질러 킹 제임스 영역 성서King James Verson : 영국왕 제임스 1세의 명령을 받아 편집 발행한 영역 성경의 1612년 판에서는 시편 119장 161절의 "권세가Princes 들이 나를 까닭 없이 박해하오나"로 잘못 인쇄하는 엄청난 실수를 저질렀고, 1631년 판에서는 십계명에서 not이란 단어를 빠뜨리는 바람에 일곱째 계명을 너희는 간음해야 한다Thou Shaltcommit Adulter로 바꾸었고, 1966년 판에서도 시편 122장 6절에서 "예루살렘에 평화가 깃들도록 기도pray하라"라는 내용에서 r이 빠지는 바람에 예루살렘에 평화가 깃들도록 대가를pa 치러야 한다는 뜻으로 번역되기도 하였으니 성경은 작가·번역가·신의 **메신져** 역할을 하는 중간층 목자들의 이해 잘못으로 변질되었는데 예언가들의 예언 잘못으로 수많은 사이비 종교가 생겨 났지라."

"가방끈 짧은 놈들 때문이구나."

웅얼웅얼 투 덜. 투덜대는 내 말투가 다 사자에게 꼬투리를 잡힌다.

"날자 계산 잘못 될 수도 있지 않느냐! **밀레니엄 붕괴**의 저자 그랜드 제프리가 혹시 계산을 잘못 했을 수도 있지!"

"계산을 잘못 하다니요? 지금 세상이 어떤 세상인데."

"쌀로 밥을 해묵는다. 면시롱."

"또 오버하네! 그게 아니라 컴퓨터가 있고 뚜들 기만하면 계산되는 계산기도 있어 마산상고 후문으로 나와도 그딴 계산은 얼마든지 할 수 있소."

"진짜냐?"

"컴퓨터도 가끔씩은 오류가 생기는 수도 있지만……."

"그러면 그랜드 제프리는 셈본만수학 배운 것 아니냐?"

"나도 국민학교초등학교 때 셈본을 배웠고 중학교 때는 산수를 배웠고 군대 갔다 와서 수학을 배웠소."

"쓰~버~얼 놈! 셈본이나 산수책이나 수학책은 전부 계산법을 배우는 책이지 않느냐. 아무튼 이놈아! 컴퓨터가 무슨 도깨비 방망이냐 두드려 뽑 게?"

"영감탱이! 오지게 따지고 달라 드네."

"뭐여?"

"아녀라. 그 자가 5월이 넘어가면 무슨 말로 변명할지 궁금하네요. 컴퓨터 오류라고 할 수도 있겠는데요."

"그런 말 하는 놈 한두 놈도 아니고 세계 도처에서 주장하는 종말의 날이니 휴거일이니 떠들다가 여세 불리하면 집단자살하고 말이다."

"예. 그놈의 종말론 땀시 도덕과 윤리가 무너지고 가정이 깨어지고 심지어 천륜까지 끊어지는 사태가 일어났는데도 종교단체들은 자기네 식구 아니네 하며 절대 노 탓치 이지요. 그런 종교가 있으면 정화시키려는 어떤 시도도 없이 그냥 자기 세나 불리려고 혈안이 되어 있으니 어느 시~러~비 헐 놈이 종교를 믿으려 하겠습니까."

나는 발 앞에 놓인 빈 캔을 발로 힘껏 찼지만 내 발은 허공만 스쳐버렸다.

"옴~메 야! 난 형상은 있어도 연기 같은 얼개로구먼!"

육체가 없으니 깡통이 내 발에 닿아도 아무런 영향을 받지
못한다는 사실을 잠깐 깜박했던 것이다.

"종교단체들은 그런 사이비 종교를 그냥 방치해 두면 자기
네들에게도 여러 측면에서 좋지 않은 결과를 가져온다는 것
을 왜 모를까. 이. 사자님 생각은 어때요?"

"무슨 좋지 않은?"

"우선 신도. 그것도 열혈 신도를 뺏기지요. 그런 사이비 땀
시 자기네들도 이미지 훼손당하는 것 말입니다."

"오히려 자기들은 그런 허무맹랑虛無孟浪 한 교리 같은 것은
없다하며 실권을 노리며 쌈박 질 할 계획 중이 아닐까?"

"신도들에게나 그런 게 먹히지요. 무신론자들 눈에는 사이
비나 전통이나 오십 보. 백보라고요."

"그래. 예로부터 인간은 무기력하거나 의심하거나 어떤 두
려움을 갖거나 양심적 가책이나 일에 대한 염려 등등이 마음
한 구석에 하나라도 있으면 자기가 죄를 지어서 그런 것 아닌
가 하여 그 죄를 씻으려고 신을 믿어왔지, 또한 인간들은 자신
이 완벽한 존재가 아님을 알기 때문에 그 보완해야 될 자리를
신에게서 얻으려고 했지."

"그러나 문제는 믿을 만한 신을 중간에 위치한 성직자들이
변질시켜버렸다는 것이 제 얘기의 본질입니다. 중세에는 참
으로 하느님을 위하여 라는 기치를 들고 무참히도 많은 민중
을 학살했지요, 근세에 들어오면서 기독교 전파라는 미명 아
래 참으로 많은 양민을 죽였지요. 현세에는 자기 몫을 챙기려
고 눈에 불을 켜는 성직자들로 우글대니 우리가 어디로 가겠

234

습니까?"

"권력과 탐욕에 빠진 성직자들도 세기말적 불안과 공포 때문에 더 변절하고 있나보구나!"

"그들도 아마 신을 안 믿는 거 아닐까요? 그냥 성직자인양 행세하면서 십일조나 뜯고 헌금이나 강요하고 감언이설로 신도 재산이나 가로치기 하고. 그래서 모은 돈과 권력을 잃지 않으려고 더 집요해지고 기민해지고 어떤 희생을 치루더라도 권력을 움켜질려는 속성이 있지요. 성경이 늘 좋은 영향만 끼친 것은 아니지라. 1860년대까지 영국과 미국에서 행해지던 노예무역은 아마도 성경이 끼친 가장 나쁜 영향 중 하나일 터인데 노예제도를 놓고 논쟁의 양 당사자가 자기주장의 정당성을 뒷받침하기 위해 성경을 인용하는 일가지 벌어 졌는디요. 손톤 스프링펠로Thornton Stringfellow라는 목사는 노예제도에 관한 성서의 관점이라는 설교 문을 썼는데 그의 주장에 따르면 십계명에서도 노예를 인정하고 있기 때문에 노예제도는 허용된다고 일갈하였는데 그의 주장의 정당성을 뒷받침하기 위해 열 번째 계명을 인용하였는데 '너희 이웃의 집을 탐내지 못한다. 네 이웃의 아내나 남종이나 여종이나 소나 나귀할 것 없이 네 이웃의 소유는 무엇이든지 탐내지 못한다.

▶출애굽기 20장 17절◀

이에 맞서서 노예제도에 반대하는 사람들은 성경의 다음 부분을 인용하였는데 그들은 예언가들이 정의를 부르짖으며 하느님이 각 나라의 통치자에게 원했던 것도 이런 것이라고

주장했는데 '억울하게 묶인 이를 끌러주고……. 압제받던 이
들을 석방하고 모든 멍에를 부수어 버리는 것이다.

▶ 이사야서 8장 6절 ◀

결국은 노예제도를 반대하는 사람들의 승리로 끝났다. 미
국의 남북전쟁을 기치로 결국은 노예제도는 끝났다고 보지만
어떻게 보면 직장 생활을 하는 현재의 사회 구성원들도 노예
제도와 연결되고 있는 듯하지요. 다만 급료를 받는 것을 제외
하고는……."

"왔따. 메! 너는 구멍구멍 모르는 것이 없냐?"

"성경의 변질이 문제지요. 너희는 하나님의 종이라 이 말이
문제의 말이어라."

"상세히 풀어 보거라."

"하나님이 아담과 이브를 만들어 놓고 너희는 나의 종이란
말을 하지는 않았을 텐데 성경작가들이 잘못 번역한 것 아닐
까요?"

"글쎄올시다."

"처음부터 자기 자식인 예수를 만들었다면 이런 일이 없었
을 지도 모르죠."

"자기 자식에게도 자기 제자들에게 말했듯이 하였으면 착
한 인성이 되었을 것인데 말이다."

"크게 실수했나 보지요."

"그래서 늦게라도 자기 자식을 이스라엘에 태어나게 했
나?"

"참, 짚고 넘어 가야겠소. 아담과 이브는 흙으로 만들었다는데 자기 아들은 왜 흙으로 안 만들고 처녀 몸에다 수태를 시켰을까요?"

"하고자 하는 주장이 뭐냐?"

"성경에 쓰여 있는 말과 영 틀려요."

"에고. 그 얘기만 나오면 골치 아프다!"

"시대가 변해가면서 전해져 오는 성경 말씀이 잘못 되어 그러겠지라?"

"종교는 좋은 것이다. 그러나 그것을 믿는 사람이 나쁘다. 원래 있는 대로만 믿으면 될 터인데 자기네들 입맛에 맞게 변질시켰으니 말이다."

"성경도 그런 경우겠지요?"

"자기만의 욕심 때문에 성경책도 변질되다니……."

"중국의 나관중이 쓴 삼국지도 우리나라의 번역 작가들이 쓴 책을 보면 전부 틀려요. 한 권으로 된 것에서부터 재미를 가미해서 수십 권씩 된 책도 있지라."

"그거야 한 권으로는 돈이 안 되니 수십 권으로 만들어 파는 것 아니겠느냐."

"그러자니 당연지사로 원작에는 없는 내용이 끼어들 것이고 말이쥬."

"그래. 인간이 가진 가장 더러운 것은 분수에 맞지 않게 욕심을 부리는 것이지. 가난한 자가 갑자기 부자가 되면 어려웠던 시절이 생각나서 다시는 그 가난했던 때로 돌아갈 수 없다고 이를 악물고 더 가지려고 하니 못 살고 어려운 자는

237

더 어려워지니라. 베풀 줄 모르는 부자는 개구리 올챙이 시절 모르는 것과 같다."

"예. 사자님! 말씀 지당하다고요! 또 돈 없는 자가 갑자기 부자가 되면 여자는 100% 허영과 사치에 물들게 되면서 자기 분수도 모르는 팔푼이가 되고, 남자 99%가 바람피우고 고급 대형차 타려고 하고 골프장 출입은 기본이고 미친 개지랄 같은 주색잡기에 빠져드는 것이지요. 가난은 모멸이 아니고 다만 쪼깐 불편할 뿐인데."

"돈이 인간들을 저질로 몰아가고 인성조차 바꾸는구나!"

"그렁께라, 돈이란 많이 가져도 돌고 적게 가져도 돌지요. 즉 머리가 휙까닥 돈다는 뜻 인디 많은 놈은 잘못 사용해서 그렇고 없는 놈은 많이 가져 보려고 안간힘을 쓰니 돌 수밖에요. 강도 절도사기 모두가 돈이 관련된 것이라 보겠고, 개줌치 호주머니이라는 옷에 달린 돈 통이 두둑하면 부모를 만난다. 형제를 만난다. 친구를 만나고 여자를 만나고 선후배를 만날 때 돈을 써지 않는 자리라 하더라도 자신만만하게 대할 수 있지만 돈이 없거나 적으면 어깨가 움츠려든다 말일시."

"왜? 돈 쓸 자리가 아니람서?"

"사람 앞날을 어찌 알 꺼나? 아 그랑께 모임 끝나고 누가 식사나 합시다. 해뿌면 난리가 나버린 당께. 술집이나 식당에 가서 왕창 먹고는 분 빠이 하자 해도 글코 안 해도 얻어먹으니 체면이 말이 아니지라, 궁께 자본주의 사회에서는 돈이 최고여. 그래서 돈 때문에 돈 당께. 사람은 모름지기 배가 부르고 등이 따뜻해야 합니다. 쌀독에서 인심 난다는 말이 있듯이 풍요로움 속에서 상생의 꽃이 피고 느긋한 정신적 여유가 생기는 것인데 요즘은 많이 가진 자가 더 가지려고 하니 부익부 빈익빈의 골이 깊어만 가는 현실이 문제라오."

"말 듣고 보니 맞디야!."

"아께도 말 했지만 없던 놈이 갑자기 돈 많은 놈 되면 기고 만장해져갖고 하는 꼴을 못 보아주지요. 온갖 거드럼에 목에 뭐가 걸렸는지 연심 어~흠 거리며 남의 꽃밭에 물 줄 궁리나 하고 꼬질 대 실하게 한다고 물개꼬치 뱀탕 지렁이 탕 자라탕 굼벵이에 곰쓸개에 탕이란 탕은 다 먹어대니 이 졸부새끼 주둥이에 대고 총을 한방 '탕'하고푸요."

"그런 거 먹으면 정력이 솟구치냐?"

"물개가 마누라 여럿 마리 거느리려면 정력이 절륜해야 되고. 뱀은 교미할 때 하루 종일 엉켜 있으니 힘이 좋은 거구. 그래서 그런 걸 먹으면 지가 물개가 되나 지구력 좋은 뱀이 되나 착각이지라 물개 꼬치는 기름덩어리뿐이지요. 동물 중에 고추에 물렁뼈가 있는 것도 있지만 만물의 영장이라는 인간에게는 없어요. 왜 없냐? 물렁뼈 없는 꼬질 대를 지금도 꼴린 대로 하는 판인데 물렁뼈가 있어 뿌리면 누구 잡지렁. 암 생각해 보면 알끄라고요. 아무 데나 휘둘러대다 정열 고갈 되어 빼싹 말라 죽는 거야 지가 자초한 거이고, 남의 신세 망치고 패가망신하는 난장판이 온 나라에 퍼진다면 이걸 누가 수습 할꺼라? 생각만 해도 끔찍하지라."

"마누라하고 잘 수가 없는 데도?"

"어차피 육신이 없는데 그럴 맘이 들겠으라? 글고 보니 영혼에게도 그것은 달려있는가?"

"그래. 자네 말대로 물렁뼈까지 있을 게다."

"그 말에 생각나네. 발기한 음경을 구부리면 뚜뚝 소리가 난다고 '최소한 물렁뼈가 있을 것'이라고 주장하는 사람도 있었는데 절대로 없지롱 음경에는 해면체라는 구조가 있어 이곳에 혈액이 모이면 발기상태가 되는 것이지라."

"그런 강의 들을 일 없다."

"그래도 들어야 되는디."

"그래 무슨 요상스런 얘기하려고 그러는가?"

"이상스런 이야그가 아니고라! 이런 야그는 돈을 주고도 못 듣는 이야그지라. 이런 인간의 구조를 잘 알아 뿌러야 죄 지은 놈들한테 벌을 내릴 때 참고가 되지요."

"서론이 길다!"

"내가 잘 알지도 못하면서! 죄를 다스리면 억울한 벌을 내 릴 수도 있으니 듣기 싫어도 잘 듣고 있으시오. 이."

"네는 성性에 관한 이야기만 나오면 신들린 놈처럼! 입가에 게거품을 흘리니 보기에 좀 민망하다."

"그런 쪽에는 신경 끄시셔."

"신경 끌 테니 싸게 해거라. 늙은 놈이 젊은 놈한테 교육을 받을려니. 넘 살스럽다!"

"알굿소! 그랑께로 해면체에 혈액이 모이고 이 혈액을 차 단시켜야 단단해 지는 대신에 시간이 좀 걸리걸랑요. 그런데 대부분의 동물들의 성기에 뼈가 있는 것은 암컷의 발정기에 다른 수컷의 방해를 물리치고 또 다른 맹수들에게 도중에 당하지 않게끔 짧은 시간에 짝짓기를 할 수 있도록 하기 위한 신의 기찬 배려라 말입니다. 인간들처럼 단단해 지기 기다렸다가는 낭패를 당하는 것이 약육강식하는 동물들의 세계 아닙니까."

"그려. 한 참 열애 중인데 강자가 덮치면 죽는다. 이런 말이 제?"

"인간도 연애할 때는 아무 것도 보이지도 들리지도 않고 마찬가지이지라."

"그래도 그 동물들의 세계가 자연이며 순수하다. 포식자가 있어야 먹이사슬의 구조가 깨어지지 않으니 말이다."

"그렇지요, 거기에 비하면 인간 사회는 너무 추합니다. 왜 다른 동물에게는 없는 성에 의한 쾌락을 주어 사회적 물의를 일으키게 하는 것인지요?"

"그렇게 말하면 이런 말이 성립되는구나. 성경 말씀에 하느님이 우리와 닮은 사람을 만들었다는 그 말로 유추해 보면 그 하느님도 필시 섹스 기능을 가졌었을 터! 이~크! 이건 좀 불손하다 그지. 하여튼 남자의 음경은 여자의 몸속에 정자를 넣는 역할만 하였더라면 인구의 증가도 막아 적정수를 유지했을 텐데 말이다."

"하느님은 아담과 이브를 흙으로 만들었승께 거시기가 있어도 제대로 기능을 못 했는 갑소!."

" !@#$?"

"황당 허지라?"

"무엄하다. 어쩌면 하느님에 대해서 그렇게 불손한 발상을 허냐?"

"인간들은 원래 그래요. 발상의 전환이라고 외쳐대면서 발전 한 것이 어릴 때 시골에서 가끔 봤던. 암소 몸에 수놈 소 정액이 든 주사기 찌르듯 간단히 임신시키는 방법이지요. 그게 발전해서 미국에서는 정자은행이 운영된다 말입니다."

"그럼 아이들을 갖고 싶어 하는 여자들이 사 간다는 거냐?"

"그럼요, 그것도 골라가면서 말입니다."

"그 사업 괜찮다. 우리도 한 개 차리자. 응?"

"아이고 어메! 사자님! 물들어 뿌씨요. 사자님 종자를 받을 인간은 한 사람도 없을 거싱께."

"왜?"

"인간들이 제일 싫어하는 게 저승사자 인디 그걸 말이라고 씨부렁거려 싸요?"

"나는 농담도 못 하냐?"

"사자님 농담이라는 게 항상 썰렁 허니 그렇지요."

"야 임마! 내가 무슨 에어콘이냐?"

"썰렁한 상상 하나 더 해볼까요?"

"어쩌면 예수님도 하느님의 냉동된 정자가 지구로 이송되어 태어났다?"

"진짜 썰렁하다. 그만 하자. 벼락 떨어질라."

"하여튼 미국이란 나라가 좀 문제가 많습니다. 섹스가 완전히 개방된 서유럽이나 북유럽보다 더 개방적인 향락산업이 인간들을 자꾸 타락시키는 겁니다. 게다가 그런 산업 수출까지 하는 판이니, 일본이나 미국의 성인용품들이 개발되어 나

242

오는 걸 보면 혀를 내돌릴 판입니다. 2차 대전 때 야그닙다_{이야기} 어느 장군께서 전선을 누비다 보니 성욕을 해소시킬 기회가 없어 본토에 죽부인 비슷한 걸 주문했답니다.”

“죽부인? 가죽으로 만든 거냐?”

“오메 무식한 사자님! 시절에 양반들이 여름밤에 땀 식히려고 대나무로 둥글게 엮어 끌어안고 자는 것을 죽부인이라 했잖소?”

“그런 것도 있었나? 난 기억이 날 리가 없지. 하드가 다시 포맷되었으니까 말야.”

“그래도 어느 시대에 살았었다는 걸 기억 했잖습니까.”

“맞아. 아마 그건 너무나 충격적 이여서 내 하드에 남아 있었나보다. 그래 그 장군 이야기로 돌아가자.”

장군이 본토에 주문한 것은 속이 빈 마네킹인데 그 안에 따뜻한 물을 부어두면 여자의 피부처럼 나긋나긋해 지는 특수 재질 이였다. 그러나 더 중요한 것은 그 마네킹의 하초가 실제와 똑같이 생겨 성교가 가능했다고 한다. 또 이 마네킹을 힘껏 끌어안으면 마네킹의 팔이 휘어져 남자의 등을 안아주는 기능이 있어 남자들에게는 굉장히 요긴한 것이었다. 장군은 밤마다 이 마네킹을 안고 자며 잠자리의 허전함을 달래었고, 아침에는 배수시킨 후 캐비넷에 감춰두었다.

그렇게 장군은 전투를 지휘하고 생각나면 이 마네킹을 상대하였는데 어느 날 소변을 보는데 물건이 따끔거리는 것이었다.

즉시 의무실에 가서 검사를 하였더니 맙소사? 성병에 걸려 있는 게 아닌가. 마네킹에서 성병이 옮았다는 게 이상하고. 또 집히는 게 있어 당번병을 병원에 데리고 가 검사를 시켰더니 장군과 같은 성병에 걸려 있었다는 것이다.

장군이 없는 사이에 당번병이 장군의 애첩 마네킹을 겁탈을 한 것이었다. 물론 장군은 당번병을 교체하고 자신과 그 마네킹의 성병을 치료한 후 계속 전장에 데리고 다녔다고 한다.

"햐! 고놈의 동네는 별의별 걸 다 만드는 재주가 있구나."

"그게 다 남녀 평등주의라서 그래요. 마누라가 남편이 침대 매너 마음에 안 들면 '우리 이혼해요' 하면 쉽게 이혼이 되는 나라인 만큼 여자들 말 빨이 세거든요 그래서 온순하게 성욕만 해결하는 간단한 방법으로 그런 것들이 만들어지는 겁니다. 바가지 안 긁지. 잘 때 주지 얼마나 편리합니까. 게다가 더 하자고 우기지도 조르지도 않으니 말입니다."

"그 동네는 여자를 만족시켜주지 못하면 당장 이혼 당하겠구나."

"그래서 별의별 방법이 다 동원해요. 수술로 성기 크게 하기나 오이 껍질처럼 우둘투둘하게 하기는 기본이지라."

"그게 크면 정력도 좋으냐? 그 듣고 보니 참 흥미가 많이 생기는구나."

"그 엄격했던 유교 때문에 모든 걸 다 모른 척해야 할 그때가 오히려 더 낫겠습니다. 이것저것 주어들을 일이 없으니 말입니다. 요즘은 모든 걸 까발리는 시대 아닙니까. 포르노 영화나 사진 때문에 아이들이 녹아나지요. 지 거시기가 남들보다 짧다고 여기면 수술하려 들지요. 아 남자 거시기는 발기 때 평균 길이 12.7cm이나 고릴라 3.2cm 오랑우탕 3.8cm 침팬치 7.6cm보다는 2배에서 4배나 큰데도 그라지요. 신장 대비하면 어느 동물과 비교하겠어요. 또 흑인 백인 그리고 황인종 순이라지만 대한민국 성인남자 평균 길이가 11.2cm이고 피그미족? 참 사자님은 모르지라. 지구상에서 가장 신장이 작은 종족이 피그미 족인데 평균 신장 1m에 거시기는 평균 10cm 라이를 미루어 볼 때 신장과 거시기는 비례하지 않는다는 것을 알 수 있지라. 근데 여자들이 자고로 은근히 바라는 것은 남편 될 사람의 거시기가 커야 된다는 것을 아는 남자들이 좀 뭣 하지라. 기왕 남자 거시기 얘기 나왔으니 고환 얘기도 합시다. 불알이라고 불리는 이 **고환은 남성의 증거**인데 정자와 남성 호르몬인 테스토스테론을 만드는 역할을 하는데 고환이 없으면 여성처럼 변한다고 들었어요. 내시들은 고환을 떼어내야 했고 그래서 음성이 가늘었지라. 이를 유럽에서는 남자를 거세시켜 소프라노 가수로 활용했지요. 현재는 성전환수술이 성행하고 있어 맘만 먹으면 다른 성으로 살 수 있지요. 그랑께 삼신할매가 아들로 점지해 줘도 본인이 싫으면 여자로 사는 것이지라."

"내시들도 결혼하여 살았다는 기록이 있는데 그건 어찌 되어서 그런가?"

"별 것 다 봤소. 이. 고환이 없어도 성관계를 가질 수 있는 건 발기가 된다는 얘기이고. 시각 청각 촉각의 자극에 따라 **제1성기** 인 뇌의 번연계가 흥분하며 발기가 되는 것이지라."

"참으로 많이도 줏어들었다. 아야! 그 자그만 하드디스크의 용량이 넘치지는 않느냐?"

"사자님은 압축 유틸리티의 존재를 모르시요. 이. 초창기 때 컴퓨터 용량이 얼마나 작았소? 그때부터 압축이 유일한 수단이 되어 뿌러슝께 지금도 압축해 놓는 것이지라."

"그래 많이많이 저장해 두어라. 고환에 관해 더 할 얘기는 없는가?"

"무궁 허당께. 영장류 33종의 고환을 연구한 영국 과학자의 말에 의하면 자주 관계를 가지는 고환일수록 무게가 많이 나가는데 인간의 그것은 평균 4.25kg이랍디다."

"저승에서 심판을 할 때 그 무게로 방탕했는지, 많이 밝혔는지 가늠할 수도 있겠구나."

"죄의 무게는 있어도 육신이 없어 무게가 없을 텐데요?"

"그렇구나. 나도 가끔은 헷갈린다. 육신과 정신은 두고 혼만 오는 걸 깜빡했구나."

"고환은 두 개의 알이 비대칭인 것은 두 알들이 충돌하지 말라고 왼쪽 것을 85% 아래로 쳐지게 만든 조물주의 기가 막힌 배려이지요. 또 위험하게 밖으로 노출시킨 것은 정자를 차게 보관하여야 건강한 정자로 유지할 수 있게 만든 것이지요."

"남자들이 씨 주머니를 달고 다녀도 비대칭인 줄 모르는 사람이 더 많을 거야 그렇지?"

"나도 우리 마누라와 단둘이 거시기할 때 짝 붕 알 이라고 말 하길래. 방 가운데 서서 거울에 비춰보니 한 쪽이 축 처져

짝 붕 알인 줄 알았지요.”

“순전히 지 경험담이!.”

“고환이 찬물에 닿으면 오그라들고 따뜻한 물에 들어가면 늘어나는 것도 같은 맥락으로 열을 발산하기 쉽게 주름살이 있는 것이지요. 또 고환은 위험한 처지로 도망을 가거나 혹은 치고받는 싸움을 할 때도 오그라들어 몸에 착 붙는 것도 자기보호 메커니즘mechanism이라요. 자라목 같이 쏙 들어가 버리지는 않지만요. 무더울 때 고환이 커지는 원리는 남자 신체구조에 아주 적합하지요.”

“뭔데?”

“가운데 추가 내려와 중심을 잡아주니 점잖게 걸어가지요.”

“그러면 그게 없는 여자 걸음은?”

“추가 없는 대신 궁둥이가 크며 걸을 때 실룩실룩 걸어가는데 이것이 남성을 뇌쇄시키는 몸짓이라고요.”

“나는 다르게 해석한다?”

“을 퍼 보시요.”

“더울 때는 천천히 걸어가라. 더운데 뜀박질 하면 되냐. 겨울에는 오그라들게 하여 빨리 달릴 수 있게 하여. 추운께 싸게 집에 들어가게 만들기 위해 오그라들지.”

“그 정도 수준밖에 안 됩니까? 추울 때 고환이 오그라드는 것은 씨 주머니 보호 차원이라고요. 정자는 차게 보관하라 이런 뜻입니다요.”

“해석도 잘한다. 그래서 정자은행에서는 정자를 냉동 보관하겠구나?"

"암믄요."

"그 참 인간 몸 뚱 아리는 복잡하구나. 내야 뭐 혼백만 불러 가면 되니까 알 필요는 없었제! 그냥 한방에 조졌는디 말야."

"하여튼 여자든 남자든 이 생식기 땜시 온갖 사연이 다 있어 갔구 예나 지금이나 화두는 화두입니다. 이런 말도 있었지요 "언니는 좋겠네! 형부 코가 커서"라고요, 이것도 믿을 건 아니고요. 크고 작고가 중요한 게 아니고 얼마나 능력을 발휘하느냐가 문제라요. 돈이 좀 있다하면 나라 안 팍을 가리지 않고 정력에 좋다는 것을 마구잡이로 사 먹고 외국에 나가서 온갖 못된 짓을 다 하여 나라 망신을 시키는 놈도 있고 ……. 그런 놈들 때문에 가짜 정력제를 만들어 팔아먹는 놈도 생기지요. 그랑께로 돈을 많이 벌어 그것도 부정과 비리로 타협하여 돈을 많이 번 놈들은 어떤 벌로 처리해야 할까요?"

"가만있어 보거라. 그런 놈 하나 잡아 족치자. 오라 여기 한 놈 있구나."

저승사자는 캠코드를 통하여 기록들을 훑어보더니 한 녀석을 찍어낸다.

"이놈은 밀수를 하여 큰돈을 벌더니 이제는 사기까지 치는 구나. 녹용을 밀수하여 엑기스는 지가 빼먹고 대신 돼지피를 넣어 고압기계로 압축하니 녹용 뺀 뿔 속에 압력에 못 이겨 돼지 피가 들어갔구나. 그래 갔구 싱싱한 것이라고 속여 팔고 정력제 좋아하는 골빈 놈들은 썩은 돼지 피 먹고 힘자랑 한다고 남의 여편네 배때기에 올라타서는 이게 아닌데 하고 눈치

만 보았겠구먼."

"잘된 일이지라. 문제는 선량한 그라니께 진짜로 아파서 약을 지어 먹은 사람도 이 썩은 돼지 피가 든 녹용을 먹은 게 문제지요이. 세계에서 생산되는 녹용의 90%가 대한민국에서 소비되는 것을 보면 몹시 부끄러운 일이지요. 대한민국 사람은 전부 허약체질의 병자나 정력이 약한 걸로 인식되니 아주아주 창피 하고 남사스럽지요."

"그래서 일본 쪽발이들이 너희들 정력 약한 줄 알고 기생관광 오는 것 아니냐? 듣고 보니 천하에 못된 놈이구나. 잡아들여서 하루는 사슴이 되어 뿔이 잘리 우고 하루는 썩은 돼지피만 먹이고 아니다. 이 새끼 가족들을 다 잡아들여서 자식들은 사슴이 되게 하고 애비 놈은 사슴농장 주인이 되게 하여 지 새끼들 녹용 베어내고 그 가족은 썩은 돼지피만 먹게 하며. 자식과 부모가 반대로 사슴과 농장 주인이 되게 하여 3만년을 반복하게 하자꾸나. 부정식품이나 불량식품. 특히 어린 아이들이 먹을 음식에 나쁜 식품 첨가물을 쓸 때는 자기 자식과 자신이 그것을 먹고 또 먹어 육신이 썩어 문 들어 지더라도 몇 만 년을 살게 해야겠다."

"인간 세상에서도 천계에서 내리는 것과 같은 벌을 내리거나 불량식품을 만든 자는 교도소에 가두어 자기가 만든 것을 먹이면 절대로 그런 짓을 못할 텐데……."

"그런 벌을 내릴 깡다구 있는 법관은 없느냐? 이런 더러운 놈은 잡아들여 요 새끼의 가족과 이런 부정한 짓을 한 놈들을 똑같은 날 비행기에 태워 한 방에 보내버리고 갈까나."

"잘해 보더라고요."

"명절 때 너희 나라에서 못된 짓 한 놈들을 몽땅 모을까 보다."

"암만. 그라먼 머 하요. 성수대교나 삼풍백화점 참사, 대구 지하철 가스 폭발사건, 구포 열차 탈선사건, 격포 유람선 침몰 참사 등을 보면 아무리 위에서 벌을 내린다 해도 그 피해는 불특정 다수에게 돌아가는 재앙인데요."

"위에서 시키는데 난들 안 할 수 있냐. 다 그 사람들 운수소관이다."

"그렇다면 죄 지은 자들만 데려가야지. 엉뚱한 사람들은 왜 끼워서 데려가요? 갓난아기들도 데려가는 것을 보면 아무리 저승사자라지만 벌을 전혀 안 받는 건가 봐요."

"아니다. 갓 태어난 핏덩이도 그렇게 죽도록 배려되어 있느니라. 그 어린 아기는 희생되는 역할로 그 짧은 생을 마감하고 다시 더 나은 곳으로 환생시키게 된다. 너는 그것 때문에 화내고 슬퍼하지 말고 명확하게 사리판단을 잘하도록 하여라."

"암만. 그렇다 해도 애들은 좀 그렇구먼요. 그래서 애들을 오래 살게 한다고 굿을 하거나 절에 가서 비는 것이 우리 인간들 이 할 수 있는 모든 것이랍니다."

"무당이 굿을 하여 귀신을 쫓거나 불러들이는 푸닥거리는 무엇 때문에 하는가? 무당굿을 하고서 병이 낫거나 또한 재수 가운명이 좋아지는 것을 보았는가?"

"쓰 잘 때 가리 없는 소리 마소! 굿을 하여 병이 치료되고 재물이 모아진다면 우리나라의 병원은 전부 문을 닫아야 할

것이고 골빠 싸매고 코피 흘려가며 공부하여 의과대학 6년을
다닐 필요가 없승께 말짱 헛지랄이 라요.”

“그래도 병이 나은 수도 있다면서.”

“병은요 마음의 병이 절반이라오. 몸이 아파 병원에 가서
치료를 받는데도 잘 낫지 않는다고 이 병원 저 병원을 전전하
다가 푸닥거리를 하였는데 어쩌다 병이 나으면 푸닥거리의
영향으로 병이 치료되었다고 생각하는 거라오. 병원에서 꾸
준히 치료에 전념하였으면 쉽게 나을 수 있었는데도 그러지
않다가 푸닥거리를 하고 난 후에 나았다는 걸 보면 그 전에
병원에서 치료받고 먹은 약의 약발이 나중에서야 들어 나은
것으로 그럴 경우에는 장님이 문고리 잡은 격이지요. 또한
푸닥거리를 하니까 인제 났겠지 하고 기대를 하면 조금 아픈
것도 치료가 되는 것이지요. 곪았거나 터지거나 찢어지거나
하는 외부에 상처가 나지 않고 고민을 하거나 격무에 시달리
고 세상이 제대로 안 굴러가서 생각에 생각을 거듭하여 스트
레스를 받으면 병을 얻기 마련이지요.”

“그런다고 병이 생기냐?”

“사자님은 저승의 세수税收 때문에 스트레스 안 받았어요?
업무 중에 열 받는 그런 걸 오래 방치하면 병 생겨요. 나중에
의사들이 갖다 붙이기 좋아하는 말로 신경성이라는 거 말이
지라.”

“병이 생기면 병원에 가야지, 무당한테는 왜 가냐?”

“그것 자체도 일종의 병이지요. 용하다는 병원이나 한의원
을 찾아다니다 낫지 않으면 다음에는 점쟁이를 찾아가지요.

대개 무당굿을 하게 되는 경위를 보면 처음에는 점쟁이에게 찾아가서 점을 보지요. 그런데 점괘가 시원찮으면 운수가 안 좋은 걸 보니 조상이 안 돌본다거나 윗대 조상 중에 해고지하는 귀신이 있다거나 하면서 모두 좋지 않은 쪽으로 몰고 갑니다. 대체로 점 같은 것 보러 가는 사람들의 심리는 행여나 하고 지푸라기라도 잡는 절박한 심정이거나 반대로 심심풀이로 보는 사람들이지라. 그런데 점쟁이들은 절박한 심정으로 찾아오는 사람들의 심리를 잘 알지요. 자기에게 오는 손님들이란 무언가 잘 안 풀려서 자기를 찾기 마련이니 어디가 나쁘니까 이런 부적을 써서 지니거나 집 안에 붙이라고 하거나 굿을 해야 한다고 하면 불안하거나 심성이 약해 찾아온 사람들에게 권하면 거의 100% 말을 듣지요.

병원에 간 사람이 병을 고치러 왔는데 의사의 진단을 받고 치료하듯이……. 무당이나 점술가를 찾아간 사람이 무당이나 점쟁이 말을 듣지 않을 수가 없는 것이지라. 한 장에 몇 만 원 몇 십만 원 하는 부적을 지갑이나 속주머니에 넣고 혹은 문지방이나 부엌에 붙여두고 보게 합니다. 돈 들어오라고 붙이는 부적과 귀신 쫓는 부적을 문지방에 같이 붙이면 귀신인 조상이 돌보아 돈을 버는데 문지방에 귀신이 못 들어오게 부적을 붙여 놓으면 조상이 올 수가 없지라."

"어이구! 한심한 것들. 하는 짓거리라는 게 꼭……."

"무당이나 점쟁이가 병을 잘 고치고 모든 인간의 운명을 알면 저희들은 그 짓을 할 필요가 없지라. 무당은 필요한 것이 있으면 귀신을 불러서 꼴리는 대로 부리고 돈이 필요한 경우에는 조상들의 귀신을 불러들여서 돈 좀 갖다 달라고 하면 되것지라. 같은 경우에 점쟁이는 남의 운명을 잘 안다고 하니 자기 운명은 당연히 더 잘 알 것인께. 또또복권 연승식이나 밀레니엄복권 20억짜리 하나 당첨되면 될 터인데 그 짓을 하고 있겠어요?"

"똑똑한 네가 한 번 따져보지 그랬냐?"

"그 사람들한테 따지면 뭐 합니까. 기독교인들이 시험에 들게 하는 소리와 같은. 대답도 아닌 말을 할 터 인 데요!"

"무슨 말인데?"

"중이 제 머리 못 깎듯이 자기 운명은 모른다는 거지라."

"멍청한 놈들! 요새는 세상이 좋아서 전동 바리 깡이 나오니 중도 거울 안 보고도 혼자 머리만 잘 깎더라. 그 사람들은 시대가 달라진 걸 모르느냐? 그라고 남의 운명은 잘 아는데 남의 운명보다 자기 운명은 당연히 더 잘 알 것이 아닌가? 자기 운명도 모르는 멍청이, 멍텅구리한테 귀신이 왜 붙어 있냐? 요새는 바리캉보다도 면도기 그것도 1회용 면도기로 백코^{반짝반짝하게 스님의 머리 확실하게 빛나도록 미는 것로} 홀러덩 공사할 수 있어서 중들은 제머리 혼자서 잘도 밀더라."

"허긴 그러네요! 그라고 시대가 달라지면 속담도 변해야 하는 것이 구만이오."

"그러니까 그 사람들은 변명으로 일관한다 이 말이구나?"

"세상의 모든 예언가들의 예언은 빗나갔지요. 세기말에 특히 종교계에서 예언을 많이 하여 지구 종말론이 무슨 보물처럼 잔뜩 쏟아졌지만 전부 빗나갔지요."

"빗나가니 속이 시원하냐?

"나야 그런 말을 듣지도 않으며 믿지도 안허요. 예언가도 결국에는 점쟁이에 불과하지요. 허지만 그런 점쟁이들의 예언이 어쩌다 맞는 수가 있는데 한 가지 예를 들자면 못난 노처녀가 올해는 꼭 시집을 가겠다는 점괘가 나오면 시집을 가는 수가 있지라."

"무엇 때문에? 그러면 잘 알아서 맞추지 않는가?"

"그것은요 그 노처녀에게 시집가기 틀렸다고 해봐요. 마음은 조급하지 얼굴은 늙어가지. 올해도 못 가면 어쩌나 고민하는 바람에 얼굴을 있는 대로 찡그리고 다녀 봐요. 찡그린 얼굴에 짜증스런 말투라면 누가 좋아라고 합니까? 당연히 시집가긴 틀린 것이지! 올해는 틀림없이 시집을 가겠습니다. 라고 하면서 십만 원짜리 부적을 하나 지니라고 해보세요. 그 노처녀는 부적을 비린내 나는 젖가슴의 브래지어 속에 꼭꼭 숨겨두고 설레는 가슴을 진정시키며 매사에 긍정적이 되고 심리적으로 좋아서 싱글벙글! 결혼식 때 예쁘게 보이려고 피부를 가꾸고 화장도 더 예쁘게 해서 항상 웃는 얼굴이면 자연히 총각들 눈에 띄어서 결혼하는 것 이지라. 그래서 점쟁이는 한편으로는 심리학을 연구해야 되는 것이요. 어떻게 보면 긍정적인 면도 있어라!

또 있지요. 사업하는 사람이 가면 올해는 삼재수가 있고 운이 안 맞으니 사업을 확장하지 말라고 하지라. 부득이 확장하려면 미리 굿을 하든지 부적을 쓰라고 허요. 사람이 사업을 하다 보면 잘 되는 수도 있고 잘 안 되는 수도 있는데 어리석은 사람이 점쟁이 말을 곧이곧대로 믿어 버리지요. 그래서는 투자할 곳에는 과감하게 투자를 해야 하는데 점쟁이 말이 찜찜해서 투자도 못하고 어물쩍거리다가 기회를 놓치고 마는 수가 많아요.

올해는 운수가 대통합니다. 하고 싶은 일이 있으시면 마음대로 해 보십시오라고 말해 주면 매사에 용기를 가지고 적극적으로 열심히 하니 자연히 사업은 발전하는 것이지라. 그라니께로 남의 운명을 주물럭거리는 것은 즉 상대방을 가지고 논다는 뜻인데 자기 자신의 한 치 발끝 앞도 모르는 수가 있는데 지가 남의 운명을 어떻게 압니까. 모든 세상 만물을 꿰뚫을 수 있다면 자기가 원하는 대로 다할 것이지만 그렇게 안 되니 점쟁이 노릇이나 하고 있지라. 남의 운명을 희롱하는 그걸로 밥 먹고 산다면 좀 더 신중해야 할 것이구먼요."

"그래도 사람들 말이 점쟁이가 공돈은 안 먹는다고 하더라."

"그러 것지라. 사람을 척 보면 뭘 맞춰도 한 가지는 맞출 수 있을 것이요. 이."

"남의 말처럼 그리 쉽게 말하지 말게. 너도 한때는 미신을 많이 믿었지 않느냐?"

"왜 남의 아프고 부끄러운 과거를 들추고 그라요?"

"찔리는 곳이 있기는 있는 모양이구나."

"그랑께. 인간은 누구나가 어렵고 힘들고 하면 신을 찾아요. 찾아도 오지 않고 보이지도 않는 신을 원망하면서도요. 저도 자식 때문에 부처님을 무척 찾았겠지요!"

"무엇 때문이냐?"

"대한민국에서 특히 대학 입시 철이면 자식을 가진 부모는 각기 믿는 신이 부처님이든 하느님이든 알라신이든 간에 개인에 따라 믿는 신이 다르겠지만 자기 자식이 대학에 붙게 해달라고 무지하게 빌지요. 자식 이기는 장사 없다는 우리 속담이 있듯이요."

"자식이 그렇게 힘이 세냐?"

"무섭지라!. 하루는 우리 마누라가 공갈을 놉디다."

"공갈 협박하는 그 공갈 말이냐?"

"또. 오버하는구먼! 그런 공갈 협박이 아니고 또 경찰서에 신고할 일도 아닌 그런 공갈이지라."

"넌 서론이 너무 길어 지루해 죽겠다!"

"어차피 죽은 지 오래된 사자님인데 먼 그깟 것 땜 시 새삼스럽게 죽는다 해싸요?"

"간단명료하게 요점만 말해 보거라."

"아그가 올해 수능시험 치른게 화투 치지 말고 집에 일찍 들어오라고 헌께 찍소리도 못 허고 싸게. 싸게 집에 들어갔지라. 집에 들어와도 TV도 못 보고 방구석에 콕 처박혀 꼼짝도 못 헌 것이요. 이."

"방콕하면 너무 심심 하잖냐? 방구석에서 도를 닦을 것 아닌 바에야 TV라도 좀 보고 그러 잔고. 너 완전히 길처가구나?"

"길처가가 머시라요?"

"마누라 말이라 하면 설설 기는 남편들 말이다. 내가 알기

로는 대한민국의 조·최·강·성들 성질이 개좆같다고 하던
데."

"먼~욕을 고로 코롬 한다요?"

"음~맘~마. 야가 시방! 그런 것이 아니다. 이 말이냐? 군대
가면 논산 훈련소 조교들이 흔히 쓰는 말이 그 말이 아니냐?
허기사! 훈련소 조교 입은 화장실 청소하는 걸레보다도 더럽
다하지만!"

"조·최·성은 빼고 말허시요."

"이 쓰~벌~ 놈아! 정말로 개좆같다고 하더라."

"하필이면 개 좆입니까? 고운 말 쓰시오. 이."

"너가 자꾸 아니라고 우기니까 내 입에서 좋은 말이나 고운
말이 나오겠냐?"

"이야그나 계속 헐라요. 우리 마누라가 TV를 못 보게 한
건 시끄러운께 아그 공부 허는디 방해가 된다고 못 보게 헌
것이 지라. 화투 박사가 화투도 안치고 술도 못 먹고 개고기
보신탕도 피하고 하여튼 온갖 것에 금지령이 내렸지라."

"한마디로 모범을 보여라 이런 것이었구나!"

"그랬으라. 아그들 열심히 공부헌다고 고생 허는 디 술 먹
고 늦게 들어오거나, 화투 치고 밤샘하거나. 담배를 뻑뻑 피워
대서 집 안의 공기를 탁 하게 만들면 안 된다고요."

"그러면 개고기는 왜 못 먹게 한 것이냐?"

"그랑께 우리 마누라가 아그를아이를 미륵불에게 팔았기 때
문이지라."

"미륵불한테 애를 팔다니?"

"아그 운명이 수양어머니를 모실 팔자인데 미륵불에다 팔면 수양어머니를 모시는 것과 같은 일이여서 대구 팔공산 꼭대기에 있는 미륵불한테 팔았다요."

"얼마나 받고 팔았냐?"

"사자님! 그렇게 수준 미달이요? 당신 땜시 내 수준도 엄청 나게 하향곡선을 그리는구면!."

"수준 이야기는 나중에 하고 좀 이상하다. 하나님은 지구상의 인간들이 전부 자기 자손들이라고 하는데 불교에서는 모든 불들이 남의 자식을 돈 주고 사냐?"

"에고 미쳐! 불에다 파는 것은 돈 주고받고 하는 매매 방식이 아니고 늙어 죽도록 부처님을 모신다고 불전에 자기 이름을 올리고 비는 것을 말 하요. 이해가 가요?"

"뭔 말인지 복잡하여! 헷갈린다. 이해도 잘 안 오고. 그건 그렇고 개고기 안 먹는 이유나 말해 보라니까 미륵불 이야기가 왜 나오냐?"

"불교 신자가 되면 보신탕을 못 먹게 허지라."

"거참. 이상하다! 개새끼가 부처라도 되는감?"

"그딴 건 삼신할매헌티_{삼신할머니에게} 물어보소."

"그렇게 하니까 자식이 대학에 떠—억 붙더냐?"

"웃기는 소리 허들 마소. 그런다고 수능시험을 잘 치를 것 같으면 머 헐라고 수능학원이네. 쪽 집게 과외를 허것소 골빈 짓이 제. 모든 수험생이 있는 가정의 학부모들이 절간이나 교회, 성당 문 앞에서 기도나 허지."

"말짱 헛것이었구나?"

"두 말 허면 입 아프지라. 낙동강 오리알 떨어지듯이 똑 떨어 졌으라."

"혈압 좀 올랐겠네? 혹시 기도를 잘못한 것 아니냐?"

"천만의 말씀. 고등학교 3학년 때부터 매월 아니 매주말마다 대구 팔공산에 갑니다."

"등산 가냐?"

"이~ 야그 끝나거든 물어보소."

"알긋다. 이놈아! 목에 힘주기는."

"그랑께 미륵불이 팔공산 꼭대기에 있는데. 김해서 출발하여 산 아래 주차장에서 쌀 한 됫박. 양초 두 자루를 사들고 더운 여름이건 추운 겨울이건 팔공산 꼭대기에 모셔져 있는 미륵불을 찾아가 비는 것이요."

"규칙적으로 등산을 하여 건강해졌겠구나?"

"아니지라. 생활 리듬이 깨어집디. 사업을 하니 결혼 시즌이 되어 봐요. 토요일 일요일이면 청첩장은 날아오지……."

"안 가면 되지. 자식 대학이 걸린 문젠데."

"열 받는 소리 하지 마소. 사업하는 사람은 청첩장이 국세 납부통지서나 같은 거요. 대한민국 국민 중에 국세 떼먹을 수 있는 통뼈 있으면 나와 보라고 하소."

"그래서?"

"미칠 지경이지라. 전화 한 통화로 대타를 내보내고 자식이 대학에 떨어지면 모두 당신 탓이라는 원망을 듣기 싫어 꿀 먹은 벙어리처럼 행세하며 꼼짝 마라였지요. 1년을 그 짓을 해봐요. 어떻게 돼나."

"내가 무슨 부처님 머리냐?"

"그곳에 가서 마누라가 108배 절하고 절뚝거리며 나오는 모습을 보면서 감명을 받을 수밖에 없었지요. 자기 성은 하나도 없는 강가 놈 자식인데도 기울이는 그 정성에 감복을 해서 꾹 참고 견디었는데 결과는 낙동강 오리알 이었지라."

"눈앞이 캄캄했겠구나?"

"세상이 무너진 것 같더라고요. 아직까지도 자식에게 말은 안하였지만 나가 먼 첫 번 공장을 할 때 화재보험도 안 든 상태에서 불이 나서 공장이 홀라당 다 타 버렸지요. 옆에 있는 화학공장 때문에 소방차가 27대나 왔는데도 기계까지 몽땅 다 타버렸는데 그때보다 더 허망하였지요."

"글 코롬 충격이 크더냐?"

"암은요.. 그 절에만 댕긴 것이 아니라 다른 조그마한 절에도 다녔는데 한 곳에서는 불사를 일으켜 불당 안에 용머리장식대들보 서까래를 받쳐주는 역할을 하며 엄청나게 굵은 나무로 용의 머리를 만든 것을 하는데 네 개 중에 한 개를 제 자식 이름으로 하여 몇 백을 썼지라."

"용머리장식에다 몇 백 만원씩이나?"

"그러면 만사가 잘된다고 권하는 바람에 한 것이지라. 그래서 그 불사에 참여하였고 또 다른 한 군데 절에는 부처님 옷을 입혀달라고 하더군요."

"아니. 부처님은 신인데 옷은 무슨 옷이냐? 밍크코트냐?"

"초랭이 방정 떠는 것처럼! 그라지 말고 끝까지 들어봐요."

"너무 그리 힘주지 말고 계속해라."

"절에 모셔져 있는 불상에 금 색깔로 페인트 같은 게 칠해져 있는데 그것이 벗겨져서 보기 흉하면 새로 칠을 하여 보수해주는 게 부처님 옷을 입혀주는 것이지라."

"그것도 몇 백이냐? 뭣 때문에?"

"페인트가 아니고 순 금가루여서 비싸지라. 자식 땜시 해주었지라. 그때는 먼들 아깝것소."

"자식이 대단하긴 참 대단하다."

"그럼요. 자식은 가슴에 칼을 품을 수 있지만 부모는 가슴에 부처님을 안고 산다고 안 헙디까."

"또 있냐?

"있지라. 어떤 절에서 부처님 사리를 인도에서 가져 왔는디 탑을 만들어 모셔야 된다고 해서 시주 했지라."

"그것도 몇 백이냐? 사리는 뭐냐?"

"승려가 죽으면 다비식화장을 하는데 시신을 태운 잿더미 속에서 나오는 것으로 보석 같은 것이지라. 수행을 많이 하면 많이 나온다는 것밖에는 잘 모르겠으라. 우리나라의 웬만한 절에는 거의 다 부처님 사리가 모셔져 있지라."

"너희 나라에 그 만큼 있다 치고 세계 각 처에 있는 것을 합하면 부처님은 사리를 얼마나 남기신 거냐?"

"아마 한 가마 정도 나온 것 아닐까요? 사실 부처님 사리는 세계에서 일곱 군데에 있는데 우리나라에는 속리산 법주사에 있는 대불의 가슴속에 모셔져 있다고 들었어요.

신도들한테 시주를 받으려고 부처님 사리라고 공갈치는 것인데 어리석은 보살들은 그냥 믿고 돈을 듬뿍 시주하는 것이지라 남무관세음 보살."

"!@#$!"

저승사자 88호는 기가 찬 모양이다. 거짓은 모든 죄의 근본
이요. 진실은 만복의 근원이니라.

"응성 스럽겠다!"

"응성 스럽기만 해요? 하도 뿔따구 나서 대그빡을 백코로
밀어 버렸지라. 이발소 주인도 몇 번이나 다짐을 받고서 바리
깡을 들고 밀더군요."

"기분이 어땠냐?"

"군대서 밀고 30년 만에 그 짓을 하니 감회가 새롭더라고
요. 그때는 장모님도 우리 집에 같이 계셨는데 깜짝 놀라더군
요. 아 새끼 시험 끝내고 방 안에 실어다 두고 그 짓을 하였으
니……. 백코 칠 때 눈물이 찔끔찔끔 내려옵디다."

"슬퍼서?"

"슬프기는요."

"울었다면서?"

"그래서 운 것이 아니라 백코 치는 바리 깡이 녹이 쓸어
잘 밀리지가 않아서 머리카락이 뽑히는 바람에 아파서 울었
지요. 꼭 60년대 논산신병훈련소에서 머리 깎듯이 했응께 울
었지라. 이발소 주인이 하는 말이 바리 깡 사용한 지 1년이
지나서 녹이 쓸었다는 것이지라."

"너 마누라가 깜짝 놀랐겠다!"

"놀라기만 해요. 속곳에 오줌 안 쌌으면 다행이지라. 그런
후에 내가 일갈을 날렸으라."

262

"쌔려뿌렸단 말이냐?"

"그것이 아니고라 큰소리로 부처님 말짱 꽝 이닝께 절에 가지 말고 스님 말 듣지도 말고 내가 머리 깎고 스님이 되었으니 날 믿어라 하였지라. 그 뒤로 집사람은 절에 발걸음을 딱 끊더라구요. 그토록 신실하게 믿던 불교와 그렇게 결별을 하였지라."

"대단하다!"

"사업하는 놈이 '빡' 머리 스님이 되었으니 황당 하였지라. 아침에 출근 헝께로 우리 회사 화물차운전기사가 사장을 몰라봅디다. 내가 김 기사! 하고 불렀더니 기사가 눈 뚜껑이 겁나게 크게 열리더니 뒤로 돌아서 앉아삐리데요."

"아니. 그런 못된 놈이 있나! 사장님이 부르시는데 항문을 보이고 돌아 앉아뿌러야? 가만두었냐?"

"그 사람 나무랄 것 없지라. 웃느라고 그랬대요. 사람을 정면으로 보고 웃을 수가 없으니 돌아앉아 웃었대요."

"그런 짓을 하니까 강 가 성질이나 고집을 알아주지 않는가."

"우리 마누라가 그러는데 순 또 옹 고집이래요. 깎은 머리 때문에 모처럼 본 사람은 죄 짓고 영창_{깜빵} 갔다 온 줄 알았겄지라. 저도요 욱- 하는 성질에 그 짓을 하였지만 남 보기 창피하여 모자를 쓰고 다녔지라. 전면의 마스크가 잘 생긴 것도 아니지. 뒤통수도 자갈밭의 고구마처럼 울퉁불퉁하니 잘 나지도 못해서 그걸 감추려고 모자를 썼지라."

"그러니 하루에 참을 인_忍 자 세 번만 떠올리면 살인도 면한

263

다고 안 하더냐.”

 “어찌 그것이 인간의 심사대로 됩니까? 그러면 내가 부처이지요. 앙 그래요?”

 “썩을 놈! 네가 임마 공자가 먼저 태어나서 자기가 할 말을 전부 해버렸다고 불평할 때는 언제고 남무관세음보살. 그래서 신을 믿으려고 하지를 않는구나. 불교에서는 스님! 기독교는 목사, 가톨릭에서 신부들이 메신저 역할을 잘못 했구나. 신이 나타나서 인간들의 모든 소원을 들어주는 것이 아니라. 인간들의 행동거지를 지켜볼 뿐이라고 신도들에게 전하여야 하는데 그 역할을 잘못 전한 데 문제가 있구나! 그러니까 네가 불평하듯이 예수는 하나의 생명체이자 인간으로서 예언가에 불과하면 부처님도 인간의 도리로 같이 살아가는데 모든 자연과 융합하여 살라고 하니 참스승이라는 정의를 내렸구나. 그것 참. 신들의 이야기는 그만하고 사람이 살아가는데 자식이 그렇게 중요하냐?”

 “그러문요. 아무튼 인간이 이 세상에 태어나서 남기는 흔적은 자식밖에 없는 것이라. 세상의 모든 부모는 자식들한테 효도하라고 기대하면서 기르지는 않아요. 자식들의 잘 되는 것을 보려고 그라지. 먹고 입고 사는 게 삶의 의미라면 세상 사는데 아둥바둥거리면서 살 필요는 없는 것이라. 배낭이나 꾸려서 등짐 짊어지고 세상 구경이나 하면서 방랑시인 김삿갓처럼 사는 게 낫지. 시나 읊으면서.”

 “세상사는 게 인간의 도리 아니냐? 너처럼 그런 식으로 산다면 이 세상이 존재했겠느냐? 그러니 사람이 살면서 자식이

많고 부자로 살고 오랫동안 살면 삶의 풍미를 느낄 수 있다는
말이구나.”

　“천만의 말씀. 자식을 많이 가지면 구소리(자식이 말썽을 부려)가
많으며, 부자로 살면 일이 많으며(농사를 짓든 사업하든 장사하든) 오래
살면 욕(병이 나기도 하고 다치기도 하고)이 많을지니라. 사람답게 산다
는 건 어려운 일이고 오로지 인간의 희망사항이구먼요.”

　“그렇다면 자식이 많아서 이놈들이 말썽부리고 엉뚱한 짓
을 하면 부모를 욕하는 구소리가 많고 부자로 살면 일거리가
많다고? 부동산 투기나 증권 투자 같은 것을 하여 대박이
터지면 일하지 않아도 그 돈을 은행에 찡 박아두고 이자만
받아서 먹고 살아도 되잖냐? 오래 살면 병을 얻어 고생하거나
다쳐서 고생한다고? 그러면 인간 개조는 21세기에는 가능하
겠구나. 그 결과 인간답게 살겠구나.”

　“아이구! 골통 터져! 그러면 신선이 부러울 게 무어 있어
요? 하느님! 부처님! 보다 편한 세상에 사는 신선이지!”

　“인간은 살아가는 형태가 미리 프로그램 되어 있다면서 인
간이 아무리 똑똑하다 하여도 천지를 창조한 신에 비하면
모기다리에 워커요 새발에 피다. 임마!. 자기가 창조한 그 수
많은 생명체에게 살아가는데 필요한 지식과 지능을 일일이
부여하지 않았는가. 결국은 오늘날 인류의 발달사도 신이 너
희 인간을 만들었고 너희가 살 수 있도록 자연 환경을 만들었
는데 그것을 부정하고 살려니까 지구가 이 모양이지. 헤밍웨
이의 말을 다시금 되새겨보아야 할 것 아니냐. ‘나는 요원한
일이라고 생각합니다. 신들이 알아서들 하세요’ 너는 신들이

알아서 하여라. 하고 답을 회피하는 것을 보면 신은 없다가 아니고 있을 수도 없을 수도 있다는 말인데. 네가 지금 나하고 움직이는 것은 혼魂⟷아우라이다. 그것을 너는 지금 꿈인가 생시인가를 구분을 못하고 있느니라. 너는 태어날 때부터 인간 세상을 위하여 필요한 인간이 되어 신들에게 보은하라고 프로그램 되었으니 군소리 말고 열심히 일하여 환생의 길로 들어서 거라. 너에게는 혼이 있지 않은가. 너희가 연구하고 있는 기계 인간은 혼이 없다. 그것이 문제다. 정신도 없으니 정이 없다는 뜻이야.

너하고 천상에서부터 몇 번이나 거론하였지만 인간의 현대 사회에서 미래 사회와 정보지식 사회로 넘어가는 실마리는 복제複製 라는 말로서 너희가 발전시킨 **기계 복제**는 **디지털 복제** 후 DNA 복제라고 하여 세기말에 희망과 행복을⋯⋯. 영원한 영생을 꿈꾼다는데 산업사회에 대한 설명의 관건이 기계 복제였다면 정보 사회의 실마리는 디지털 복제전자복사이다. 2000년대 미래 사회의 핵심에서 DNA 복제유전자 복제가 가장 큰 화두이다. 종래의 산업사회에서는 한 시간에 수천 개의 똑같은 복제물을 만들어내는 대량 생산. 대량 소비의 포디즘Fordism 시대였다. 이때의 기계는 원본의 외양을 고스란히 판박이성형사출기로 하였고 이러한 기계 복제는 필연必然을 기본 논리로 삼고 있다. 최대의 효율과 이윤을 목표로 하는 기계 복제는 우연을 용납하지 않는 것이다. 기계 복제는 끊임없는 반복이였으며. 그것은 동시에 지겨움이자 소외이기도 한 것이다. 기계 복제는 대량으로 이뤄지지만 인간들은 고립화할 뿐. 서로를 이어주지는 못했기 때문이다. 기계 복제는 합리와 계산. 순서와 질서만 있을 뿐인데 이러한 제품에는 혼이 없다. 노동자들의 땀과 지혜, 기술자의 연구 등이 묻어 있지만 영혼을 느끼기에는 무리가 있는 것이다. 유전자 인간을 복제하였을 때 부모의 애정을 느끼겠는가. 또한 네가 공갈 협박하여 모든 신들이 경악하였고. 나도 깜짝 놀랐지만 전투 병력 인간과 절세미인들. 건장한 노동자들을 필요에 따라 복제하여 사용한다 하자. 그들이 영혼이 있겠으며 인간미정신↔正身가 내재되어 있겠느냐. 지금 너하고 동행하면서 들은 이야기들 모두가 신의 잘못도 있고 신을 대역하고 나선 중간층의 메신져a messenger 들이 직무 태만이다. 라고 단정 지을 수 있겠느냐? 맹신적으로 신에게 매달리거나 신은 없으니 내 뜻대로 산다고 하는 너 같은 인간들이 한데 어우러져 사는데 문제가 심각하지. 무슨 일을 저지를지 알 수 있느냐. 기계 복제에서 출생되었다면 어니와 아버지 일가친척들도 형제자매도 없으니 이 판사판이면 인류의 미래를 가늠해 볼 수 있지 않는가. 내말 틀렸어?"

"와. 엄청 늘었소! 이. 나를 따라다니더니 무지하게 많은 것을 배웠구먼이라. 이."

"너희 속담에 서당개 3년이면 풍월을 읊고. 식당 개 3년에 컵라면 끓이고. PC방개는 일주일이면 인터넷을 한다더라. 나도 그렇고 너 또한 저승공화국인턴사원으로 하늘나라 소속이라면서 약 올리더니 인턴사원은 일회용에서 따온 인스턴트 instant 식품의 약자가 아니냐?"

"헛소리 그만 허시요. 이."

"지구에 영원히 안착할까보다."

"지구가 오염되어 눈이 아프다고 투덜대 놓고는 그 무슨 말씀이요?"

"눈요기가. 자극적인 것도 있고 나도 잘만 하면 재벌보다 더 떵떵거리고 살겠다."

"나쁜 물드는 거 금방이네! 이러다가 사자님! 원대복귀하면 하늘나라도 오염되겠구먼! 내가 하는 일에 방해되니 농담이라도 그딴 소리 마시씨요. 이."

"어서 싸게 가자꾸나. 이제 너와의 이별도 얼마 남지 않았구나!"

"난 지금이라도 헤어지고 싶은 마음이 굴뚝같은데."

내가 뭐라고 구시렁거려도 사자는 아무 대꾸도 하지 않으며 다행스럽게도 이쯤에서 일을 끝내자고 하니 반갑기 그지없다.

"부처님 이마에 있는 반점도 죄의 흔적입니까?"

"그때 나는 지구상에 없어서 모르느니라."

"죄 지은 자들은 검정 사마귀 붉은 사마귀에 가운데 털도 나있던데 얼굴이나 목 근처라서 또렷하게 보이는데도 제거수술을 안하더라고요. 무슨 이유라도 있나요?"

"그것이 벌을 받은 흔적인데 그걸 제거하려다가는 목숨을 잃거나 부작용이 겁이 나서 못하는 것이다. 특히 얼룩소 얼굴이나 신체에 지도처럼 색깔이 있는 큰 반점도 죄의 흔적이니라. 태어나면서부터 장애인인 것도 지옥 벌의 흔적이지. 또는 그런 표식 없이 태어나도 이승에서 죄를 지으면 지옥 벌을 받든가 악귀로 변하며 영혼 자체는 태워버려 흔적도 없게 만들어 버린다. 몸의 외부에 드러나 있는 표식은 죄의 급수에 따라 표시하며 정신장애나 지체장애는 모두 전생에 지은 죄이니 그들은 죄에 따라 완전 탕감, 중복, 벌 등으로 나누어지느니라. 지금 너희 나라에서 다른 종교들과 기독교 사이에 다툼이 심한 모양인데 너는 어떻게 생각하느냐?"

"단군 상 때문에 지금 종교전쟁이라도 일어날 것 같아요. 일부 기독교인들은 자기네들 기관지를 통하여 단군 상을 파괴한 목사가 무슨 투사인양 영웅시하고 또 협박조로 정부에서 방치하면 전쟁이라도 치를 것 같은 표현을 하고 있지요. 얼마 전에 교황청에서 지난 2000년 동안 종교적 다툼으로 전쟁을 치른 것은 잘못된 일이라고 교황이 사죄하였는데 우리나라 일부 기독교 집단은 수입된 남의 나라이스라엘 종교는 받아들이면서 우리 한민족의 정신적 지주인 단군 사상을 폄하하고 상고사에도 없는 일이라면서 전국의 학교에 세워진 단군 상 철거에 혈안이 되어 있지요."

"단군 얘기 좀 해 보거라."

"우리의 조상이신 단군시조는 홍익인간을 건국이념으로 하고 인간 세계의 조화를 바탕으로 고조선이라는 나라를 세웠다고 합니다. 거기에 곰과 호랑이 신화가 등장하는데 그 토테미즘동물숭배 때문에 기독교에서 단군을 배타하고 부정하는 것이지요. 조물주가 6일 만에 천지창조를 했다고 하지만 나가 그것을 안 믿는 것과 같겠지라."

"그럼 기독교인들은 6일 만에 천지를 창조했다는 것을 믿냐?"

"요즘은 그것도 부정하던데요."

"불교 쪽에서는 어떤가?"

"불교 역시 수입인도의 성현 말씀된 종교인데 대체로 조용합니다. 그리고 민족적인 신앙인 단군 상을 철거하자는 주장을 펼치는 기독교의 행동을 잘못된 것이라 합니다."

"너는 어떠냐?"

"저는 종교나 민족 신앙이나 수많은 토속신앙 중 어떤 것을 믿든 그것은 개인의 자유이며 선택사항이지요."

"철거하자는 이유는 뭔데?"

"교황 바오로 2세는 제2차 세계대전 중 나치의 유대인 학살을 방조한 데 대해 깊은 사과를 하였고 유대교 및 이슬람교 지도자를 만나 지역 간 종교간 평화를 호소하고 이스라엘과 팔레스타인인들도 평화협상을 하는 마당에 민족의 구심점인 단군 상 때문에 데모를 하고 집회를 하는 우리나라 종교 지도자들은 수입종교를 가지고 민중을 분열시키려고 합니다.

단군 상을 설치한 것은 위법이라고, 우상 숭배를 하는 것은 하나님이 제일 싫어하는 것이기 때문에 죄를 짓지 않게 하기 위해서라는 것이지라. 하느님은 질투가 많아서 남을 믿지 말고 자기만 믿으라고 했대요.

그래서 학교 교정이나 유원지에 단군 상을 세우는 것이 불법이래요. 다른 종교나 무종교인 우리 국민들은 아무 말도 안하는데 유독 자기네들만 야단이지라. 도심에 높이 서 있어

시야를 가리는 교회종탑이나 재수 없는 사형틀_{예수가 못 박 혀} 죽은 십자가이 도시미관을 해치는 것에 대해서는 일언반구도 없 지라."

"자기네들이 세웠다고 그러는 것이겠지?"

"그뿐인 줄 아세요? 듣기 싫은 교회 종소리며 시도 때도 없이 울리는 스피커소리는 도심의 공해이고 밤일하고 늦잠 자는 근로자들에게는 지옥의 소리 같은데도 말입니다."

"그들에게 그런 소리는 천국에서 울려오는 매혹적인 음악 이겠지?"

"그러면 머 하요? 기독교 신자가 아닌 우리들에게는 소음 공해인데. 절대로 틀어서는 안 되지요. 꼭 듣고 싶으면 리시버 receiver로 듣든지 해야지. 자기네들 말로 일천일백만 기독교인 이라고 하는데 그 일천일백만 때문에 나머지 삼천오백만이 피해를 본다는 것은 있을 수 없는 일이고 있어서도 안 되는 일이지라."

"삼천오백만을 위하여 교회종탑을 철거할 용의는 없다더 냐?"

"그걸 철거할 용의가 있는 사람들 같으면 한밤중에 남의 재산인_{개인이 세웠던 단체가 세웠던} 단군상에다가 해 꼬지 하는 그런 짓을 하겠으라?"

"순수한 토종신앙에 수입종교가 왜 그런다냐?"

"누가 압니까? 분명 우리는 배달의 자손이고 또 세계 유일 의 한민족이고 더구나 이스라엘 피라고는 한 방울도 섞이지 않았다고요."

"그럼 기독교인들은 이스라엘 피가 섞였냐?"

"그건 나도 모르겠으라."

"그렇지 않고서야 어떻게 이스라엘의 신을 우리 하나님 아버지라고 하냐? 그 사람들은 아무래도 이스라엘의 자손들인가 보다."

"다른 외래 종교들도 저 먼 곳에 있어 보이지도 않는 곳에서. 한 번도 가보지 않은 곳에서 수입된 종교가 하는 작태를 못 마땅이 여기고 있지라."

"자기의 종교가 우월하다면 남의 종교도 인정해 주어야 그것이 진실로 우월한 종교이고 올바른 종교관이니라. 다른 종교를 터부시하는 그런 작태는 고쳐져야 하느니라."

"종교가 없는 소시민이 더 많은 나라에서 무슨 깡패 패거리도 아니고 남의 사유재산을 불법으로 파괴하는 것을 영웅시하는 안하무인의 소인배 같은 짓을 하는 집단에게 그런 말이 통하겠어라?"

"어떤 일이 생기면 무조건 반대하는 것이 너희 나라 인심 아니냐?"

"그런데 종교라는 결집된 힘으로 뭉친 사람들에게는 아무 대책이 없는 것이지라. 이런 집단이 저지르는 일은 죄가 안 되나요?"

"그런 짓을 하는 것은 당연히 죄이고말고 예수만 믿는다고 전부 천당 갈 것 같은가? 다 각자 지은 죄에 따라서 벌을 받을 것이니라."

"우리 인간 세상에는 재벌이라는 집단의 우두머리 사업가도 절대로 천당에는 못 갈 것입니다. 입만 뻥긋하면 거짓말을 하거든요. 이런 집단은 카리스마 적인 데가 있어 스폰지가 물을 흡수하듯이 흡인력이 있는 것 같아요. 행동이나 말주변을 보면요."

"또 뭔 얘기가 하고 싶은지 모르겠다만 남보다 다른 대중을 끌어들이는 능력이 특출하지 않으면 어떻게 남의 우두머리 노릇을 하겠느냐. 온갖 수입물품과 수입종교가 판치는 너희 나라에 너희가 지탱해야 할 민족적 구심점이 무엇일지 참으로 걱정되는구나. 남무 감 세움 보살."

"아니 갑자기 불자가 되셨나?"

"아니면 네가 싫어하는 아멘이나 할렐루야! 하리?"

"제가 하고 싶은 말은 어느 종교가 좋다 나쁘다. 라고 말하는 게 아니고 같은 하늘 아래 살면서 같은 공기 마시고 같은 국가라는 울타리 안에서 서로 모든 것을 이해하고 살아가자는 뜻이오! 부처님 말씀대로 길이 아니면 돌아가고 자비를 베풀고 살자 이런 뜻이라는 것이지요."

"모든 문제는 종교를 제대로 이해하지 못해서이니라."

"실제로 예수는 스스로 하느님의 아들이고 사람의 아들이라 하였을 뿐 자신이 바로 하나님이라고 말한 귀 절은 단 한 군데도 기록되어 있지 않습지요.

장님이 눈을 뜨고 귀머거리가 귀가 열리고 절름발이가 사슴처럼 기뻐 뛰며 벙어리가 혀가 풀려 노래를 하고 사막에 샘이 터지고 황무지에 냇물이 흐르리라.『이사야서 35:6~6』

이 귀 절을 보면 우리나라 심청이가 공양미 삼 백석에 팔려

인당수에 치마를 홀떡 뒤 짚어 쓰고 죽은 후 연꽃으로 변하여
임금님 마누라가 되어 마지막에는 소경인 아버지의 눈을 뜨
게 만드는 것을 비교해 보면 비슷하게 느껴지지 않습니까?"

"그럼 누군가 표절했겠지!"

"이사야서에 기록된 것을 보면 실제로 벌어질 수 없는 상황
이 벌어졌는데도 할렐루야라고만 외친다면……."

"'만사는 자연법칙의 결과다'라는 말을 떠올려라. 성경은
왜곡되었다고 그만큼 말을 해주어도 네놈은 달라지는 게 하
나도 없냐? 이제는 내가 귀가 따갑고 지겨워 죽겠다."

"사자님은 폴 째 죽은 사람이요 그러니 죽겠다. 소리 그만
허시요, 나도 고만 헐낀께."

천상天上의 신神은 유일신唯一神 인가 다신多神인가? 우주의
신도神道는 일원적一元的 다신多神의 세계이다.

"수많은 신이 있어 나도 모른다. 내 할일만 해도 바쁜데.
너는 너희 땅에 많이 있는 신들의 숫자를 아냐? 지상에도
수입된 종교의 신이 있고 토속신이 있듯이 천상에도 여러
가지로 쪼개진 신들이 있다. 인간의 종교에서 말하는 하나님
예수 마리아 석가 불, 미륵 불, 여래 불, 삼신 불, 칠성각에
모시는 신 등 이루 헤아릴 수 없이 많다."

"인간人間은 자기 몸身이 신이라고 씨부렁거릴 때가 언제인
가?"

"……."

황우석황: 누를 黃, 우: 소우 牛, 석: 돌석 石박사가 인간 게놈 프로젝트
human genome project를 완성을 했다는 지리상 중계소에서 조물주

가 연락이 왔다. 영상자료를 모두 완성을 했으니 천상에 가서 신들을 모두모아서 지구에서 벌어진 형태를 보고를 해야 하니 빨리 지리산으로 와서 천상으로 가자는 메신저가 계속 들온다…….

"동생! 서둘러 가자. 지리산 상공으로 가야겠다."

"밤이 깊어가고 있는데 저는 어떡합니까?"

"나는 모른다. 삼신할매가 알아서 처리할 것이다."

"가족들을 만나야 하는디."

"구시렁거리지도 말고 말도 시키지 마라. 할일은 지천으로 깔렸는데 피곤하기도 하고 우리가 지구에 상주해 있어도 해결하기 어렵겠다. 네가 말하였듯이 과학은 더욱 발달하였고 일천만 종이나 되는 생명체를 어떻게 처리하여야 할지도 모르겠다. 다만? 우리는 인간들의 생명을 관장하는 부서서 일하지만 말이다. 동물도 종류에 따라서는 지구상에서 영원히 사라진 것도 있지 않느냐? 그러나 인간은 지구에 아니 우주에서 꼭 필요한 존재인데도 종교적 갈등 때문에 지구 종말을 예고하는 제 3차 세계대전이 일어날지도 모르겠구나!"

"그건 우리 소관 밖이지 않소?"

"아무리 그렇더라도 신경이 안 쓰일 수가 있나. 너희 인간 스스로가 지구를 수백 번 파괴할 수 있는 가공할 무기를 가지고 있으면서 그동안에 너희들이 존재하고 있다는 것만으로도 감사해야 할 것이다. 아무튼 개놈의 새끼들인 게놈 프로젝트 때문에 이 고생이고 시도 때도 없이 네가 하늘에다 대고 귀신들은 다 뭐하느냐고 하도 욕을 하면서 씨부렁거려서 파견

나왔다가 몹쓸 짓거리들만 보고 간다!"

"조물주는 편히 앉아 구경만 했을 것 인디 참으로 안 됐소"

지리산 중계소에 도착하였다. 조물주는 기록 장비를 챙기고 있다. 삼신할매는 더 늙어 보이고 잠을 못 잤는지 눈이 충혈 되어 있다.

조물주와 삼신할매, 저승사자 이렇게 셋이 모여 머리를 맞대고 의논을 하고 있다.

"너는 내 소속이다."

조물주가 말하자? 삼신할매는……

"그동안 일을 너무나 잘하여 상제께서 너희를 다스리는데 좋은 자료가 될 것이라고 기뻐하셨다. 너는 나하고 가면 편할 텐데!"

"아이고! 어림 반 푼어치도 없는 소리 하지 마씨시요. 이."

"나하고 한 팀 잉께 나한테 오니라. 그동안 우리 사이에 꽤 정도 들고 했응께 좋은 자리 줄게. 그라고 너 그 이야기마저 해줘야지."

"구신 씨나락 까먹는 소리 허덜 마씨시요. 이."

"허나 너도 너의 작은 몸에 작은 흔적의 표식이 남을 것이니라. 그것은 아픔과 고통이겠지만 이승을 떠나 저승인 우리 세계로 오면 서로 자기 밑에 두려고 할 것이다. 우리를 원망하지 말거라. 좋은 자리가 보장되어 있으니 언제고 오고 싶거든 오너라."

"사자님은 끝꺼정 초를 치시는구먼! 머시라고라? 오고 시프믄 언제든지 오라고라? 좋은 자리가 보장돼 있다. 고라?

사자님! 가거든 정년퇴직이 안 되면 명퇴라도 하시셔. 이. 벼
락 박에 똥칠하지 말고요. 아니? 그럴 것이 아니라 인간 세상
의 온갖 더럽고 추한 꼴을 보셨으니 세 분 다 명퇴 하시오.”

“갈 곳이 없는데 명퇴하라고 그래쌌냐? 이렇든 저러든 아
무튼 내가 너에게 너무 거친 말들을 많이 했다! 그래도 정이
들었다. 네가 올 때까지 기다리마.”

“알겠습니다! 그러나? 세대교체는 역사가 요구하는 그 시
대의 필연이요. 그라고 나를 서로 데리고 가고 싶은 모양인
디! 나는 할일이 남아 있고 아직은 지구에서 쓸 만 하다고
하니. 나 만나러 다시는 오지 말고 내가 가고 싶을 때 갈 거요.
그때 봅시다.”

“너도 끝 꺼 정 한마디도 안 지는구나! 하여튼 우리 그만
찢어지자. 조물주하고 이야그이야기 들으려고 다시 내려 올랑
가도 모르겠다. 만은 다음에 보더라고. 이.”

“정 듣고 싶다면 나가 갈 때까지 기다리고 있으시오. 이?”

하늘에는 파스텔톤pastel tone↔연하고 부드러운 파스텔 색조를 띰의 구
름과 함께 신들은 연한 미색 옷으로 단장한 채로 코발트색
빛을 따라 상승하기 시작한다. 조물주가 기다란 손을 뻗혀
나를 잡으려 한다.

“아깝다! 그냥 나를 따라 가자.”

“안 돼요!!!”

손을 뿌리치며 발버둥을 쳤다.

김해시의 복음병원 중환자실…….

"아빠!"

"여보! 당신 깨어났어요?"

"엄마! 아빠가 말을 해!"

"아니. 3개월간이나 식물인간이 되어 멍청하게 누워 있던 인간이 갑자기 병상을 박차고 일어나다니……."

이 소식에 달려오는 의사들과 간호원들의 소란스러움과 소문을 듣고 병실을 뛰쳐나와 기웃거리는 입원 환자들과 그 가족들. 누군가가 신문사로 방송국으로 전화를 걸어대고 병원의 전화벨소리는 계속 울려댄다.

나는 침대에 기대어 앉아 머리를 도리도리하면서 그동안의 일이 꿈인가 생시인가 영혼의 길이든가 아니면 단순한 악몽인가? 얼굴에는 식은땀이 잔뜩 흘러내려 입 안이 소금기를 머금은 것 같다!

내가 본 그 모든 일들은 이 세상의 어느 누구도 모르는 것이며 다만 내 머릿속에만 내재되어 있을 뿐이다.

천당, 지옥, 극락세계, 조물주, 삼신할머니, 저승사자라든가 행과 불행이 개개인의 머릿속에만 존재存在 할 뿐이다. 그 어느 곳에도 보이지 않는 손인 신神은 없다. 단지? 인간人間 생각 속에 있을 뿐이다. 보이지 않는 손을神 믿을 것인가. 현대 과학의 꽃인 의술을 믿을 것인가? 새천년 2월 22일 새벽 4시. 나는 병원 창문을 바라본다. 아직 밖은 어둠에서 깨어나기 전이어서 병원 앞 교회 탑의 십자가는 빨간 조명으로 빛을 발하고 있다. 그 옆에는 파란색의 병원마크를 보면서 묘한 감정에 젖어든다. 흔히 볼 수 있는 광경인데도 오늘만은 나에게 하느

278

님을 믿느냐? 인류 과학의 꽃인 의술을 믿느냐? 나는 그 두 가지 중의 한 가지에 나의 몸을 맡겨야 한다. 나는 저승공화국 TV특파원 상권 원고를 탈고한 뒤 급성 담낭염으로 김해복음 병원 508호실에 입원하고 말았다. 이 무슨 운명의 장난인가, 신의 장난인가 2월 8일 갑자기 오른쪽 갈비뼈 끝이 상상하기도 싫을 정도의 통증이 오기 시작하였다. 병원을 찾아 링거주사와 항생제주사를 맞은 뒤 집으로 돌아오니 통증은 씻은 듯이 사라지고 다 나은 것처럼 느껴져……. 부산문화회관에서 펼쳐진 인간문화재이신 이매방 선생의 65회 기념공연을 보고 집에 돌아왔는데 그날 밤 다시 통증이 시작되었다. 내 평생 이러한 통증은 처음 겪어보는 것이었다. 동네 병원에 가서 통증을 멈추기 위해 주사를 세 대나 맞았지만 통증은 사라지지 않아 진통제 5알을 먹었으나 전부 토하고 말았다. 그것도 네 번씩이나. 초음파검사를 하고 수면내시경을 하니 위 속에 쓸개 물담즙이 역류하여 위 전체 벽에 쓸개물이 묻은 상태여서 내시경으로 닦아내었지만 위 쓰림은 말로써 글로써 표현하기 어려운 통증이었다.

자연적으로 씻어 내려가야 한다는데 쓸개가 부어 오른쪽 갈비뼈 밑에는 시골에서 장 담글 때 계란 띄운 것처럼 약간 부어 올라와 있고 배는 토한 뒤 밥풀 하나 먹지 않았는데도 곧 터질 풍선처럼 부풀어 있었다.

쓸개에 염증이 생기니 간이 부었고 부은 간은 폐와 심장을 압박하여 혈압이 220까지 상승하였다. 앞서처럼 완쾌된 줄 알고 집에서 통원치료를 하였는데 이런 행위가 병을 더욱 악화시키고 말았다. 단 일 초도 멈추지 않고 배를 가르는 듯 통증이 이틀 동안 계속되어 통증이 시작되고 7일 만에 지금 있는 복음병원 508호실에 입원하였다. 그날이 2월 15일. 혈압 상승으로 인하여 폐까지 이상이 생겨 당장 수술을 하여야 함에도 일주일간 치료한 후인 오늘 11시 40분에 수술을 하게 되었다. 집에서 7일. 이곳 병원에서 일주일 도합 14일 동안 물 한 모금 먹지 못한 금식을 하였으니 입술은 타서 껍질이 수차례나 벗겨졌고 입에서는 쓴 내만 난다. 과연 나는 내가 쓴 책 속의 죄 지은 자처럼 저승과 지옥의 벌을 풀코스로 받은 것일까? 아파보지 않은 자는 모른다. 간호사도 의사도 환자의 아픔은 절대 모른다. 오직 환자 자신만이 알 수 있을 뿐이다. 내 경우에는 제삼자가 볼 때도 그리 아프게 보이는 모양이다. 드디어 운명의 시간은 왔다. 의사와 간호사가 수술 실로 가기 위해 왔다. 어떻게 보면 저승사자나 삼신할머니 같게도 느껴진다. 병실을 나서자 503호 병실 벽에는 **하느님은 너의 곁에 있다.** 라는 표어가 보인다. 어제 6층에 있는 교회 목사님이 하느님에게 맡기라고 하였지만……. 난 지금 이 순간 아무도 찾지 않았다. 다만? 이 통증만 어떻게 사리지게 되면 좋겠다는 생각과 죽든가 아니면 수술하여 살아나든지 두 가지 선택뿐이다. 그렇게 생각하니 의외로 담담한 심정이 었다. 수술실로 가는 내 곁에는 아들 큰딸 막내딸과 15일간 제대로 잠 못 자고 고통을 같이 나누며 병실을 지킨 사랑하는 마누라가 뒤따랐다. 502호 병실로 가서 소변이 잘 나오도록 수술 전에 성기에 꼭 하는 고무관을 삽입하는데 이것 역시 보통 아픈 게 아니었다. 처치하는 젊은 의사선생님은 보통 환자들은 아프다고 하지만 어떤 환자는 최고의 절정을 처음으로 경험한다고 하는 환자도 있다며 농담인지 진담인지 모를 말을 한마디 하고는 웃는다. 참으로 아이러니컬하게도? 502호실은 신생아실이다. 이곳은 새로운 생명이 태어나는 곳이다. 누구는 이곳에서 태어나고 나는 이곳에서 생을 마감할지도 모르는 수술실로 가다니! 밥풀 하나 못 먹은 뱃속에도 변이 있으면 안 된다고 하여 관장을 세 번이나 하여 그야말로 뱃속은 깨끗해져서 내 창자는 씻지 않아도 내장 탕이나 순대를 만들어도 될 것이다. 그러나 뱃속 부산물은 없지만 부은 간 때문에 마취 팀에서 문제를제기하여 오늘에서야 배 째러 가는 것이다. 고무호스를 성기에다 설치하고 나는 운송용 침대에 누워 502호 병실을 나서며 보니 501호의 중환자실 앞에 있는 두 개의 산소통은 밑 둥이 썩은 장승처럼 삐딱하게 보였다. 엘리베이터를 타고 2층 수술실 앞에 도착하였다. 사랑하는 가족들의 걱정스러운 눈빛을 뒤로 하고 나는 수술대기실로 들어갔다. 마치 화장장 화구를 레일을 타고 들어가듯이……. 그곳에 들어가자 초록색 옷을 입은 여인마취 팀이 자기가 쓰고 있는 것과 같은 색깔의 모자를 씌워준다. 대기 시간 동안 나는 사방을 두리번거렸다. 어쩌면 마지막이 될 수도 있는 이승의 모든 사물을 보고 싶었기 때문이다. 신참 간호원의 실수로 혈압 약을 먹지 않아 혈압이 약간 높은 모양이다. 생명이 좌우되는 수술실에서 그런 실수를 범하다니……. 혈압이 잘못 되어 마취에서 깨어나지 못하거나 죽는다면 그 일을 누구에게 원망할 것인가. 수술받기 전에 수간호사 선생님이 모든 것을 체크하여야만 조그마한 사고도 미리 예방할 수 있지 않겠는가. 이 글을 전국의 병원 종사자들이 읽는다면 꼭!!! 잊지 마시길. 아마 수술 전 이미 보호자에게 모든 의료사고는 보호자가 책임진다는 각서를……. 받았기 때문에 이런 약간의 무신경한 일이 벌어지기도 하는 것 같다.

대기실에서 20분 정도 시간이 흘렀다. 약 때문에 야단맞은 간호사도 밖으로 나갔다. 양쪽 벽에 설치된 선반에는 수술에 필요한 비품이 쌓여 있고 두 명의 간호사_{수술 준비} 팀는 부지런히 수술실로 물건을 가지고 들어갔다. 바닥에는 고무장갑 세 켤레와 세숫대야가 보였고 수많은 붕대 뭉치와 수술할 때 닦아낸 피 묻은 거즈도 많이 보인다. 앞서 들어간 환자를 내보낸 뒤 나를 수술하기 위하여 준비를 하는 모양이다. 드디어 나는 배 째러 들어갔다. 담낭절제수술은 아주 간단한데 너무 병을 키워 오는 바람에 복강 경으로 수술하면 1cm짜리 두 곳과 5mm짜리 두 곳만 째면 되니 밥도 먹을 수 있으며 통증도 없고 3일 후면 퇴원할 수 있는데……. 나는 10cm 흉터에 통증과 장 마비 등이 수반되고 3~5일이 지나야 죽이라도 먹을 수 있으며 회복기간도 4~6주가 걸리니 완전히 긁어 부스럼을 만든 격이다. 수술실에 들어간 나는 천정을 똑바로 쳐다보았다. 천정 한가운데에 커다란 서치라이트 같은 것이 중앙에서 나를 내려다보고 있다. 병실에서 타고 온 침대에서 수술실 중앙에 있는 수술대로 옮겨졌다. 다리 쪽은 무릎 아래로부터 굴절되는 틀이었고 손은 천으로 묶는 것을 보니 십자가

비슷한 모양이다. 아무 생각도 없다. 하늘의 하느님지옥의 염라대왕도 극락세계의 부처님도

인간을 점지 해주는 삼신할머니도, 바다 깊이에 계시는 용왕님도, 가족도, 신도, 그냥 천정에 있는 장비들 보느라고 정신을 팔고 있었다. 이 지구상의 모든 신을 불러 모아도 그들은 오지 않을 것이며 보이지 않는 손神을 대신하여 집도할 윤기영 교수팀의 손에 내 운명을 맡길 수밖에……. 그래서 나는 나를 나아준 부모님을 존경을 하고, 의사선생님과 간호사 선생님을 존경한다. 독자님 여러분 아프면 하느님! 마리아님! 애수님이 내려와 고쳐서 살려주는 것이 아니라? 병을 치료하는 의사와 간호사 그들입니다. 이글을 읽은 성직자나 신도들이? 나를 길에서 보면? 부부싸움에 남편에게 두 둘 겨 맞고 친정에 피신해 있는 마누라를 찾으려고 사립문을 들어서는 사위 놈을

바라보는 장인영감 눈보다 더 고약한 눈으로 바라 볼 것이다! 어려서 내가 말썽을 피우면 우리 어머니가? **남이 너를 바라 볼 때 고운 눈으로 바라보는 사람이 되어라.** 하였는데…….

윤기영 교수님이? "잠깐 쉬세요. 잘될 것입니다."

……오른쪽 배에 심한 통증을 느껴 눈을 떴다. 분명히 508호실이다. 천당도 극락도 지옥도 아닌 곳. 사랑하는 내 가족의 별빛 같은 눈동자 여덟 개가 이슬을 머금은 듯 저 아름답게 보인다. 나는 잠시 잠들었다 다시 깨어났다. 목이 타는 괴로움과 통증 때문에 눈을 떴으나 아픔으로 인해 정신이 혼미해지

는 가운데서도 아이고! 어머니! 어머니를 수차례 불렀다. 현세에 없는 어머니를……. 괴로워하는 내 모습을 보고 같은 병실에 있는 환자는 수술실에 갔다가 너무 겁을 집어먹었는지 혈압이 상승하여 수술을 못하고 다시 돌아와 버린 사태까지 발생하였다. 내 침대 뒤에는 여전히 '금식'이란 빨긴 딱지가 붙어 있다. 링거주사 3대와 일반통증주사, 항생제주사를 하루에 20대씩 맞으며 방귀가 나오길 기다려야 한다. 물 한 모금 아니 한 방울도 못 먹게 하고 매일 주사나 맞으면서 화장실에 가서 소변을 보면 그 색깔은 진 노란색이었고 냄새는 화공약품 같은 고약한 냄새가 났다. 체중은 56kg으로 점점 늘어났다. 물 한 모금 먹지 않았는데 배는 점점 불려져서 수술한 자리를 꿰맨 곳요즘은 실로 꿰매는 것이 아니고 호치키스로 찍은 것처럼 보임이 터지는 것 같았으며 나중에는 체중이 무려 61kg까지 육박해서 소변이 나오지 않고 얼굴이 부어 살이 찐 것처럼 보였다.

이뇨제 주사와 약을 먹자 매 시간마다 소변을 보러 다녔다. 너무 자주 일어나 화장실에 가니 당연히 고통은 배로 수반되었다. 오른쪽 옆구리에 심지가 밖 혀 있어 항시 천정을 보고 반듯하게 누워 있어야 하는데 일어날 때는 항상 오른쪽으로 일어나서 한번 일어나 앉고 나면 5분 이상 꼼짝도 할 수 없는 통증에 시달려야 했다. 복대는 하루에 몇 번씩 갈아내야 했는데 옆구리에는 있는 심지를 타고 내리는 핏물 때문이다.

옆자리의 젊은 환자는 머리와 얼굴에 세균이 감염되어 입원을 했는데 시도 때도 없이 먹어대니 그 음식 냄새 때문에 인제는 아픔이나 고통보다 먹고 싶은 생각 때문에 입은 더욱 더 타들어갔다.

수술 후 나흘째? 아침에 아랫배에 통증이 한번 일어나더니 왼쪽에서 오른쪽으로 유리구슬이 구르는 듯! 마침내 기다리고 기다리던 방귀가 터졌다. 한 번! 두 번! 개다리 침대다리가 짧은 보호자용 침대에서 잠자는 아내한테 소리를 못 지르고 침대 옆에 있는 음료수병을 집어 들어 던졌더니 침대에서 벌떡 일어난 마누라가 말도 하기 전에 있는 힘을 다 하여 가스를 터뜨렸다. 내 50 평생 처음으로 내 힘 있는 대로 공공장소병원에서 자신만만하게 방귀를 뀐 것이다. 병실 안에 있던 사람들 모두 **"축하합니다."**라며 박수까지 쳐주는 것을 보고 웃음이 나왔다. 여러 환자와 환자 가족들이 모두 자기 일처럼 반가워했다. 방귀가 축하받는 곳? 그건 병원 입원실이 아니면 어디에서 그렇게 환영을 받을 것인가!

내가 던진 음료수병에 얼떨결에 얻어터진 마누라는 그래도 기뻐 어쩔 줄을 모른다. 금식의 빨간 카드가 사라진 것도 이때부터였다. 죽을 고비를 넘기고 죽을 먹으면서 나는 이게 꿈속인가 착각하기도 하였다. 어쩌면 이 책의 내용처럼 지옥에서 내린 벌의 풀코스를 돌고 온 것일까? 오른쪽 갈비뼈 밑의 흉터는 죄 값을 치른 흔적일까? 이 글을 읽은 독자의 판단에 맡길 뿐이다. 다만 수술 받는 두 시간 동안 나의 정신과 영혼은 어디에 있었을까? 그 두 시간은 나에 있어 영원히 재생될 수 없는 필름의 상태로 남아 있을 것이다.

병원 1층 수납 실 앞. 입원비를 정산하는 곳에서 퇴원하는 환자가 "내 쓸개를 주어야 입원비를 줄 것이요"라고 하자

환자 뒤에 섰던 하얀 가운을 입은 의사선생님이 "쓸개가 주먹만 하여 쌤 풀로 서울로 보냈습니다." "아니! 그러면 곰쓸개 먹듯이 내 쓸개도 서울에다 팔았습니까?"의사선생님 왈? "조직 검사하러 보냈습니다." "아이고! 내 쓸개 안 주기만 해봐라, 절대로 가만있지 않을 것이요."허~허~허. 의사선생님도 덩달아 웃는다. 쓸개 빠진 놈이 본인에게 딱 어울리는 소리를 하며 웃는다. 중세시대 분위기의 고딕 풍으로 지어놓은! 왜냐하면? 하느님에게 더 가까이 가기 위해 높게 만든 교회 십자가와 병원 마크를 슬며시 곁눈질 하고 병원 문을 나섰다. 으허허! 하하하하! 쓸개 빠진 놈! 나가신다. 이다음에는 꼭 쓸개 찾으러 와야지……

이 한 세상 태어나 머묾만큼 머물었으니 훌훌 털어버리고 가면 좋으련만 그게 어찌 인간의 마음이겠습니까! 마음속에 포기하지 못한 마음을 가지고 있는 것이 아닌 가 싶습니다. 누구나 터무니없는 꿈이라 생각하겠지요? 그 누군들 한번은 뼛속까지 바뀌길 원하지만 세상사란 원하는 만큼 되지를 않는다는 걸 살아오면서 깨달았습니다. 이제 나이 들어 더 건강하게 행복하게 오래살고 싶은 마음은 굴뚝같지만 세상에서 제일 잔인한 병인 심장병을 가지고 있어 오래살고 싶다는 욕망에서 멀어진 마음이지만 인간이라서 욕망에서 초탈해질 수는 없었습니다. 떠남이 있으면 머묾이 있고 상처의 뒷면엔 치유가 있었으며……. 그게 나의 삶이었습니다. 인간에겐 삶이란 무엇을 손에 쥐고 있는가가 아닙니다. 혼자 있을 땐 자기 마음의 흐름을 떠올리고 집단 안에 있을 때는 말과 행동을 살피며 살았습니다. 이 세상의 생물은 언젠가 꼭 죽는다는 사실은 새로운 사실이 아니라는 것을 알기에 살아간다는 게 살아가는 이유를 하나씩 줄여간다는 게 얼마나 쓸쓸한 이유 인가를 이제야 알았습니다. 늘 그 자리에 있을 줄 알았던 부 모형제 일가친척 수많은 지인들이 없어진 이별마당의 하루 해는 길었다고 생각했는데 계절의 변화에서 인가! 세월의 빠 름과 계절의 변화를 말해주듯 주변의 색깔이 초록으로 변해 가고 있습니다. 인간에겐 이별이 있으면 그 뒤엔 그리움이 있는 것입니다. 산과 들이 쉬어가는 계절입니다. 현재 김해 경희의료원 교육협력 중앙병원에서 경희대 소화기내과 임병 렬 교수님, 신경과 강성진 과장님, 피부과 김동영 과장님, 정 신의학과 김성부과장님, 순환기내과 최규남 과장님 등 의사 에게 진료를 받고 하루 32알정도의 약을 먹고 있으며 매 주 한 번씩 뇌 영양제 링거주사를 맞고 있습니다. 담당 의사선생 님들이 나의 이력과 성격을 알고 있어 좋은 조언을 갈 때마다 해줍니다.

영국의 역사가이고 철학을 확립한 아놀드 토인비는Arnold
Toynbee 이 지구가 멸망을 하여 다른 별로 정착하려 인류가
지구를 떠나려면 대한민국 효도孝道 문화를 꼭 가져가야 할
문화라고 했습니다. 토인비가 주창했던 우리의 풍습이 점점
식어가는 요즘의 사회 현상을 보면 핵가족으로 인하여 우리
의 아름다운 교육인 밥상머리 교육이 쇠퇴해衰退 가면서 인성
교육人性教育↔마음의 바탕이나 사람의 됨됨이 등의 성품을 함양시키기 위한 교육
이 이루어지지 않는다는 것입니다. 세계에서 전자기기電子機器
↔an electronic equipment 발달이 최고라는 우리나라의 현실이라고
변명하기엔 참으로 씁쓸합니다. 요즘 청소년을 비롯하여 젊
은 층은 스마트폰에 중독되어 있습니다. 비단 이 계층 뿐 아니
라 국민 대다수가 그렇습니다. 이로 인하여 나날이 정신이
피폐疲弊해져가고 있습니다. 국민여러분 잠시라도 스마트폰
을 밀쳐두고 책이나 신문을 펼쳐보는 시간을 가져보면 어떨
까요? 세종대왕님은 식사 중에도 책을 펴놓고 식사를 했다는
겁니다. 우리의 선조는 자식의 책 읽는 소리가 제일 듣기 좋다

고 했습니다. 이와는 반대로 자식들에게 물러 줄 최고最高의 선물은 책 읽는 부모의 모습일 것입니다! 일본은 노벨상을 받은 사람이 25명이라는데 그들 모두가 "책을 많이 읽는다." 라고 했습니다. 우리나라는 노벨문학상은 없고 김대중 대통령이 받은 평화상 1개입니다. 국내 최고 발행부수인 "조선일보"양 상훈 논설 주간은 신문에 "책을 제일 적게 읽는 한국인의 노벨문학상은 희망이다"라고 했습니다. 깨달음은 늘 늦게 찾아오는 것입니다. 행여 "뱁새는 황새를 따라갈 필요가 없다"고 말하는 사람도 있을 겁니다! 그러나 우리의 민족이 일본인보다 뒤떨어진 민족이라고 말하는 사람은 없을 겁니다. 24시간 중 단 30분이라도 책을 읽으면 살아가는데 좋은 도움이 있을 수 있을 것입니다. 거칠어진 심성心性을 정화시키는 씨앗이 될 것입니다! 한 나라가 탄생하려면 영토領土, 국민國民, 주권主權 등이 성립 된 후라야만 국가가 형성되는 것입니다. 이에 따라 민중이 창궐하여야하고 국가의 언어가 있어야하며 교육에 필요한 책이 있어야합니다.

우리는 단군檀君의 자손 배달의 민족입니다. 우리 국조國祖 단군왕검은 건국이념을 홍익인간弘益人間 이념理念의 바탕으로 건국하였습니다. 홍익인간이란 뜻을 살펴보면 "널리 인간을 이롭게 하라"는 의미로 직역되지만 흔히는 인본주의, 인간존중, 복지, 민주주의, 사랑, 박애, 봉사, 공동체정신, 인류애 같은 인류사회가 염원하는 보편적普遍的인 생각을 열거해 놓은 것입니다.

"왜? 우리는 배달의 자손인가?"이런 질문은 곧 우리의 정체성正體性을 묻는 것입니다. 정체성은 사람의 본바탕을 말하는 것입니다. 그러므로 한국인의 본바탕이 무엇이냐고 묻는 경우와 같습니다. 여기서 본바탕은 뿌리로 주로 한국인의 정신적 근본根本과 기준이 무엇인가입니다. 말하자면 정신적 현주소가 아니라 정신적 뿌리를 묻는 것이 정체성입니다. 예의범절이 투철한 우리는 너도 배달의 자손이고 나도 한민족 배달인 이라고 할 때 나하고 너 사이에 공통점이라는 것이 곧 한민족 배달의 자손이라는 것입니다. 너하고 내가 똑같은 민족이므로 너하고 나는 곧 우리가 되는 셈이지요. 서로 정신적으로 근본이 같으며 기준이 같다는 공감대共感帶 안에서 사는 곳을 일러 고향이니 조국이니 같은 민족이니 하면서 너와 나는 우리가 되어 공동운명체로서 이 땅에서 살고 있는 것입니다. 이 땅은 한국으로 우리나라이며 우리 서로 동고동락同苦同樂 하면서 우리 후손들까지 연결해가는 한민족간의 고리라 할 수 있습니다.

홍익이란 주지하다시피 넓을 홍弘 이로울 익益으로 널리 두루 두루 이롭게 한다는 말입니다.

지구상에 유인원 중 이러한 연결고리를 하고 있는 인간의 모임체인 사회Society는 처음 어떻게 만들어졌을까요? 사람들이 처음 만났을 때 무엇을 연결고리로 해서 서로 어울리고 서로 뭉치게 되었을까? 라는 이의 설명에는 유물론자唯物論와

유심론唯心論자간에 큰 차이가 있습니다. 유물론자는 "생산활동生産活動이 사람들을 조직화시켜서 사회를 만들었다"고 말하고 유심론자는 "공유가치共有價値가 사람들을 결속시켜서 사회를 만들었다"고 말합니다. 유물론자들은 "사람은 천하없어도 먹지 않고는 못산다. 먹으려면 일을 해야 한다. 먹을 것만 생산하는 게 아니라 입을 것도 주거할 것도 다함께 생산해야 한다. 이것이 곧 생산 활동이다"라는 겁니다. "사람은 혼자서 생산 활동을 하기보다는 여럿이 모여서 공동체로 하여 생산하는 것이 훨씬 효과적으로 많이 생산할 수 있다"라는 것이지요. "혼자서 일을 하면 능률이 뒤떨어지지만……. 다섯이나 여섯 명이 모여서 단체로 한다면 20명 몫이나 50여명이 일하는 효과가 있어 그만큼 생산을 많이 할 수 있다며 이렇게 모여서하는 생산 활동이 조직화되어서 조직사회라는 것을 만들어냈다"라고 유물론자들의 말입니다.

그러나 유심론자들은 "사람이 모여서 일하는 데는 그 이전에 먼저 충족되어야 하는 것이 있다"라고 보는 겁니다. "인간은 동물과 달리 감정感情이 있고 마음이 있고 의지가 있다"는 겁니다. 다시 말 해 이성이 있다는 뜻입니다. 인간은 동물과 달리 즉 깨달음이 있는 것이 있다는 것입니다. "사람은 감정이 먼저 통하고 마음이 먼저 맞고 의지가 먼저 합쳐져야만 같이 일할 수 있는 존재다"라는 겁니다. 아무리 생산 활동이 긴요해도 감정과 마음의 의지가 서로 어긋나면 일시적一時的으로 같이 일할 수 있을 뿐 끝내는 헤어지고 마는 겁니다. 따라서 "사람들이 일시적으로 같이 모여서 생산 활동을 펴는

데는 반드시 이 감정과 마음과 뜻이 하나가 되는 공유가치의 형성이 선행되어야하고 그렇게 해서 사회도 비로소 만들어졌다"라고 생각을 했던 것입니다. 유물론자가 맞느냐? 유심론자가 맞느냐? 는 닭이 먼저냐? 달걀이 먼저냐? 논쟁論爭처럼 무의미합니다. 두 집단의 생각의 방식엔 언제나 자기 자신과 일치해서 생각하라는 것이지만 하지만 주목할 것은 유심론자들이 말하는 공유가치라는 것입니다. 공유가치는 그 사회 내에 함께 사는 대다수 사람들이 함께 가지고 있는 가치를 말하는 것입니다. 가치는 선善, 악惡과 불의의 미추美醜에 대한 사람들의 믿음입니다. **우리가 흔히 말하는 38선 이남은 선善 38선 북쪽은 악惡 이라는 말처럼.** 사람들이 가지는 가치는 보편성도 크지만 지역과 인종의 차이에 따른 특수성도 많이 갖고 있습니다. 설혹 그렇다 해도 함께 모여 사는 자기들끼리는 가치가 대개 하나로 일치되는 공유가치라는 것이 있습니다. 이 공유가치는 어느 사회 없이 도덕성을 띄고 있습니다. 해야 할 일과해서는 안 될 일이 엄격히 구분되어 있다는 것입니다. 그래서 인간사회는 본질적으로 도덕사회道德社會라는 것입니다. 어떠한 인간사회이든 도덕성道德性을 지향해야만 성립될 수 있고 도덕성을 증대해가야만 유지 될 수 있는 것입니다. 도덕이 무너지면 극단의 경우 소돔과 고모라 성처럼 되는 것이 인간사회입니다. 그런데 이같이 중요한 도덕성이 어느 사회 없이 사람들이 바라는 수준만큼 높지 않은 것이 인간 사회 특징特徵↔feature입니다. 어느 시대나 어느 사회도 부서지고 있다고 늘 개탄慨歎하는 것이 이 도덕성이라는 겁니다. 그래서 어느 사회 없이 이를 증대시키려 끊임없이 노력하고 있는 것입니다. 그러나 작금의 우리사회 구석구석엔 님비Not In my Back Yard 현상이 만연하고 있는 것입니다. 도덕이 점점 더 붕괴崩壞되고·있는 안타까운 이 사회에서 자괴감自愧感이 들기도 할 것입니다. 작금의 정치판을 보면 모든 국민은 자괴감이 들것입니다. 자기 이익利益만 추구하려는 이기심 때문에 사회 전체가 병들어 있다는 뜻이기도 합니다. 이 모든 현상은 책과 신문을 멀리한 원인도 있습니다. 이 글을 읽는 일부 젊은이와 청소년들은 책을 읽든 스마트폰을 보든 무슨 차이가 있느냐고 할지 모르겠습니다. 하지만 우리 뇌는 게임 등을 할 때보다 책과 신문을 읽을 때 아주 활발하게 작동한다는 것이 과학적으로 증명되었으며 정신신경과 의사들도 책 읽기를 권유를 하고 있습니다. 섹스피어는 "절박한 자를 유혹하지 말라"라고 말했지만……. 다행이도 전국 곳곳에서 책읽기 운동을 벌이고 있습니다. 김해시도 책 읽는 도시로 선정되어 앞으로 5년간 행사를 하게 되었다는 뉴스를 들었습니다. 그간에 학생들에게 독서 시간을 주지 않은 잘못된 교육부와 학교의 책임도 큽니다! 지도층부터 서민까지 국민 대다수가 책 읽기를 싫어하니 사회 각 분야마다 앞날이 불투명하고 국운융성과 문화융성을 기대하기 어렵고 반면에 사회적社會的↔social cost 비용도 늘어날 것입니다. 책과 신문을 읽는다 해서 집중력이 저절로 생겨나지 않습니다. 나의 지식으로 간직하려면 자신만의 훈련이 필요합니다. 책을 읽을 때 집중력인데 집중력集中力은 저절로 생겨나는 것이 아니라? 자신만의 훈련이 필요하다는 겁니다.

책을 읽을 땐 좋은 내용을 누군가에 말해 주고 싶다거나 자신이 꼭 기억을 해서 삶의 일부에 보탬이 될 문맥이라면 밑줄을 긁어 보면서 읽으면 줄을 긁는 그 순간에 그 문맥文脈이 자신의 것이 되는 것입니다. 나라의 말을 존중하는 것은 나라말을 배우는 겁니다. 쇼생크 탈출 등 수많은 작품을 집필한 소설가이자 연설가인 미국인 스티브 킹은 "눈알이 빠지도록 읽고 손끝에 피가 나도록 글을 써라"그러니까? 자신과 세상의 소통은 책이라는 겁니다. 사랑의 주제든 철학이든 상식이든 이러든 저러든 아무튼 책을 펼치는 순간 상재된 문장과 교류는 자신만의 지식이 되는 것입니다. 문맹文盲에서 탈출脫出↔escape하게 되는 것입니다. 그 지식知識이 자신을 증명해 내는 소통疏通↔뜻이 서로 통하여 오해가 없음의 테두리가 되고 울림이 될 것입니다. 우리 인류는 책에 의해 발전을 해 왔습니다. 어려서부터 즐겨 읽고 많이 읽어야 지식과 지혜를 터득할 수 있는 것입니다. 책을 가까이하는 습관을 어려서 부터 길들여야 합니다. 책이 너무 비싸서 못 산다는 사람도 있을 겁니다. 그러나 1~2만원에 구입하는 책들의 탄생誕生 과정을 알면 오히려 너무 헐값이라는 생각도 들것입니다. 예를 들자면 소설가는 한 권의 책을 쓰기 위해 몇 년 혹은 10년 이상 매일 고통스러운 글쓰기를 하고 있습니다. 피를 찍어서 글을 쓰고 있다고 보면 될 것입니다. 국어국문과 교수는 단편소설 1편21~30페이지을 집필하여 문단에 등단하는데 5년을 걸렸다는 신문기사를 보았습니다. 단편이라면 21~30여 페이지 정도의 분량입니다. 그렇게 힘들여 등단을 하여 소설가가 되었다는 것입니다. 2016년 조선일보

거프트르끄머서

신춘문예 소설부문 응시자가 720여 명이라는 겁니다. 그중에서 1명만 소설가로 등단하는 것입니다. 대학교수이며 소설가인 선배는 "소설을 집필 한다는 것이 암보다 더 큰 고통이다"라고 하였습니다. 그 소리를 듣고 병상을 찾아간 기자는 "그런 고통을 참으면서 책을 집필한 이유가 무엇입니까"를 묻자 "그러한 고통을 참고 집필한 원고가 책으로 출판되어 서점가 판대에 가득 진열되어 있는 것을 보면 일순간에 그 고통이 사라진다."라고 답을 하더라는 것입니다. 작가란 덫을 놓고 무한정 기다리는 사냥꾼이나 농부가 전답에 씨앗을 뿌려놓고 발아가 잘될지 안 될지 기다리는 것입니다. 독자님들의 판단을 기다린다는 겁니다. 그 어려운 관문을 뚫고 등단하였다 해서 완성도 높은 작품을 집필하여 베스트셀러 작가가 되긴 더더욱 어렵기 때문입니다. 작가는 집필하고 싶은 강렬한 욕구欲求 있어야 완성도 높은 책을 집필할 수 있습니다. KBS TV에서 특집방송을 한 인간 수명에 관한 내용인데 인간 수명 10단계 중 종교인의 평균 수명이 1위인 70세이고 소설작가가 제일 낮은 57세라는 것입니다. 저를 알고 있는 사람들은 집필을 그만 두라고 합니다. 병원 담당 의사 선생님도 그러한 말씀을 합니다. 그러한데도 책을 집필 하는 것은? 출판사에서 요구도 하고 제가 집필을 그만 두면 할 일이 없습니다. 제일 빨리 죽는데도……. 그러한데도 책을 집필하는 작가들의 노고를 알아주시길 바랍니다. 이러한 것을 알면 책값이 너무 비싸다고 하지를 마시기 바랍니다. 책을 읽으면 정신건강正身健康에도 좋은 것입니다. 책을 많이 읽으면 생각의 방식方式과

관련이 되는 겁니다. 생각의 방식을 바꾸지 않고서는……. 생각을 통하지 않고서는 다른 사람과 함께 살아갈 수 있는 능력을 어디서도 찾을 수 없다고 봅니다! 그러한 현상이 축적蓄積되면 자신이 무감각한 로봇soulless automatons 같은 사람이 되는 겁니다. 다양한 책을 읽으면 분명 자신이 걸어가야 할 희망의 길이 있을 겁니다. 흐르는 빗물은 길이 없으면 돌아가고 낭떠러지 절벽에서 멈춤 없이 떨어져서 드넓은 바다로 갑니다. 가는 길이 즐거우면 목적지는 그리 중요하지 않습니다. 즐거운 마음으로 책을 읽읍시다. 인류의 역사에는 인간 생활의 질을 크게 향상시키거나 혹은 시대의 흐름을 결정적決定的으로 바꾸어 놓은 발명품發明品들이 있습니다. 예를 들어 증기관과 내연기관은 인류에게 산업화의 길을 열어 준 획기적劃期的인 발명품들입니다. 요즘의 디지털 세상이 펼쳐진 것은 1940년대 후반부터 등장한 반도체 소자들 덕분입니다. 이처럼 고대古代에서 현대現代에 이르기까지 역사에 기록된 수많은 발명품 중 가장 중요한 것 하나를 꼽으라면 그것은 무엇일까요? 발명품에도 명예의 전당殿堂이 있다면 제일 높은 자리에는 아마도 "책"이 올라 칭송稱頌을 받고 있어야 할 것 입니다. 책이야말로 선인들의 지식과 지혜知慧를 축적蓄積하고 그것을 후대에 전수傳受하는 수단으로 오늘의 문명을 이룩하게 한 가장 큰 공로자이기 때문입니다. 인류의 위대한 사상과 중요한 지식은 책이라는 발명품속에 기록되고 보존되어 왔습니다. 전 세계적 베스트셀러인 성경과 경전을 비롯하여 코란 등 세계 각국의 헌법들은 대개 책으로 반포되었고 공자의 유교 사상과 뉴턴의 이론도 책으로 전해져 왔기 때문입니다. 찰스 디킨스의 흥미진진한 소설과 모차르트의 아름다운 음악도 책이 있어 즐길 수 있었고……. 선남선녀에게 청아한 즐거움을 주고 사회적으로 정신문화의 중추적中樞的인 역할을 해 온 책의 소중함과 그 역할의 중요성을 생각하면 출판사와 서점들은 국민과 정부의 따뜻한 사랑과 열렬한 지원을 받아 크게 번창해야할 업종입니다. 그런데 우리의 현실은 어떤가요? 독서 인구가 아프리카보다 못한 대한민국이라는 것입니다. 그래서 정부에서는 심각하게 생각을 하고 있다는 보도입니다. 세계는 21세기를 문화의 세기로 규정하고 있습니다. 나라의 번영을 기약하는 근원적인 힘은 그 민족의 문화적, 예술적, 창의력에 달려 있습니다. 진정 문화의 세기를 맞으려면 문학文學↔冊을 살려서 준비를 해야 합니다. 문학이 모든 문화예술의 핵심이기 때문입니다. 문학이 없이는 아무리 문화 예술을 발전시키려고 해도 발전되지 않는 법입니다. 그것은 문학은 새로운 문화를 창조創造하고 역사를 앞서기 때문입니다. 볼테르나 루소의 작품은 프랑스 대혁명의 도화선이 되었으며……. 톨스토이나 투르게네프의 소설이 제정 러시아에 커다란 충격을 주었고 입센의 "인형의 집"이 여성운동의 서막이 되었고 스토 부인의 "엉클톰스캐빈"이 미국남북전쟁의 한 발화점이 되었으며 작가로선 최초로 미국의 최고의 훈장인『대통령 자유의 메달』을 받은 스타인 백의 "분노의 포도"가 미국의 대경제공황을 극복하게 만든 계기가 됐던 것입니다. 받아들이기 힘든 진실이 있을 것인데 이해를 못 할 겁니다! 그래서 지금도 존재 하는 것일 겁니다. 신채호나 이광수와 홍명희는 당대의 사상가였고 명망 있는 천재들 이었습니다. 그들이 소설을 택한 것은 민중을 깨우치고 구국독립救國獨立을 위한 방법이 문학이라고 생각했던 것입니다. 그들이 그들의 천재성天才成을 발휘하여 권력을 탐냈더라면 권력의 수장자리 한 자리는 했을 것입니다! 다른 한편으로 경제적 부를 욕심냈더라면 분명히 대재벌이 되었을 것입니다. 그러나 그분들은 인류의 참된 가치를 권력이나 부에 두지 않고 진실 된 인생의 추구나 올바른 세계의 건설 같은 보다 근원적인 것에 두었던 것입니다. 그런 그분들의 관점觀點은 옳았고 그런 점에서 문학이 지니는 위대성은 영원한 것입니다. 이러한 것을 보더라도 문화 예술의 꽃이라는 문학이 살려면 우선 시장이 건전해야 하는 전제가 있는데……. 아무도 그 시장의 현황에 대해서는 모르는 사람들과 관심이 없는 포진해 있는 것을 보면 말입니다. 내가 지역 문학 단체에서 활동 한지도 20년이란 세월이 흘렸지만 지역 문학 활동의 행사장에 시장이나 시의회의장과 시의원을 비롯하여 정치인이 단 한 번도 참석하는 것을 못 보았습니다. 그러면서 그들은 문화 예술도시라고 선거 때면 곧잘 써 먹으면서 문화 관광 도시를 만들겠다고 공약을 남발하고 지만 효과는 미미합니다. 문화예술의 본질을 모르는 그들이 그런 말을 할 때면 가소롭기 그지없었습니다. 그런 거짓말로 표를 얻으려고 나불거리는 입안에 가래침을 끌어올려 뱉어버리고 싶었습니다. 옛 부터 폭군暴君은 무신武臣을 가까이 했고 성군聖君은 문신文臣을 가까이 했음을 모르는 모양입니다.

그래서 문화대국이라고 우쭐대는 프랑스 정치인들의 자랑이
란 2차 대전 후 5공화국이 시작된 이래 역대 프랑스 대통령들
은 저마다 예술 문화 애호가 임을 과시했습니다.

　1890년생인 그는 수많은 전쟁을 치루고 1944년 해방된 파
리로 돌아온 샤를 드골charles de Gaulle은 조국의 영광을 되찾기
위해 폴 발레리Valery 같은 작가들을 먼저 찾아 친분을 쌓았다
했습니다. 그는 가톨릭 인이고 전통적이 가족의 품에서 성장
을 하면서 가톨릭 학교 선생인 아버지가 베르그송. 페기 같은
당대의 위대한 작가들의 글을 읽게 했다는 것입니다. 샤토브
리앙의 글에서 큰 영향을 받았다고 했습니다. 전쟁터에서 사
로잡혀 포로 생활도 했고 군사법원에서 교수형 사형선고를
받기도 했습니다. 프랑스가 해방되어 수많은 우여곡절을 겪
은 1945년 드골이 총리로 지명이 되었습니다. 그러나 뜻대로
정치는 돌아가지 않았습니다. 그는 1969년 재신임을 묻는 국
민투표가 부결되자 스스로 퇴임해 고향으로 돌아가 콜롱베레
되제글리즈에 은거하면서 자신의 전쟁 회고록을 집필을 했습
니다. 드골정권에서 문화부 장관을 지낸 소설가 "앙드레 말
로"는 역사 기록집필을 위해 그해 겨울 드골을 찾아가 서재에
서 대화를 했는데 말로는 드골을 "장군"이라 부르며 드골에
게 진정한 꿈이 무엇이었는지를 계속 묻자 "위대한 프랑스의
부활이었다며 정치란 공상의 세계를 제자리에 갖다놓게 하는
기술이고 그 위대함은 우리를 미지의 세계로 인도하는 길이
다"라고 했다는 것입니다. 말로는 드골에게 "위대함이란 우
선 고독입니다. 그러나 홀로 있지 않은 곳에서 느끼는 것은

고독입니다"라고 했다는 것입니다. 드골은 방대한 독서가 입니다. 로마 역사를 인용하다가 발레리의 시구詩句를 읊었고 대중소설 "삼총사"는 "사람에게 꿈을 주기에 좋아한다."고 했다는 것입니다. 드골은 말로에게 "이방인"의 작가인 "알베르 카뮈"와 나눈 대화를 들려주었는데 카뮈가 드골과 헤어지면서 "어떻게 작가가 프랑스에 봉사할 수 있는가?"질문을 하자. 드골은 "글을 쓰는 모든 사람과 글 잘 쓰는 모든 작가는 다 프랑스에 봉사 한다"고 대답을 했다는 것입니다. 프랑스 역사에서도 은퇴한 대통령과 작가 출신 측근이 이처럼 정치와 역사와 문학이 뒤섞인 대화록을 남긴 것은 처음이라고 합니다. 프랑수아 미테랑은 프랑스 사회당 출신 최초로 대통령직에 올라 역대프랑스 대통령들 중 가장 오랜 기간인 14년을 집권을 했으며 그가 재임 때 프랑스와 서유럽의 정치 및 경제적 통합을 추진을 하여 성공하시고 금융과 주요 산업체를 국유화를 단행함을 비롯하여 최저임금을 인상하는 등 사회보장을 확대를 하였습니다. 1995년 전립선암이 악화 되는 바람에 2기 말년에 스스로 사임을 한 그는 러시아 대 문호文豪인 도스토예프스키의 작품을 곁에 두고 읽었다고 했습니다. 프랑스의 자크 시라크는 파리정치대학을 나와 국립행정학교에서 공부를 마치고 고급공무원 생활을 하다가 정계에 입문하여 이후 농림부 장관, 두 차례 총리, 파리시장 등 다양한 요직을 거친 뒤 마침내 1995년에 프랑스 대통령이 되어 2007년까지 그 직을 수행 했습니다. 10대 시절 시인 프슈킨Pushkin의 작품을 번역했다고 자랑했습니다. 위의 기록에서 보았듯 프랑스의 정인들이 일상생활 때는 특별히 문학을 좋아했기에 지금의 문화 대국이라고 자처하는 것이 아닐까요? 문학文學이 그만큼 중요하다는 얘기입니다. 그래서인가! 국내 유명인들의 언론에 보도된 모습의 사진뒷면의 배경을 보면 책이 가득 꽂혀 있는 책장입니다. 책을 많이 읽어서 나는 지식이 풍부하다는 광고 효과를 노리고 사용한 것입니다. 이명박 정부가 들어서고 교육부가 대학정원을 줄이라고 압력을 가하니 대학들은 예체능 관련된 학과부터 줄였습니다. 문화예술의 가치조차 모른 채 일단 엎드리고 보자는 대학들의 행동이 안쓰럽다는 예술인들의 주장들이었습니다. 오늘날의 예술을 뜻하는 아트art란 어원은 라틴어인 아르스ars↔아리스토텔레스→ Aristoteles에서 14세기 초기에 프랑스와 이탈리아에서 일어난 음악의 새로운 경향으로 유래되었고 아르스는 그리스어인 테크네techne↔그리스 로마시대 때 의학·수사학·예술의 개념·기술의 뜻에서 나왔다고 합니다. 그리스인들은 인간의 제작활동 전반을 테그네로 보았습니다. 14세기말부터 16세기에 이르는 르네상스시대 초기에는 시와 춤과 음악을 예술로 인정하지 않았지만 아리스토텔레스의 시학이 출판되면서 진정한 예술로 인정을 받았다는 것은 모두가 잘 아시리라 생각이 됩니다. 프랑스하면 루브르박물관과 세계 최고의 권위인 국제영화제와 앙굴렘 국제만화페스티벌 등 문화예술 분야가 먼저 떠오를 것입니다. 이러한 것들로 문화강국 프랑스 위상은 통계로 확인되었습니다. 프랑스 문화부와 재정부의 통계에 따르면 2011년 문화예술이 창조한 부가가치를 뜻하는 문화관련 국민소득은

302

약 570억 유로약 82조 원라고 했습니다. 이는 프랑스가 자동차산업에서 얻은 80억 유로의 7배이고 화학 산업 140억 유로의 4배이며 전자와 통신관련 산업에서 얻은 250억 유로의 2배가 넘는 수치입니다. 낙농과 포도주로 유명한 프랑스 농업분야에서 창출한 가치 600억 유로와 비슷한 수치라는 것입니다. 또한 문화예술분야는 일자리 창출에도 크게 기여하고 있어 전체 근로자의 2.5%인 67만 여명이 문화예술에 종사하고 있어 이 분야의 훈련생까지 포함하면 그 숫자가 87만 여명에 이른다는 것입니다. 우리나라 청소년들에게 장래의 희망직업이 무엇이냐고 물어보면 연예인과 같은 콘텐츠 산업과 연관된 직업이 상위라고 합니다. 과연 이러한 현상이 국가적으로 바람직하냐를 떠나서 콘텐츠Contents 산업은 청소년들의 일자리를 제공한다는 점에서 의미가 있습니다. 문화 콘텐츠와 문화 기술의 융합이 미래의 지평을 열어갈 수도 있습니다. 1928년에 나온 디즈니의 "미키마우스"는 160여 편의 애니메이션으로 제작되었으며 30여 권의 책으로도 발간되어 라이선싱licensing과 상품화 등을 포함해 실제로 매년 6조 원을 벌어들인다고 합니다. 계산 방법이 조금은 다를 수 있겠지만! 미키마우스는 세계 최대의 봉급자라고 할 수 있습니다. 문화 콘텐츠 산업에서 자주 인용되는 "해리포터"는 1997년에 출간되어 지금까지 총 7권의 책이 출판되었습니다. 그로 인하여 8편의 영화로 만들어져 300조원의 매출이 이루어져서 영국 경제에 기여하는 효과는 매년 5조원에 이른다고 합니다. 이처럼 콘텐츠는 세계적인 작품을 만들면 오랫동안 꺼지지 않은 램프와 같이 어마어마한 수익을 창출하기 때문에 한 나라 국가의 경제적으로 매우 중요한 위상을 가지고 있는 것입니다. 또한 콘텐츠 산업의 중요성은 여기에 그치지 않습니다. 콘텐츠산업은 타 산업과의 융합을 통하여 많은 플러스알파의 효과를 냅니다. 부연 설명하자면? 타산업과의 융합을 통해서 고부가 가치를 실현하고 제조업체와 서비스업에 문화라는 옷을 입혀 고급화…… 고부가가치화에 기여를 합니다. 이러한 문화 예술은 문학에서부터 출발합니다. 시나리오, 극본이나 대본, 노래가사 등등은 문학을 하는 작가들에 의해 생산되기 때문입니다. 그래서 모든 콘텐츠에 관련된 문화예술은 문학에서 부터 시작을 하는 것입니다. 그러나 우리의 현실은 그들의 뒷받침하는 제도가 너무나도 허술합니다. 문화 체육부 장관은 무었을 하는지…….

코로나 19때문에! 늦은 발거름으로 찾아 온 봄이 반가운지 하얀 목련 꽃이 웃음을 짓고 있는…….
김해시 북부동 『화정 글샘 도서관』에서
저자 강평원

저승 공화국 신들의 재판
죄와 벌 ❷

2021. 12. 2. 1판 1쇄 인쇄
2021. 12. 13. 1판 1쇄 발행

지은이 강평원
발행인 김미화 **발행처** 인터북스 **표지디자인** 오동준 **편집** 조연순
주소 경기도 고양시 덕양구 통일로 140 삼송테크노밸리 A동 B224 **전화** 02.356.9903
팩스 02.6959.8234 **이메일** interbooks@naver.com **홈페이지** hakgobang.co.kr
출판등록 제2008-000040호 **ISBN** 978-89-94138-76-3 03800 **정가** 17,000원